騎士は籠の中の鳥を逃がさない

登場人物紹介
エグバート・ニューエンブルグ
隣国リンデル皇国の騎士。
ニューエンブルグ公爵家の嫡男だが
父親と折り合いが悪く、
十五年ぶりに
王国の実家へと戻ってきた。
ティーナ・ハニブラム
ダリア王国の子爵令嬢。
幼馴染で婚約者であるユージーンや
家の事情に逆らえず振り回されている。
大人しい性格だが芯は強く、
困っている人を見過ごせない。

ダニエル・ウィットシス
エグバートの親友で隣国の騎士。軽薄そうな態度を取っているが実は知略家。
ニューエンブルグ公爵
エグバートの父親でダリア王国の公爵。ティーナに厳格な態度で接する。
クレア・シュジェニー
王国最大の商家の娘でティーナの一番の理解者。勝気な性格で行動派。
ユージーン・バッカム
ティーナの幼馴染で婚約者。女癖が悪く、ティーナを苦しめている。

序章

視界いっぱいに広がる緑の丘に、ところどころ木がぽつぽつと生えている。

中でもひときわ大きな木の根っこに、二人の少女が腰かけていた。

一人の少女がスカートのポケットから布にくるまれたお菓子を取り出した。彼女の名前はティーナ・ハニブラム。茶のカールがかった髪をリボンで結んだ、愛らしい顔の少女だ。

「エマ、はいこれ。あなたに」

エマと呼ばれた長い黒髪の少女が、差し出されたお菓子を見てから顔をそむけた。

「……いらない。お腹なんて減っていない」

「私はもうたーくさん食べたわ。だからこれはエマにと思って持ってきたの。だから食べてくれないと捨てることになっちゃうわ」

エマは知っていた。少女の父であるハニブラム子爵は息子ばかりを可愛がり、ティーナには焼いた翌日の硬いパンやあまりものしか与えていないことを。

些細なことにも難癖をつけ、子爵は罰と称してティーナを自室に閉じ込める。なのに人の目は気にするので、ドレスや靴などは普通のものを買い与えていた。

そんなティーナにとって、お菓子はとても貴重な物だろうに。

するとエマのお腹がぐるると鳴った。エマは恥ずかしさに顔を赤くする。

「だったら半分こにしよう」

ティーナの提案にエマが頷く。

そうして二人は一つのお菓子を分け合って食べた。その間にも、エマは居心地悪そうにドレスを何度も引っ張る。

ドレスのサイズがあっていないせいで肌が擦れて痛むのだろう。靴も小さいようで、よく足の踵に靴擦れができていた。

「私……いつも小さな服や靴ばかりを着せられてる」

エマが、ばつが悪そうに語った。ティーナはにっこり笑って自分を指さす。

「私も同じ。下着なんてもう何年も買ってもらってないわ。お母様は誰にも見えないところにお金をかける必要はないって。兄様はいつだって新しいものを買ってもらっているのにね。でも服が擦れて痛いなら軟膏《なんこう》を塗れば良くなるわよ。私はそうしてるの。今度持って来てあげるわね」

ティーナの優しい言葉にエマは瞳を潤ませた。

「きついドレスもこんな長い髪も大嫌い……こんなのもういや！　消えてなくなりたい！」

大粒の涙がエマの頬を流れ落ちていく。エマが泣くところを初めて見たティーナは大慌てする。

「そんなこと言わないで。エマは私の大切なお友達。エマが消えたらとても悲しいわ」

何とかエマを慰めようと、ティーナは両手を広げてエマを小さい腕の中に抱きしめた。エマの頭を抱いて何度も何度も手で撫でる。

「きついドレスを着ていてもエマはいつだってエマだから、ちっとも変わらないわ。服や髪の長さは関係ない。思いやりがあって強くて優しい、でも一人で悩みすぎちゃうところがある。私はそんなエマが大好き」

慰めようと思ったのに、エマはさらに声を上げて泣き始める。困り果てたティーナは、覚えている限りの歌を歌うことにした。

それはとても小さな声の上に、調子が外れていて誰が聞いても上手くない。

三曲ほど続けて歌った後、ようやくエマが笑顔を見せる。

「……ふふっ、さっきのところ。すごく変だった……」

「エマ！　泣き止んでくれたのね。良かった！」

ティーナが笑顔で喜ぶ。

そこに金髪の少年が、そばかすだらけの顔をひょっこりと出した。侯爵家の息子、ユージーンだ。

「ティーナ、お前エマを泣かせたのか？」

エマはティーナの陰に隠れるように顔を隠した。泣いた理由をユージーンに悟られたくないようだ。

気持ちを察したティーナがうまくごまかす。

「お父さんに会えなくて、寂しくなったらしいわ」

「ふーん、そんなものか？　僕にはずっと優しいお父様がいるから、エマの気持ちは分からないな。

それよりティーナ、一緒に西の池に行こう。熊みたいに大きな魚がいるらしいよ。僕が釣って君に見せてあげるから」

ユージーンはティーナの家の事情にもエマの悩みにも、何も気がついていないようだ。ワクワクした様子で、ティーナの腕を乱暴に引っ張る。

「あの、でもユージーン。私は泳げないから池に行くのは怖いわ」

「大丈夫、僕が君を溺れさせるわけないだろう。何があっても僕がティーナを守る」

ユージーンが胸を張ると、ティーナは目に見えて顔を赤くする。彼女がユージーンに恋心を抱いているのは誰の目にも明らかだった。

その様子を見ていたエマが、涙を拭いて小さく呟《つぶや》いた。

「私も行く……」

「いいよ、エマ。お前も一緒に行って遊ぼう」

そうしてユージーンはエマとティーナと手を繋ぎ、三人揃って池に向かったのだった。

それは、幼い頃の彼女たちがまだ幸せだった時の懐かしい記憶――

第一章　鳥籠の中の耐えがたい生活

春の陽が差す穏やかな日。王都の西側にある庭園は、たくさんの人で賑わっていた。

ここは王室付きの庭師らが管理しているダリア王国自慢の庭園。王家の所有の庭園だが、こうして一般の者にも開放されている。

花の種類の選び方や植え方、小道や丘の配置までもが計算されて完璧な造形美を成している。

庭園にあるカフェは、昼時になると着飾った貴族や金持ちの市民らで満席になった。特に若い恋人同士には人気のデートの場だ。

ティーナ・ハニブラムも、婚約者のユージーン・バッカムと一緒に来ている。

いまは社交界シーズン。彼らは領地を離れ、王都にあるそれぞれの別宅で過ごしていた。

ティーナは子爵令嬢で、婚約者のユージーンは侯爵家の跡継ぎ。もともとハニブラム子爵領とバッカム侯爵領は隣合っている。二人は、幼い頃から一緒に遊んでいた幼馴染だ。

王国を縦断する川に接し、肥沃《ひよく》な土地を有するバッカム家は、常にハニブラム家より豊かで優位な立場にあった。

ハニブラム家の領地で反乱が起きそうになった時は、バッカム家が兵士を送りことなきを得たこともある。干ばつが続き、作物が台なしになった時もバッカム家の食料援助を受けた。

バッカム家から受けた恩はそれだけにとどまらない。なのでティーナの両親も子爵家の跡継ぎであるティーナの兄も、バッカム家に逆らうことは決してなかった。

そのバッカム家の嫡男であるユージーンは、金色の巻き髪に青い瞳をした優男だった。

少し垂れ気味の目は、初めて会う女性でもすぐ心を許してしまうほどの人懐っこさがある。ほどほどに筋肉がついた体は男らしく、大抵の女性はそんな彼を一目で好ましく思うようだ。

一方のユージーンも満更ではないようで、むしろ積極的に女性と遊びたがっている。

今日も彼はティーナとのデートの最中だというのに他の女性に声をかけ、会ったばかりの女性の肩を抱いていた。

扇情的なドレスを纏《まと》うその女性は、恐らく玉の輿《こし》を狙う金持ち娘なのだろう。ユージーンを流し目で誘っている。

「ティーナ、僕は彼女とあっちの庭園を見に行くから、君はここで待っているんだ」

つい先程、庭園のカフェでユージーンと一緒に昼食を終えたばかり。なのに彼は、ひと気のない場所でティーナに待っていろと言うのだ。

彼女は瞼《まぶた》を伏せて、いつものように微笑んだ。

「ええ、分かったわ」

ユージーンはティーナに笑みを返すと、女性と花々が咲き乱れる庭園へと消えていった。

二人の会話が風に乗って聞こえてくる。

「本当にいいの？　あの人、ユージーン様の婚約者なんでしょう？」

「ああ、でもティーナは親が勝手に決めた婚約者だ。それに彼女は自分の立場をわきまえている。だから君は気にしなくていいよ。さあ、あっちの庭園はすごく素敵なんだそうだ。君の瞳のように美しい青い薔薇《ばら》が咲いているらしいよ。一緒に見に行こう」

そうして二人で笑い合う楽しげな声が、だんだんと遠くなり消えていった。

ティーナは胸の痛みに耐えながら、両手でドレスをぎゅうっと握りしめる。皺《しわ》になってしまうだろうが、そんなことに構う余裕はない。

（あぁ、何度こんなことを繰り返せばいいのかしら……）

ユージーンはわざと二人の会話をティーナに聞かせているのだ。

そんな彼の心の内を想うと、ティーナの鼓動はさらに速くなり目の奥が熱くなる。

彼が相手にする女性はいつも金髪に青い目。王国の典型的な美女だ。

けれどもティーナは違う。ブルネットの髪に焦げ茶の瞳。誰もを和ませる穏やかで優しい顔だちだが、ユージーンの好みではない。

（私は……ユージーンに愛されていないの……？）

彼女はずっとその疑問に悩まされていた。というのも、ユージーンがティーナと婚約したのは、ある出来事があったから。

あれはティーナが八歳。ユージーンが十一歳の頃だった。

領地が隣同士で歳の近い二人は、互いの家をよく行き来していた。

ティーナの両親はバッカム家の跡取りであるユージーンと遊ぶことをとても喜んだし、ティーナ自身も彼と遊ぶのは楽しかった。

病気の母親の療養のため、領地のはずれにある屋敷に住んでいた女の子と三人でよく遊んでいた。

彼女の名はエマといった。他人にあまり心を開かない、引っ込み思案で大人しい女の子。

けれどもティーナが辛抱強く何度も声をかけるうちに打ち解け、一緒に遊ぶようになったのだ。

ほんの二年くらいの間だったが、ユージーンとエマ、三人で遊んだ日々が楽しかったことは彼女の記憶に残っている。

ティーナは外遊びはあまり得意ではなかったが、やんちゃでワンパクなユージーンに半ば強引に連れ回されていた。

その頃既にユージーンのことが好きだったティーナは、それでも一緒にいられて嬉しかった。

そんな日常が一変したのは、あの事件があってから。

屋敷から少し離れた場所にある丘で、いつものように三人で遊んでいた時のことだ。

兵士のような格好をした男が数人、彼女らめがけて走ってきた。その手にはナイフが握られている。

その頃、王国では貴族の子供を狙った誘拐が頻繁《ひんぱん》に起きていた。近くに助けになる大人は見当たらない。

ユージーンが血相を変えて叫ぶ。

「逃げろっ！　エマ！　ティーナ！　誘拐犯だ！」

その声にはじかれたようにエマとティーナは走り出したが、子供の足だ。先にエマが追い付かれて男に抱え上げられた。

「きゃぁぁぁ！」

ユージーンは足を止めて引き返すと、勇敢にも木の枝を手に持って男に歯向かっていく。

「こいつっ！　エマを離せっ！」

やみくもに振り回された枝は男の顔にあたり、頬が裂けて血が流れる。その痛みで、男はエマを地面に落とした。

「エマ、大丈夫か！」

「うぅっ！　このガキ！　なんてことをしやがる！」

男は正気を失い、手にしていたナイフでユージーンを刺そうとする。ナイフの先がユージーンの首先に向けられた——その次の瞬間、ティーナの体が自然に動いた。

「危ないっ！　ユージーン！」

「駄目っ！　危ない、ティーナ！」

「ティーナ——！」

男がナイフを振り上げる様子は、まるでスローモーションのようだった。光る銀の切っ先を、青い空越しに見たのが最後。

「きゃぁぁぁぁ！」

刹那《せつな》、火が灯ったように背中が熱くなる。

大きな悲鳴をあげながら、ティーナの意識はそこで途切れたのだった。

子供たちの叫び声を聞いて急いで駆けつけた大人たちは、丘の中央にナイフで背中を斜めに裂かれ、血だらけで倒れているティーナを見つけたという。

そんなティーナを、ユージーンは泣きながら膝の上に抱きかかえていた。

少し離れた場所には血のついたナイフを手に持ったエマと、地面に伏して微動だにしない男。

ティーナが男に刺された後、エマがそのナイフを奪って男を刺したらしい。ナイフは偶然急所に刺さり、男は既に息絶えていたそうだ。

他の男らは怖くなってとうに逃げた後だった。エマ自身も怪我をしていたらしいが、すぐに手当てを受けたと聞いている。

ティーナの目が覚めたのは、事件の少し後。

深夜、彼女は焼け付くような背中の痛みに目を覚ました。

どうやら自室のベッドの上にうつ伏せに寝かされているようだ。全身が鉛のように重くて指一本すら動かせない。

目だけを動かしてまわりの様子をうかがうと、ベッドのすぐ脇にユージーンがいた。彼は泣きながらティーナの手を握りしめている。

「……ユージーン……無事だったの？　エマは……？」

ユージーンは、エマも大丈夫だと無言で何度も頷く。ティーナはホッとして「良かった」と一言呟《つぶや》いたきり、再び深い眠りに落ちてしまった。

次にティーナが意識を取り戻したのはその三日後。

出血が多かったのと、事件のショックで高熱を出していた彼女は、一時は生死の境をさまよったらしい。再び枕元に目をやると、そこにはまだユージーンがいた。ずっと側にいてくれたのだろうか？

彼は最初に見た時よりも、さらに赤い目をしている。

ユージーンは手に一輪の花を持っていた。

「それ……ユビリアムの花……？」

ユージーンはティーナの意識が戻ったことに気がつき、彼女に抱きつく。

「ティーナ！　ティーナ、良かった、目が覚めて！　僕のせいで痛い目にあわせてゴメン！」

ユビリアムの花は森の奥深くの特別な場所にだけ咲く花で、非常に珍しいもの。花には妖精が宿っていて、持ち主の願いを叶えると王国では言い伝えられている。

たとえ咲いているところを見つけたとしても、大抵は崖の切り立った場所に自生しているため、大人でも採ってくるのは困難だ。

それをユージーンは、たった一人で採ってきたらしい。

彼の思いやりに、背中の痛みも忘れて感謝の涙がこぼれる。涙の水滴がぽたぽたと落ちて、彼女の枕に染みを作った。

図鑑で見たことしかない可愛らしい花に、そっと手を添える。

「すごいわ、ありがとう……ユージーン。私のために採って来てくれたのね。ふふ、綺麗……」

ティーナが弱々しい手で花を受け取ると、ユージーンは涙を流しながら頷いた。意地っ張りで気の強い彼が人前で泣くなんて滅多にないことだ。

彼女はそんなユージーンの優しい心に胸を熱くした。

（ユージーン、あぁ、大好き……）

その時、ユージーンへの恋心が愛情に変わっていくのをはっきりと感じた。

あの事件の日以来、ティーナもユージーンもエマとは一度も会っていない。周囲の大人から、療養している母親の病状が悪化したので引っ越したのだと伝え聞いた。

ティーナが高熱を出して寝込んでいる時、一度だけエマが見舞いに来てくれたそうだ。別れを告げに来てくれたのだろうか。エマはとても心の優しい少女だった。

結局ティーナの背中には、見るもおぞましいほどの醜い傷が残った。これではもう彼女は結婚できないだろう。

両家で話し合いがもたれ、ユージーンが責任を取って彼女と婚約するということで落ち着いた。

ティーナの父のハニブラム子爵は、侯爵家の嫁になるのだからとてもいい話だと喜んだ。

ティーナ自身も、ずっとユージーンに想いを寄せていた。願いが叶って、とても幸せだった。

これがティーナがユージーンと婚約したいきさつ。互いに愛し合って決めたわけではない。

それでもティーナはユージーンに愛されていると、ひたすら信じていた。

なのに彼のティーナに対する態度は、日を追うごとに変わっていく。いまでは本当に愛されていたのかすら自信が持てない。

ユージーンは大勢の女性と浮名を流しているのに、ティーナの体だけは求めないこともその原因の一つだ。

もう十三年ほど婚約しているのに、いまだにキスまでしかしたことがない。

幼い頃ならいざ知らず、ティーナは二十一歳でユージーンは二十四歳。

普通の婚約者同士ならば、既に体の関係があってもおかしくない。そういう機会も何度かあったのに、ユージーンは手を出してこなかった。

一度なけなしの勇気を振り絞って自分から誘ってみたが、彼女の背中の傷を見た途端、ユージーンは目に見えて動揺した。

そうしてティーナにドレスを着せると、青い顔で部屋から去って行ってしまったのだ。

それ以来、彼とキスをするのも怖くなってしまった。

(やっぱりユージーンでも私の傷を醜いと思うのね。だから他の女性と遊ぶのだわ)

絶望と不安で心がざわつく。

「早く戻ってきて……ユージーン——ここは……寒いわ」

誰も通らない寂しい場所に一人ぽつんと立つティーナは、空を見上げた。

重なった葉の隙間から覗く青くて澄み切った空は、子供の頃とちっとも変わらない。ユージーンだって、昔の優しさをまだどこかに持っているはずだ。

エマを助けようと刃物を持った男に果敢《かかん》に向かったり、ティーナのために珍しい花を探して来てくれたユージーン。

ティーナが怪我でベッドに伏していた時、ほとんど寝ずに側についていてくれた。あの時の彼の気持ちに、嘘はなかったと思いたい。

「はぁ」

諦めの溜め息をついて、沈んだ心を落ち着かせる。

「置いて行かれるのはいつだって心が引き裂かれるくらい辛いわ。けれど、待つのは慣れてしまったみたい……。今日はどのくらいで戻ってきてくれるのかしら」

いままで最長で三時間待たされた。雪が降る冬のさなかに外で待つことに比べたら、こんな天気の良い日に緑に囲まれて待つことなど苦ではない。

ただ彼の愛を疑い始めてしまうと、いつも心が冷たくなって胸が苦しくなる。

今日は、いつもより早く、一時間ほどでユージーンが戻ってきた。

先程の女性は既にいなくなっていたが、彼の首筋にはくっきりと赤い口紅がついている。ティーナは彼女とユージーンが何をしていたのか、気になってどうしようもない。

それを直接尋ねる勇気はなかったが、このままでは口紅の跡がついているのを他の人に見られてしまうだろう。

ユージーンにおずおずとハンカチを差し出す。

「――あの、ユージーン。首が……赤くなっているわ」

すると彼は悪びれもせず首筋に手を当てた。

「ああ、これね。だから駄目だって言ったのに、後先考えない情熱的な女性は困るな」

彼が腕を上げた瞬間、あの女性のものと思われる香水の香りが漂ってきた。

（ユージーン。さっきの女性と、少なくとも首筋にキスの跡が残るようなことをしたのね……）

唇を噛んで苦しみに耐える彼女を見て、ユージーンは楽しんでいるようだ。

彼は面白そうに笑いながら、ティーナが差し出したハンカチを突き返す。

「ははっ、ティーナ。じゃあティーナが口紅を取ってくれる？　自分じゃどこについているのか分からないからね」

彼の顔には嘲《あざけ》りが混じっている。

ティーナが傷つくのを知っていて、わざと意地悪をしているようにしか見えない。彼女の心を弄《もてあそ》ぶのがそんなに楽しいのだろうか。

ティーナは必死で感情を抑えながら、震える指でハンカチを当てる。するとユージーンはいきなりその手首を掴まえて、グイッと彼女を自分の方に引きよせた。

驚いたティーナは大きく目を見開く。

「きゃっ！　な、何……？　ユージーン――痛っ！」

握られた手首にさらに力が込められる。ティーナが痛みに顔を歪ませると、彼は嬉しそうにほくそ笑んだ。

「ずっと前から、僕は君と結婚すると決まっている。この結婚はバッカム家からは断れない。もし僕と結婚するのがいやなら、ティーナが一言そう言えばいい。すぐに婚約は解消になるだろう。どうする？　君は僕との婚約を解消したいの？」

ティーナの心の中が絶望感でいっぱいになる。

（あぁ、やはりユージーンは私を愛していないのだわ。私から婚約を解消してほしいのね）

しばらくの間をおいて、ティーナはゆっくりと声を絞り出した。

「あの……私はあなたを愛しているからいやだけれども――あなたがどうしても婚約を解消したいというなら……私……」

いままで何とか堪えていた涙が一筋、頬を伝って流れていく。その涙を、ユージーンは顔を寄せて唇で受け止めた。

「あぁ、ティーナ。かわいそうに、君はそんなに僕が好きなんだ」

声の調子が、普段の彼のように優しく穏やかに戻っている。

強く掴まれていた手からは力が抜けていて、これ以上にないほど優しい彼の笑顔が近くに見えた。

頬に何度もキスが落とされる。

顔にはティーナへの愛しさが溢《あふ》れていて、ついさっきまで彼女に婚約解消を勧めていた同じ男性には見えない。

「僕も君を心から愛してる、ティーナ。僕のことを分かってくれる女性は君だけ。だから僕は絶対に婚約を解消しない。君だって分かっているよね」

ティーナは胸を痛みに絞られながらも、小さな声で返事をした。

「ええ、もちろんよ、ユージーン」

いままで彼女は何度も別れを口にした。愛する彼の意思に反して結婚などしたくなかったから。

両親に反対されても破談にしようと、勇気を振り絞って持ち掛けた。なのにそのたびに彼は甘い言葉でティーナを引き留める。

（ユージーン、私にはあなたが何を考えているのか分からないわ。私と結婚したいのか、結婚したくないのかも……）

昔から彼がそうだったわけではない。でもあの事故の後から、ユージーンは変わってしまった。

そう、ティーナとの婚約が決まった頃から徐々に……川が下流になるほど幅が広くなるように……ゆっくりと彼の態度は変化していったのだ。

ここ数年ではさらに酷くなって、他の女性の影をちらつかせてティーナを苦しめるようになった。それでもたまに彼が見せる優しさに、ティーナの心は浮かんだり沈んだりするのだ。

そうしてユージーンは、他の女性にもしたのだろう同じ唇で、ティーナにもキスをする。

彼の温かい唇の感触が、逆にティーナの心を冷たく固く凍らせていった。

もう何年もこんな調子だ。彼の傍にいると切なくて苦しい気持ちしか感じられない。

結婚してもおかしくない年齢になったというのに、ユージーンからのプロポーズはまだなかった。

ユージーンへの愛を見失いそうになる。

けれどもそのたびに、ティーナはユビリアムの花を採って来てくれた優しいユージーンを思い出す。そうして、もう少し彼を信じてみようと考え直すのだ。

(あの時の優しいユージーンは、まだあなたの中に残っているのでしょう……?)

ティーナは神に祈るように心の中で願った。

デートを終えた後、ユージーンに王都の別邸まで送り届けてもらう。

バッカム家の馬車が玄関に到着すると同時に、ティーナの両親と兄が揃って笑顔で出迎えた。

父のハニブラム子爵は揉み手をして猫なで声を出す。

「ユージーン様、いつも娘を連れだしてくださってありがとうございます」

「いいえ、ハニブラム子爵。彼女の婚約者として当然です。僕もティーナと一緒に時間を過ごせて楽しかったですから」

ユージーンはティーナの手をしっかりと握りしめ、爽やかな笑顔でそれに答えた。母のマチルダがティーナの肩を抱く。

「あぁ、こんな素敵な方が婚約者で、本当にティーナは幸せ者ね、ほほほ」

はたから見れば、二人は周囲に祝福された幸せな恋人たち。けれどもティーナは繋がれたその手の温かさに、重苦しい閉塞感《へいそくかん》を感じ取っていた。

両親にも兄にも、ユージーンの女癖の悪さは耳に届いている。なのにバッカム家の援助がなくなるのを恐れて、決してそのことを口にしない。

「あの、ユージーン」

ティーナの兄、キースがユージーンの隣に擦り寄った。

キースはユージーンより七つも年上だ。なのにユージーンの機嫌を損ねないよう、低姿勢で慎重に彼の様子をうかがう。

「最近、西の領地で蛮族が暴れているんだ。ハニブラム家の兵を向かわせたんだけど、あまり状況が良くないようで……だから申し訳ないけど、またバッカムの援助を頼めるかな……？」

ユージーンは即答する。

「もちろんいいよ。僕はティーナの婚約者だからね。屋敷に戻ったらすぐに兵を手配しておくから心配しなくていいよ、キース。ハニブラム家の問題は、僕の問題でもあるからね」

「ありがとう、ユージーン。助かるよ」

ユージーンはキースに向かって笑いながら、握りしめたティーナの手に力を込めた。まるで婚約破棄などできやしないだろうと、面と向かって言われているようだ。

胸の奥が再びぎゅうぅっと苦しくなって、ティーナは唇を噛みしめた。

しばらくしてキースと話を終えたユージーンは、ティーナの顔を覗き込む。

「じゃあ、ティーナ。次に会うのは五日後のニューエンブルグ公爵家の夜会だね。僕が贈ったあの紺色のドレスと真珠のネックレスを身に着けてきて。ティーナに似合うと思って、町一番の宝石屋でじっくり選んだんだ。君がどんなに綺麗になるか、会うのが楽しみだよ」

「……え、ええ、そうするわ。ユージーン」

笑顔で返すが、うまく表情を作れているのか自信がない。

ユージーンは満面の笑みになると、彼女の手の甲にキスを落としてから、屋敷を去っていった。

小さくなっていく馬車を見ながら、ハニブラム子爵が満足そうに呟《つぶや》く。

「あの時、ティーナの傷が膿《う》んでくれたおかげだ。背中に醜い傷が残ったせいで、ユージーン様と婚約できた。これでバッカム家とのつながりは盤石だ。すなわちハニブラムの領地も安泰だな」

「ええ、本当ですわ。あんなに高級なドレスや宝石を贈ってくださるのだから、バッカム侯爵家は素晴らしいですわ。うちではとても手が出ない金額のものばかりですもの」

ティーナの思いをよそに、両親と兄はこの婚約に非常に満足している。

思えばあの事件で、ティーナは両親に愛されていないと決定的に思い知った。

すべてのことにおいて常に兄より冷遇されるのは、自分が女で爵位を継ぐことができないからだと思っていた。父も母も心の奥では自分のことを愛してくれているのだと。

でも、それは違っていた。背中の傷の痛みに耐えるティーナを、彼らはちっとも構わなかった。治療するには、化膿《かのう》してしまった傷口を何度も裂いて膿《うみ》をださなければいけない。でないと全身に膿《うみ》が回って死んでしまうからだ。

包帯を替えるたびに繰り返される処置は、毎回背中に熱く焼けただれた鉄を当てられているようだった。けれどもそれを、幼い彼女は涙も見せずに耐えきった。

そんなティーナの前で、両親や兄は、より大きな傷が残ればいいと口にすることさえ憚《はばか》らなかった。その時にようやく彼女は思い知ったのだ。彼らは娘のティーナを愛してはいないのだと。

そんな彼らのこと。彼女が婚約を解消したいといっても聞き入れてはくれないだろう。

「疲れましたので、お先に失礼します」

ティーナは喜んでいる両親と兄を尻目に、自室に戻った。

完全に治っているはずの背中の傷がうずく。ドレスの首元を弛《ゆる》めて、鏡越しに背中の傷を見てみる。

引き攣《つ》れた赤黒い傷は肩の少し下から始まって、腰まで一直線に続いていた。ティーナは悲しそうに目を細めた。

（なんて……なんて醜いのかしら……）

何度見ても醜悪な傷だ。

背中が開いていないドレスを選べば気づかれないが、もし目に入れば誰でも顔をしかめてしまうだろう。

ユージーン以外、ティーナと結婚してくれる男性は現れない。

幼い頃から一緒に過ごしてきて傷の存在を知っている彼ですら、そのおぞましさには身を引いてしまうのだから。

だからユージーンはその欲望を他の女性で解消しているのだ。

ティーナは胸を痛めた。

「私は一生誰とも結婚しなくてもいいのに……こんな辛い想いをするくらいならいっそのこと、婚約を解消したほうがいいのかしら……」

自分に問いかけるように呟《つぶや》きながら、クローゼットの引き出しを開けた。中には彼女の宝物が入っている。

貝殻や綺麗な石の間にある、分厚い詩集の本を手に取って開くと、中には薄いピンク色をしたユビリアムの押し花が挟まっていた。

あの事件の後、ユージーンが山で採ってきてくれたものだ。ずっと大切に保管してある。

ティーナはユビリアムの花弁に手を触れた。

いまの彼女にとって、これだけが唯一の救いだったから。

「……ユージーン。まだ私のことを大切に思う気持ちがあるって……そう信じてもいいのよね？」

そうしてティーナは濡れた瞼《まぶた》をそっと伏せたのだった。

そんなティーナにも数年前から親友と呼べる存在がいる。ここはその彼女、クレア・シュジェニーの屋敷だ。

豪華で煌《きら》びやかな飾りつけのティールームは、彼女の父の経営するシュジェニー商会の経営が好調なことを物語っていた。

国々をまたいで商売をしているので、普段目にしないような珍しい物もたくさんある。

クレアは昨日のデートの様子をティーナから聞くと、勢いよく椅子から立ち上がった。テーブルが音を立てて揺れ、カップの中の紅茶があやうく零れそうだ。

「酷いわ！　どうして黙って彼のいいなりになるの⁉　だいたい昔の事件だって、そもそもティーナがユージーン様の命を救ってあげたんじゃないの。もっとガツンと言ってやらないと！」

「ゴホンッ‼　お嬢様……」

あまりに大声だったので、隅で控えていた執事が咳ばらいをしてクレアを諫《いさ》める。

クレアはばつが悪そうに目を細めると、心を落ち着かせてから再び椅子に腰かけた。

そんな彼女をティーナは微笑ましく思う。

「ふふ、クレアったら」

クレアは薄茶色の腰までの真っ直ぐな髪に、強い意思の宿った栗色の瞳をしている。少し吊り上がった彼女の目は魅力的で、いつも生命力に溢《あふ》れている。

心穏やかで大人しく、婚約者の不貞すら責めることのできないティーナとは正反対だ。

ティーナが一人ぼっちでユージーンに待たされている時、声をかけてもらったのがきっかけでクレアとは親しくなった。

それ以来、彼女はなんでも相談できる友人だ。

背中の傷のことは世間には公にしていないが、クレアにはティーナから話した。彼女は大切な親友だから。

それから二人は、こうやって週に二回はクレアの屋敷で一緒にお茶をしている。ティーナの屋敷では落ち着かないからだ。

すぐに両親と兄が来て、王国最大の商会の娘であるクレアと話をしたがる。

ティーナは寂しそうに微笑んだ。

「……でもユージーンは、私が気に入らないみたいだわ。私は彼の好みの容姿じゃないし、それに彼にとってはこの婚約は強制されたようなものだもの」

「じゃあどうしてティーナが自分から婚約を破棄するって言ったら断るのよ！　渡りに船じゃない。結局ユージーン様はティーナみたいな大人しくて自分の言いなりになる女性と結婚して、この先も他の女と遊び続けたいだけなんだわ！　最低っ！　もう婚約を破棄しちゃいなさいよ！」

(私と結婚しても他の女性と遊びたい。ユージーンの本心はそうなのかしら……？)

クレアの言葉に、彼女は心の中で自問自答した。

確かにユージーンの女癖の悪さは結婚しても治りそうにない。

ティーナは悲しい目をして俯《うつむ》き、そして顔を横に振った。

「ユージーンが私と別れたがらないのなら、私から婚約破棄するつもりはないの。それに、もしそうなったらお父様やハニブラム領の民たちはたちまち困ってしまうわ。うちの領地はバッカム家の援助がないとやっていけないほど弱小なのですもの」

「いいい！　ご両親のことなんか放っておきなさいな。もしティーナが婚約を破棄して家から追い出されても、私が面倒を見てあげるから心配しないで！」

クレアが頼もしそうに自分の胸を叩く。

確かに彼女なら、ティーナ一人の面倒を見るくらい簡単だろう。

(もしかしたらクレアのお父様の商会で雇ってもらえるかもしれないわ。そうだったら、どれほど心が楽になるだろうかしら。あぁ……でもそんなことは無理だわ……)

ほんの少しだけ、いまとは違う明るい未来を夢見た後、ティーナは現実に戻る。

実際に婚約破棄をすればバッカム家との友好的関係も終わってしまう。そうすればなんの関係もないハニブラム領民の生活が脅《おびや》かされるだろう。

ティーナの我がままで彼らを犠牲にするわけにはいかない。それにユージーンへの愛情も、まだ心の中にわずかながら残っているのだ。

(婚約を破棄したい……でもできない。苦しくてどうしようもない……いつだって同じことの繰り返しだわ)

でもそんな彼女の心の内を知られてしまったら、きっとクレアを心配させてしまうだろう。

ティーナは無理に笑顔を作る。

「ありがとうクレア。でもね、私が婚約を解消しないのは、本当は私がまだユージーンを好きだからなのよ。ユビリアムの花を採ってきてくれたあの時のユージーンを信じたいの。あなたが代わりに怒ってくれたお陰で元気になったわ。あなたは私の一番の友達よ」

するとクレアは照れたのか頬を真っ赤に染めた。

彼女は感情がすぐに顔に出るので分かりやすい。ユージーンの心もこんな風に分かりやすければいいのにと思う。

ティーナはクレアの裏表のない、真っ直ぐな明るさにいつも救われていた。

それから二人は美味しいお茶菓子を味わいながら、しばらく楽しい会話を続けた。ティーナは社交界の出来事に疎《うと》いが、クレアは違う。

我が国、ダリア王国のみならず近隣諸国でも手広く商売を営んでいる父親のお陰で、色々な情報が集まってくるらしい。

クレアの話は、ティーナには想像もつかないことばかりでとても面白かった。

「そういえば、今度のニューエンブルグ公爵家の夜会に、リンデル皇国の騎士たちがいらっしゃるのですって。しかもみんな揃って独身の男性らしいわ。皇国で騎士になるのは狭き門だから、大抵はお年を召した方が多いのに珍しいわよね」

「へえ、そうなのね」

リンデル皇国はダリア王国の東側の領地に接する隣国で、王国と最も親しみのある友好国だ。

また両国の王族同士で婚姻を繰り返してきたので血のつながりがある。なのでこうして社交シーズンになる頃には、皇国から大勢の人がやってくる。

だが隣の国とはいえ、簡単には訪れることはできない。

皇国までは深い山を越えていく道しかないので、馬車だといくつもの難所を通る。気候のいい春と秋しか行き来は難しい。

皇国の気候は一年中春のように穏やか。対してダリア王国は夏は暑く、冬は雪が積もって凍えるような寒さだ。

なので貴族の子弟はこぞって皇国に留学をする。今回は騎士団交流の一環らしい。

「なかでもエグバート様という方が一番の実力者らしいわ。すぐにでも騎士隊長になれる器なのですって。実践に近い集団模擬戦でも、あっという間に数多くの相手を倒したそうよ」

クレアによると、彼は眉目秀麗《びもくしゅうれい》で武術も優れているらしい。その上、ダリア王国の公爵家の嫡男ということで、王国中の令嬢が色めきたっているそうだ。

「夜会に向けてドレスを新調する令嬢たちのせいで、王都の仕立て屋はどこも大忙しらしいわ。という私も、気合いを入れて豪華なドレスを作らせたのだけれどもね。何が起こるか分からないじゃない？　一目で騎士様と熱烈な恋に落ちるとか」

クレアが軽快に話すと、ティーナはクスクスと笑い声を漏らした。

「あら、すごいわね。そのドレスをぜひ見てみたいわ。クレアのことだもの、とても素敵なドレスなのでしょうね」

「あら。私のドレスのことよりも、ティーナのほうこそエグバート様に気に入られるかもしれないわよ？　そうなったら残念だけど、彼はティーナに譲ってあげるわ。どんな男性だってユージーン様よりましなはずだもの」

「そんな譲るだなんて――それに私は他の男性なんて興味はないわ」

最後のセリフは消え入りそうなほど小さな声だ。

そんなことよりもティーナは、他のことに気を揉んでいた。

（夜会の日――エグバート様にみんなが注目してくれて、ユージーンを誘う女性が現れなければいいのに……）

楽しい時間はあっという間に過ぎ去ってしまうもの。次に会う約束をして、ティーナは手配していた馬車に乗り込んだ。

王都で暮らしている時は、こうして移動のたびに馬車を頼む。子爵家はあまりお金に余裕がないので、王都では専用の馬車を所有していない。

町の中心部を通り過ぎていく時、馬車がいきなりその速度を緩《ゆる》めて止まった。どうしてなのか気になったティーナは、窓から顔を出して馭者《ぎょしゃ》に尋ねる。

「何かあったのですか？」

「あぁ、すみません。馬車の前で人が倒れたようです。危険ですので、中でお待ちください」

そう言って馭者《ぎょしゃ》は馬車を降りた。ティーナが馬車の窓から外を覗くと、そこには一人の若い男が苦しそうに息をして、石畳の上に倒れこんでいる。

道の真ん中に彼が倒れているので、馬車を進められないらしい。

馭者《ぎょしゃ》は彼を道の隅に連れていくとそこに放置し、再び馬車に乗り込んで馬を走らせようとする。

異国風の服を着た病気の男を、介抱しようとする人はいないようだ。それどころか誰もが遠巻きにして見ているだけ。

いま北の国で疫病が流行っているので、感染が不安なのだろう。その間にも男の顔色はますます青白さを増していく。

「待って！　このままここで待っていてください！」

見ていられなくなったティーナは、弾かれたように馬車を降りた。一直線に道端に座り込んでいる男に駆け寄る。

「大丈夫ですか？」

ティーナが声をかけると、男は辛そうに肩で息をしながら鋭い眼光をティーナに向けた。

その緑と茶の混ざったアンバー色の瞳には強い光が宿っていて、弱っているというのに男の力強さを思わせる。

少し長めの黒髪は艶があり、太陽の光を受けて黒曜石のように輝いていた。

その様子は危険で美しい手負いの獣のようだ。思わず心臓が跳ねる。

「向こうへ行け……俺は見世物じゃない！　俺に触るな！」

男の迫力に、ティーナは一歩手前で足を止めた。額には脂汗が光っていて痛々しい。

なのに彼は彼女の助けを拒絶している。かといって、このまま見捨てるなんてできない。

どうしようか迷っていると、男は座っているのも限界になったのか地面に崩れ落ちた。

遠慮がちに汗ばんだ額に触れてみる。すると男は石畳に横になったままぴくりと体を動かして、ティーナをぎろりと睨《にら》んだ。

どうやら熱はないようだ。どちらかといえば冷たいくらい。

症状が出れば高熱を出すのが疫病の特徴。どうやら疫病ではなさそうだが、彼は青白い顔をしていて相当気分が悪そうだ。

そういう時に効く薬草の名をティーナは知っていた。

昔からずいぶん医者には世話になったので、その時にいろいろな薬草の話を聞いたことがある。

ティーナは急いで近くの屋台まで走っていき、数種類の特別な薬草と水を買ってきた。

手持ちのお金が足りなかったので、宝石のついたイヤリングも渡して薬草を手に入れる。

薬草を手でつぶしてから男の顔の近くに寄せ、水で濡らしたハンカチを額にあてる。そうして、もう一つの薬草の葉を男の口の前に持っていった。

「大きく息を吸ってください。この薬草の香りは血行を良くするので、じきに気分が楽になるはずです。そしてこっちの薬草は、口に含めば気持ちの悪さがなくなりますわ。どちらも安全な薬草ですので安心してください」

男はティーナを警戒しながら威嚇《いかく》し、睨《にら》みつけた。

「もし俺に何かするつもりなら、その細首を折ってやる！　そのくらいの力はまだ残っているからな」

その剣幕にティーナはびくりと肩を震わせる。それでも彼女は逃げ出さなかった。

男はティーナが手渡した薬草を指で潰して、まずは確かめるように小さく息を吸い込んだ。ミントとコリアンダーが混ざったような薬草の香りが辺りに漂う。

男は一瞬顔をしかめたが、薬草を安全なものと判断したようだ。何度も大きく呼吸を繰り返す。しばらくして少し元気になったようで、彼はティーナが手渡した薬草を乱暴に口に入れた。

幾度か息をするたびに、徐々に男の顔に赤みが戻って来るのがはっきりと分かる。

「あぁ、良かったわ」

「――お前は変わった女だな……」

男がぼそりと呟《つぶや》いた。

きっと彼は異国から来た商人か何かなのだろう。

状態が良くなるまで、ティーナは懸命に彼の背中をさすっていた。しばらくして具合が良くなったのか、男は天を仰いで顔を弛《ゆる》める。

ティーナは安堵した。

「その服は隣のリンデル皇国のものですよね。もう少しこのままゆっくりお休みになれば、動けるようになると思いますわ」

ティーナは立ち上がり、ドレスについた土埃を掃《はら》う。彼女は男に向かって一礼した。

「では馬車を待たせていますので、私はここで失礼いたします」

この場を去ろうとするティーナに、彼が慌てて声を掛ける。

「――待てっ、お前の名前は……！　俺は誰にも貸しは作りたくない、礼をさせろ！」

けれども男はまだ本調子ではないようで、石畳に座りこんだままだ。

「礼など必要ありませんわ。そうですわね、私へのお礼ならば、どうかお体を大事になさってください。そうしてダリア王国滞在を楽しんでいただけると、とても嬉しいですわ」

ティーナは笑って男の側を離れると、馬車の中に戻った。馭者《ぎょしゃ》が不安そうな面持ちで彼女を振り返る。

「大丈夫です。疫病ではありませんでしたから。でもお待たせしてごめんなさい」

すると馭者《ぎょしゃ》はホッとした表情を浮かべた。そうして前を向いて再び馬車を走らせると、にこやかに話し始める。

「お嬢さんは、お優しい方ですね。こんなに思いやりのある貴族のお嬢さんは初めてですよ。どこの誰とも分からない旅人を助けるなんて」

ティーナは小さく笑って答えた。

「私、子供の頃、大怪我をしたことがあるの。その時にたくさんの方に手厚い看護をしてもらって、本当に感謝しています。ですから、その時にしていただいたことを、少しでも誰かにお返ししたいと思っているだけなの」

ふとティーナはハンカチを男に預けたままだということを思い出した。あれはユージーンからプレゼントされた物だから、バッカム侯爵家の紋章が刺繍《ししゅう》されている。

(大事なハンカチを失くしたことが分かったら、またお母様に怒られてしまうかしら……)

一瞬で晴れた気分が憂鬱《ゆううつ》になる。

でもあの時にはそれは必要なものだったのだ。そう自分に言い聞かせて心を落ち着かせた。

屋敷に戻ったその翌朝のこと。

ティーナの危惧《きぐ》していた通り、彼女は朝食の前に母に呼び出された。

侍女から母に話がいったのだろう。けれども、見知らぬ男性を介抱したことは誰にも言っていない。そんなことが母に知られたら、もっと事態が悪くなるのは目に見えている。

部屋に入ると、母はティーナに背を向けたまま窓の方を向いていた。そうして手にした扇を何度も開いては閉じたりを繰り返している。

これは母、マチルダが怒りを抑えている時の癖だ。ティーナは身を固くして縮こまった。

マチルダは振り返ると、間髪も入れずに高い声で怒鳴り始めた。

「バッカム侯爵家の紋章の入ったハンカチを、いつの間にか失くしてしまっただなんて！　ユージーン様が気分を悪くされるわ！　ティーナ！　なんて馬鹿な子なの！」

マチルダがティーナの顔のすぐ傍で扇を閉じたので、反射的に目を閉じた。全身に力が入って、恐怖が掻き立てられる。ティーナは青い顔をして慌てて頭を下げた。

「ごめんなさい、お母様……申し訳ありません」

「あなたの謝罪一つでどうにかなる問題じゃありません！　ユージーン様に見捨てられたら、我が家はどうなると思っているのですか！　本当に愚鈍な子なのだから!!」

こうなるとマチルダは、怒りが収まるまで大声で怒鳴り続ける。ティーナはいつものように頭を下げ、何度も謝罪の言葉を繰り返すしかない。

一時間程小言を聞くと、ようやくマチルダの気分も落ち着いたようだ。

「いいわね、罰として夜会の日まで外出禁止よ！　それとユージーン様に許してもらえるまで、お詫びの手紙を書きなさい！」

そう言い捨てて、マチルダは部屋を後にした。そうして今日一日、食事をとることも禁じられる。

ティーナは自室の机に向かい、肩を落とした。

こんな風に食事を抜かれることには慣れているが、今日から四日間の外出禁止は辛い。クレアと明後日会う約束をしていたのだが、駄目になってしまった。

心が沈んでしまう。

けれどもティーナは一人の旅人を救ったのだ。あのまま放っておけば、死にはしないだろうが悪化して何日も寝込むことになっただろう。

そう思って落ち込んだ気持ちを奮《ふる》いたたせる。悩んでも仕方ない。できるだけ前向きに考えよう。

「そうだわ。教会に寄付する編み物を仕上げようと思っていたから、四日間家にこもるのだったら、ちょうどいいわね。さっさとお詫びの手紙を書いてから、作業をしましょう」

「あの……お嬢様、大丈夫でしたか――」

机に向かって書き物をしていると、中年の白髪交じりの侍女がティーナの側にやってきた。

この侍女、ヒルダはティーナが生まれる前からハニブラムの屋敷に勤めている。

彼女の娘が王都に住んでいるというので、今年は領地から王都の別邸についてきた。彼女の娘は先週出産したばかりだ。

ハンカチを失くしたことを告げ口する形になってしまったので、気に病んでいるのだろう。

ヒルダはすまなそうな面持ちで頭を下げた。

「私のせいで申し訳ありません。お嬢様」

「気にしないで。ハンカチを失くしたのは私だし、ユージーンから貰ったハンカチはあの一枚だけだもの。すぐ気づかれるわ。どうせ今朝になったら、私からお母様に謝ろうと思っていたの。あなたにいやな思いをさせて、私の方こそごめんなさい」

ティーナは心からの笑みを浮かべた。けれどもヒルダはまだ恐縮して頭を下げ続けている。

「さぁ、頭を上げてちょうだい。明日、ヒルダのお孫さんを見に行く予定だったのに、駄目になって申し訳ないわ。でも夜会の次の日には、赤ちゃんのプレゼントを持って伺うわね」

ティーナがそう言うと、ヒルダは何かを言いたそうに彼女を見た。その目は怯えているようだ。

一日食事を抜かれてしまったことで、そんなに気を遣わせてしまったのだろうか。

「あぁ、もう本当に気にしないで。お母様に怒られるのは慣れているもの。あなたも知っているでしょう？　それに最近少しドレスがきつくなってきていたのよ。夜会に向けて少しダイエットしておくためにも良かったわ」

その言葉に安心したのか、ヒルダはようやく笑顔を見せた。そうして何度も頭を下げてから部屋を退出する。

ティーナは気を取り直して、ユージーンへ謝罪の手紙を書き始めた。

手紙を出してもユージーンから返事がきたことは一度もない。たぶん今回も返信はないだろう。

（ユージーンは手紙を書くのが苦手だから……）

ヒルダにはああ言ったが、あのハンカチはティーナが二十歳になった時、バッカム家の婚約者としてユージーンが特別にあつらえさせてプレゼントしてくれたもの。

ティーナがそのハンカチを失くしたと知ったら、彼はどんな反応をするのだろう。

湧き上がる不安を振り払うように、顔を横に振る。

（誠心誠意、謝れば許してくれるわ……ユージーンは本当はとても優しい人だもの……）

ティーナは不安な心を落ち着かせた。

第二章　リンデル皇国の騎士との出会い

夜会の日はすぐにやってきた。

ティーナは約束通り紺色のドレスに真珠のネックレスを身に着け、ユージーンが迎えに来るのを待つ。

ティーナのために特別に仕立てられたドレスは、傷が隠れるよう背中の襟ぐりを浅くしている。

ドレスのデザインは大人っぽくシンプルで、体のラインが良く分かるもの。背中を出さない代わりに、胸のあたりが大きく開いていた。

巻きの厚い真珠のネックレスは、ティーナのきめ細かい肌に映えて美しく輝いている。

公爵家主催の夜会ということで、両親と兄は張り切っていた。時間に遅れてはならないと、彼らはティーナを置いて先に公爵家に向かっている。

約束の時間より三十分ほど遅れて、ユージーンが到着した。

ティーナは馬車から降りてきた彼の姿に目を奪われる。

正装で現れたユージーンは完璧だった。

もともと容姿がいい上に髪型を整え、かっちりとした黒の三つ揃えを着こなしているのだ。相変わらずの見栄えの良さに、ハニブラム家の侍女までもが口を開けて見惚れている。

いつもの爽やかな笑顔とともに、彼が甘い声をだす。

「ティーナ、お待たせ。やっぱりその紺色のドレス、君に一番よく似合うね。真珠も色が良くて君にぴったりだ。とても綺麗だよ」

「ありがとう、ユージーン。あなたも素敵よ」

ドレスを褒められて嬉しいが、ユージーンを前にすると反射的に心も体も萎縮《いしゅく》してしまう。

ハンカチを失くしたことを彼に責められるのではないかと、ティーナはひやひやしていた。

目を合わすことさえできなくて、その場で俯《うつむ》きじっと佇む。

ユージーンはそんな彼女をいつもと変わらずエスコートし、馬車の中に誘い入れる。彼は謝罪の手紙を読んでいるはず。何事もない彼の様子にティーナはホッとした。

（良かった。ユージーンは怒っていないようだわ……）

彼と向かい合って座席に腰を掛ける。馬車がゆっくりと動き出した瞬間、突然ユージーンが話を切り出した。

「……ハンカチのことだけど」

ぞっとするような冷ややかな声に、ティーナは全身を凍らせる。

月明かりが差し込むだけの馬車の中はようやく顔が見えるくらいに薄暗い。でも長年の経験から
ユージーンの心の中をはっきりと知ることができる。

「ティーナ。あれを失くしてしまったって本当？」

この低くて感情のない声は、かなり怒りを溜めている時のユージーンだ。ティーナは震える膝を
抑えながら頭を下げた。

「え、ええ。ごめんなさい。あなたが私のためにわざわざ用意してくれたものなのに……」

「いいよ、僕は気にしていないよ。ハンカチなんかたくさんあるんだ。ほら、新しいハンカチだよ。

ティーナにあげる」

急に彼の口調が穏やかになったので、ティーナは驚いて顔を上げた。

ユージーンはハンカチを手に持ち、ティーナに受け取るようにと差し出している。彼は怒ってい
ないようだ。顔には笑みさえ浮かんでいる。

「あ、ありがとう！　ユージーン。嬉しいわ」

ハンカチを受け取ろうとティーナが手を出すと、ユージーンがその少し前に手を離した。白いハ
ンカチが馬車の床に落ちる。

「ユ……ユージーン……？」

朱色の絨毯《じゅうたん》の上に舞い落ちたハンカチは、薄闇の中でもその白さを際立たせていた。一瞬で全身

の血の気が引いていくのが分かる。

ユージーンはもう一度、楽しそうに微笑んだ。

「バッカム家の紋章の入ったハンカチを、床に落としてしまうだなんて酷いな。ティーナ、拾ってくれるかい？」

口調は朗らかだが、その声は恐ろしいほどに低くて、ティーナを怯えさせるには充分だった。彼がハンカチをわざと床に落としたことは明白。

ティーナはよろけながら立ち上がり、座席の間の狭い場所に屈みこんだ。ようやく指がハンカチの先に触れた時、ユージーンがその端っこを靴の先で踏みつける。

「ハンカチを失くすなんて、几帳面なティーナにしてはあり得ないよね。君が出掛ける時は僕が一緒だし、それ以外はどうせクレア・シュジェニーの屋敷に行くぐらいだ。教会に奉仕に行っているのは知ってるけど、それはいつも木曜日。だったら、いったいどこでハンカチを失くしたのかな？」

彼はティーナがハンカチを失くした過程を疑っているのだ。ティーナの心臓がどくどくと音を立てて鳴り響く。

けれども本当のことを話せば、きっと彼は烈火のごとく怒るだろう。ユージーンはティーナが他の男性と話をすることをとても嫌うから。

「あの……ユージーン。手紙にも書いたと思うのだけれど、クレアの屋敷から馬車に乗って帰る途中で落としたのだと思うの。たぶん風で窓から飛ばされたのよ」

苦しい言い訳だが、ティーナには他に何も思いつかなかった。

でもユージーンはハンカチから足をどけようとはしない。

困り果てたティーナは、屈んでいる状態でユージーンの顔を見上げた。距離が近くなったので、彼の表情がいまははっきりと見える。

彼のゾッとするような冷たい視線が突きささり、ティーナは思わず顔を背けた。頭上からユージーンの責めるような声が聞こえてくる。

「まさか僕が贈ったハンカチを、君がわざと捨てるわけないよね？」

「もちろんよ！　そんなことするわけがないわ！」

彼はティーナが故意にハンカチを捨てたのだと考えていたようだ。

すぐに顔を上げて否定するが、ユージーンは表情を全く変えない。

「大好きなあなたから貰った大事なハンカチですもの。わざとなんて絶対にないわ。信じてちょうだい、ユージーン」

薄暗い馬車の中が、重い沈黙に包まれる。

そのうちユージーンの足がハンカチからのけられた。

（私を許してくれたの？　……ユージーン）

ティーナはユージーンの行動を窺《うかが》いながら、おずおずとハンカチを拾い上げて座席に座りなおす。

あまりの緊張に全身が心臓になったようだ。

ハンカチはティーナの膝の上に置かれたまま。それをポケットにしまっていいものかどうかも分からない。

「……ティーナ」

しばらく押し黙っていたユージーンが突然口を開いた。ティーナはビクッと肩を震わせる。

「今夜はリンデル皇国の騎士たちも参加するんだって、みんな騒いでいるよ。でもティーナはずっと僕の隣にいるよね」

「え、ええ。もちろんよ。私はあなたの婚約者ですもの」

「そうだよね、夜会では他の男とは絶対に話をしないでよ。ティーナ、君は僕の婚約者だからね。もし一言でも話をしたら……分かっているよね、ティーナ」

「ええ、分かっているわ。ユージーン」

彼の本意が掴めず、ティーナはさらに困惑する。彼は許してくれたのだろうか。

そういえばユージーンはさっき、彼女に自分の隣にずっといてくれるのかと尋ねた。

(ということは今夜はずっと一緒にいてくれるのだわ。いつもは他の女性とどこかに消えてしまうのだけれど。あぁ、そうだったらいいのに)

戸惑いながらも、ティーナは嬉しく思った。

それからティーナはユージーンと二人、たわいもない会話を続けた。彼はさっき起こったことなど、まるでなかったように普段通りに振舞う。

しばらくすると、馬車は王都の少し外れにある公爵家の門にたどり着いた。

お城と見まごうばかりの大きな建物は、たくさんの松明《たいまつ》に照らされ、壁が白く浮かび上がっていた。

池や丘のある広大な前庭を抜けると、数えきれないほどの馬車が停められている。王国中の貴族や有力者が招待されているのだろう。

いつもの夜会とは違う重々しい緊張感に、ティーナは身を引き締める。

「すごいわ、さすが公爵家の夜会ね。こんなにたくさんの人の前できちんとできるかしら」

「ティーナ、大丈夫だよ。不安に思うことはない。僕がついているから」

ユージーンの言葉に緊張が少し解けた。優しい表情に思いやりのある言葉。昔の彼と同じだ。

ティーナは彼に微笑み返した。

公爵家の屋敷の中は、これまた豪華な装飾品ばかりだった。

ユージーンにエスコートされて、ティーナは奥に足を踏み入れる。

招待された貴族たちも、今夜は一層着飾っているようだ。リンデル皇国の騎士たちはまだ到着していないようで、令嬢たちがそわそわしていた。

幾人かと社交の挨拶を交わした後、ユージーンとダンスを踊る。

二人が踊り始めると一斉に周囲の注目を集めた。甘いマスクに滑らかな足さばき。ユージーンはどこに行っても目立つ存在だった。ティーナはそんな彼を誇らしく思う。

二曲続けて踊った後に、一人の女性がユージーンの側に立った。彼女はティーナには目もくれず、誘惑的な目つきで彼の様子を窺《うかが》う。

ユージーンの女癖の悪さは社交界でも有名で、こうやって婚約者のティーナが隣にいても、構わずに彼を誘う女性は珍しくない。

（いやだわ、彼女は金髪に青い目。ユージーン好みの女性だわ。あぁ、また私は放っておかれるのかしら……）

ティーナは浮かれた気持ちを再び沈ませた。

けれどもユージーンは彼女の方を見向きもせずに、ティーナの手を取った。

「ダンスを踊るのはもう飽きたね。ティーナ、あっちの方に行ってみようか。室内に噴水があるらしいよ」

彼は予想外にも女性に背を向けて、ティーナを屋敷の奥へとエスコートする。あとに残された女性が、悔しそうに二人の後姿を見送っていた。

（やっぱり今夜はずっと私の側にいてくれるつもりなのね。あぁ、嬉しい）

ユージーンは一緒に夜会に参加していても、ティーナより他の女性や友人と過ごす時間の方が長かった。

そんなティーナを馬鹿にする令嬢も少なくない。

バッカム家はそれなりの貴族だし、ユージーンは女性に人気がある。その婚約者である彼女への妬みもあったのだろう。

落ち込んでいた気持ちを浮上させたティーナは、彼の肘にかけた手をきゅっと握って、ユージーンの顔を見上げた。

目が合った瞬間、彼が優しく微笑み返してくれる。その笑顔にホッと安心した。

そうしてしばらく二人で室内噴水を見て楽しんだ後、ユージーンが東館にある庭園に続くテラスにティーナを誘った。

天井まで伸びている両開きのガラス戸の向こうには、花壇の花が色とりどりに咲き誇っている。テラスに出ると夜空の藍色が花々の奥に浮かび上がり、そのコントラストがとても美しかった。

（もしかしてユージーン。この風景を私に見せたかったのかしら……。私のためにユビリアムの花を採ってきてくれた優しいユージーン。やっぱり彼は変わっていなかったのだわ）

胸をときめかせながらユージーンに続いてテラスの奥に足を進める。すると、テラスの奥に先日王立庭園で見た女性が立っているのに気がついた。

ティーナは飛び上がるほど驚いたのだが、ユージーンは予《あらかじ》め知っていたようだ。

ユージーンはティーナの手を振りほどいて女性に駆け寄る。

「ミュリエル、元気だった？　あぁ、今夜の君はいつもよりまして綺麗だ」

女性はむくれたように頬を膨らませた。

「ユージーン様。遅かったですわ。ずいぶんお待ちしましたのよ！」

「ああ、ごめん。でも約束通りに来たんだから許してよ」

平然と会話を続けるユージーンに、ティーナは愕然と目を見張った。

こんなところに女性を待たせておいたユージーンにも驚いたが、それよりティーナの心を乱したのは、女性の着ているドレスだった。

ユージーンからティーナに贈られたドレスと、全く同じオーガンジーの生地で作られた紺色のドレス。それに同じ色味の真珠のネックレスを彼女は身につけている。

彼女のドレスはティーナとは少し違うデザインで、胸元と背中が大きく開いているが、どう見ても同じ生地だ。

「――あの……ユージーン。これってどういうことなの？」

「ああ、このドレスの生地はやっぱり金色の髪と青い瞳に映えるね。まるで詩集にでてくる海の女神みたいだ。君のために、王都一の宝石屋で選んだんだよ」

ティーナを無視したまま、ユージーンは悪びれもせずに女性に話しかけた。ティーナの容姿と比較する彼の発言に、体の震えが止まらなくなる。

ティーナの体は、頭から冷水を浴びせられたように指先まで一瞬で凍りついた。

「やだ、恥ずかしいわ。やめてください。ふふっ」

誉め言葉に気を良くした女性は、笑いながら彼の肘に腕を絡ませる。そうして優越感に満ちた目でちらりとティーナの方を見てからユージーンに視線を戻して甘ったるい声を出した。

「ユージーン様ぁ、私と似たドレスを着た方の横には並びたくありませんわ」

「ああ、いいんだよ。ティーナはずっとここで待たせておくから。ティーナ、いい子だから僕が戻ってくるまでここにいてね」

「ええ、分かったわ」と、いつもは従順に返すのだが、今回はあまりのショックに声が出ない。そんなティーナに、女性が憐《あわ》れみの視線を向けた。

「ぷふっ、本当に可哀想ね。私だったらこんなの耐えられないわ。さ、ユージーン様、行きましょう。リンデル皇国の騎士様たちが、あちらで剣技を見せてくださるそうよ」

「へえ、それは興味深いな。ぜひ僕も見てみたい」

彼らは茫然と立ち尽くすティーナを尻目に屋内へと消えていった。二人の楽しそうな笑い声が耳に残る。

そうしてティーナは誰もいないテラスに、ポツンと一人残された。

あの様子だとユージーンは、当分ここに戻ってこないだろう。絶望が全身を満たしていく。

同じ生地で作らせたドレスと真珠を、ユージーンは彼女にもプレゼントしたのだ。

（金色の髪と青い瞳に映えるねって……それって私には似合わないってこと。そうよね。だって私は、そのどれも持ち合わせていないのだもの）

ティーナは夜空に浮かぶ月を見上げた。そこには子供の頃と変わらない月が光り輝いている。

（どうしてユージーンはこんなにも変わってしまったの……？）

溢《あふ》れ出す涙が頬を伝って流れ落ちる。

「もう……もうこんなの耐えられない……私を愛していないのなら、どうして離れさせてくれないの。ユビリアムの花の妖精が本当にいるなら、私をこの地獄から救ってください。お願いします」

ティーナはその場に泣き崩れた。大理石のタイルが膝に当たって冷たいが、構わず子供のように声を上げて泣く。

情けなさと悔しさで、胸が張り裂けそうに苦しい。夜の冷たい風が吹くたびに肌が凍えて、ますます惨めになった。

（どうしてこんな扱いを受けなくてはいけないの……もう何もかも捨てて、どこかに消えてしまいたい……）

どのくらい泣き続けていたのだろうか。突然聞き覚えのある声が、頭上に響く。

「やっと見つけた。こんなに美しい夜なのに、どうしてお前は泣いているんだ」

ぶっきらぼうだけれども、羽毛で耳を撫でられているような心地のいい声……。その声にひりひりと焼け付くような胸の痛みが、ほんの少しだけ和らいだ。

けれどもすぐに状況を思い出して、慌てて涙を拭いて立ち上がる。

こんな姿を他人に見られるわけにはいかない。ここは公爵家の屋敷で、いまは夜会の最中なのだ。

「も、申し訳ありません。あの……目にゴミが入っただけです。ご心配いただきありがとうございます」

泣きはらした顔を見られていないだろうか。

手で顔を隠しながら、ティーナは丁寧にお辞儀をした。涙で目がかすみ、男性の顔ははっきりと見えない。すると男性は思わぬことを言い出した。

「ずいぶん捜し回ったが、ようやく見つけた。招待されているはずなのに、どこにも見当たらなかったからな。まさか、こんな誰も通らない場所にいるとは思わなかった」

その言葉に、ティーナは顔を隠すのも忘れて、目の前に立つ彼の顔をまじまじと見た。

切れ長の目に、鼻筋の通った輪郭。男性の顔はバランスも良く整っている。魅惑的な色気を醸し出しているが、いままで社交界で見かけたことはない。

（誰……誰なの？　どうして私のことを知っているの？）

刹那《せつな》、風が吹いて彼の黒曜石のような漆黒の髪を揺らした。ちょうど月を隠していた雲が、風で流されたようだ。

髪の隙間から、ミステリアスな緑色の混ざった茶色の瞳が月光を浴びて浮かび上がる。その微妙な色合いにティーナは彼のことを思い出した。

「え……あ……あなたは――！」

先日、クレアの屋敷から戻る途中に王都で助けた旅人だ。

さっきは印象的な顔に気を取られて気づかなかったが、彼は騎士の制服を着ている。しかも腰には剣を下げていた。ということは彼はもしかして……

男性はティーナに笑いかけた。

「この間のことは感謝する。いろいろ事情があって騎士服を着れず、庶民の服装をしていたせいで、お前以外の誰も俺を助けてはくれなかった。あの薬草もかなりの値がしたはずだ。なのに礼も求めずに、あの場に置いて行くなんて思ってもみなかった」

王国についたばかりの出来事だったたと、彼は語った。

「お前は俺の正体に気づいていて、わざと恩を売ろうとしたのかと思ったが、違ったようだな。夜会に来ても、お前は俺を捜そうともしなかった。少し傷ついたぞ」

鋭く、威圧感のある堂々とした態度。彼は異国の旅人ではなく、リンデル皇国の騎士だったのだ。

騎士は、この王国でも上流貴族と同等の地位を約束されている。それほど誇りのある栄誉な称号。

だからこそ王国中の令嬢が色めき立っているのだが……

驚くティーナに、男性はハンカチを差し出す。ティーナが受け取ろうとすると、彼はそれを胸ポケットの中にしまい込んだ。

「これもお前がわざと残していったのかと思った。ハンカチのお陰で、すぐにお前の名が分かったぞ。ティーナ・ハニブラム。興味深い女だ。どうだ、俺と一曲ダンスを踊らないか？」

突然の申し出にティーナは戸惑う。

これほど階級の差がある男性と、踊った経験はおろか、話をしたことさえない。

ティーナはうやうやしくドレスを持ち上げ、頭を下げた。

「そ……そんな滅相もございません。お名前は存じませんが、あの時のお礼なら結構だと申し上げました。私はここで人を待っていますので、どうぞご容赦を……」

たとえ相手が皇国の騎士でも、ティーナが他の男性と話をしたことが分かれば、それだけでユージーンは怒ってしまうだろう。

彼を待っている時に男性に道を聞かれただけで、長い間不機嫌な態度を取られたことがある。ユージーンを怒らせたことは当然母の耳にも入り、一か月間の外出禁止を言い渡された。

そんな面倒ごとになるのはゴメンだ。

「お前の婚約者であるバッカム家の息子が気になるのか？　ユージーンとかいったな。あいつがさっき他の女と一緒にダンスを踊っていたのを見たぞ」

ティーナは羞恥心で顔を赤くする。

まさか王国に来たばかりの男性にまで、ユージーンの女癖の悪さを指摘されるだなんて、思ってもみなかった。しかも彼は、ユージーンが彼女の婚約者だと知っているらしい。

「え、ええ……存じています。彼が他の女性といることも……それでもここで待つと彼と約束したのです。ですから私はこの場所を離れるわけにはいかないのです」

すると彼は顔をしかめた。

その様子にティーナはビクリと肩を震わせる。気を悪くしたのだろうか。

男性は顎に手を当てて、考え込むようなしぐさをした。

「お前が望むことなら、なんでも叶えてやるつもりだが、その意見は認められないな。フランク、いまからここを閉鎖しろ」

彼が右手を上げてそう言うと、花壇の向こうから男性が姿を現した。恐らく近くに控えていたのだろう。

焦げ茶色の髪をジェルで撫でつけ銀縁の眼鏡をかけている、いかにも有能そうな男だ。

フランクは片手を胸にあてて、もう片方の腕を背後の腰に回した。そうしてうやうやしく頭を下げる。

「承知いたしました、エグバート様。ただちに東館を閉鎖させます」

そう言い残すと、フランクはティーナにも頭を下げてからテラスを立ち去った。ティーナの困惑は最高潮に達する。

確かに公爵家は広いので、一つくらい館を閉鎖しても夜会に影響はないだろう。

だが、いくらリンデル皇国の騎士で身分が高いからといって、そんなことを勝手に決められるはずがない。

「あの……でも……」

「あれは侍従のフランクだ。信頼できる男だから皇国から連れてきた。婚約者との約束が守れなくても気にすることはない。待つ場所が閉鎖されたんだから、仕方がないだろう。お前がここにいない充分な理由になると思うが、どうだ？」

男性は、こともなげに答える。そういえば彼はエグバートと呼ばれていた。その名前には聞き覚えがある。

そう、最後にクレアと会った時に彼女が話題にしていたあの騎士の名だ。リンデル皇国の騎士のうちの一人は、ダリア王国の公爵家の嫡男だという。そうして彼の発言。

「まさか……もしかしてあなたは」

「そうだ。俺の名はエグバート・ニューエンブルグ。リンデル皇国の騎士にして、ニューエンブルグ公爵家の嫡男。ずいぶんと長く帰っていなかったが、ここは俺の生まれた家だ。さぁ、ティーナ。俺と踊ろう」

エグバートは、驚く彼女に向かってさっと手を差し出した。

月の光に照らされた彼の顔は幻のように美しく、自信に溢《あふ》れて凛としている。同時にティーナの心臓がドクンと大きく跳ねた。

（まさか、町で助けた方がこんなに身分の高い方だったなんて……）

彼女が躊躇《ちゅうちょ》するのも構わずに、エグバートはその手を強引に取って歩き始めた。ティーナのパンプスとエグバートの革靴の音が、大理石の廊下に交互に響く。

「あの……！　無理です。申し訳ありませんが、止まってください！」

泣きそうな顔のティーナとは対照に、彼はとても楽しそうだ。

「はははっ、ダンスの申し入れを断るのはマナーに反する。さっきも言ったが、これは夜会の主催者の命令だ。お前は拒絶できない」

確かによほどの理由がない限り、男性からのダンスの申し入れは断れない。

だが踊りたくない女性は、そもそもダンスホールには足を踏み入れない。ティーナはダンスホールにいなかったのだから、無理やりホールに連れていくことの方がマナー違反だ。

「分かっていますが、私はダンスはあまり得意ではないのです、エグバート様。私なんかと踊ったら、お顔に泥を塗ってしまいます」

「大丈夫だ。難しい曲でも俺がリードする。ティーナは俺を信じてついてこい」

彼の機嫌を損ねないようにやんわり断ろうとするが、頑固で聞き入れてくれない。彼女の困惑をよそに、エグバートは廊下をどんどん先に進んでいく。

（あぁ、どうしましょう！　もしユージーンにこんなところを見られたら、きっとすごく怒るに違いないわ！）

リンデル皇国の騎士が見知らぬ女性と手を繋いでいるので、通りすがる紳士淑女が興味津々にティーナを見ては小声で噂話をしている。

エグバートの姿を目にするたびに、令嬢たちが色めきたつのが分かった。

「エグバート様！　お待ちください！」

ティーナの抵抗もむなしく、二人はダンスホールに到着した。

ようやく彼が足を止めた瞬間、信じられないほどの視線が一気に注がれる。興味、羨望、嫉妬、人々の様々な感情を含む関心に、ティーナは背筋を震わせた。

その小さな肩を庇《かば》うようにエグバートが強く抱く。

彼はそんな興味本位の視線には慣れているようだ。これほどの美形なのだ。女性だけでなく、男性すら見惚れてしまうに違いない。

けれどもティーナはユージーン以外の男性に免疫はない。触れられた肩の部分に心臓ができたみたいに熱くなる。

「ちょうど次の曲が始まる直前だったようだな。俺たちはついてる。さぁ、踊るぞ。ティーナ」

「で……でも、私っ！」

ダンスホールの中央に連れていかれたティーナは、周りを見回してから覚悟を決めた。

大勢の紳士淑女が見守る中で、拒否し続けると逆に目立ってしまう。そしてそれはティーナの本意ではない。

王国中の貴族が招待されているのだ。ユージーンに会う確率はそれほど高くないだろう。

（仕方ないわ。一曲だけ……一曲だけでまたあそこに戻らないと……）

ティーナは諦めて彼の前に立ち、手を取ってダンスを始めるポーズをとった。視線を上げると、そこにはエグバートの自信満々の瞳が見える。

彼は目を逸《そ》らさずに、ティーナをじっと真剣に見ていた。瞳の色は緑色とも茶色ともつかない、不思議な色だ。それに漆黒の髪が合わさってとても綺麗だと思う。

「ティーナ。お前に会うのをずいぶん待ち焦がれたぞ」

エグバートは低い声でそう言うと、彼女の手をギュッと握りしめる。それと同時に胸がドキドキと高鳴った。

(どうしてそんなことを言うの……？　この間、会っただけの人なのに……彼を助けはしたけれども、大したことはしていないわ。なのにどうして？)

エグバートの真意が分からない。

しばらく考えて、ティーナをからかっているだけなのだろうと結論付けた。

楽団の音楽が始まる。この曲はティーナの一番好きな曲だ。

(大丈夫。よかった、これならうまく踊れるわ)

足を右、右、左と、出して軽快なステップを踏む。ティーナはエグバートのリードがとても踊りやすいことに気がついた。さっきユージーンと踊った時とは大違いだ。

それはティーナの足さばきや体の重心に、エグバートがうまく合わせてくれているからだ。

強引で自分勝手な男性かと思っていただけに意外に思う。こんなにスムーズにダンスを踊ったのは、初めての経験だった。

ティーナをリードしながら、エグバートが彼女の耳に囁《ささや》いた。

「お前はダンスが上手いな。それにそのドレスも綺麗だ。だがデザインや色はいまいちだな」

「あ、ありがとうございます」

とりあえず礼を言う。上流貴族らしからぬ粗い話し方とは裏腹に、エグバートのダンスはとても紳士的だった。

まるでお姫様のように大切に扱われてうっとりする。

(でも駄目よ。ユージーンが怒ってしまうわ。一曲だけ、一曲だけで終わりよ)

そう自分に言い聞かせてダンスを楽しんでいると、エグバートが妙なことをし始めた。

ダンスを習う子供が、先生に教わる時の練習用のフレーズだ。それを彼は音楽のリズムに合わせて、小さく口ずさんでいる。

「一、二、三、右、右、左。海に行った足はターンしてからまた川に戻る。次は丘で山の時は高く足を上げて、これを三回繰り返す。一、二、三」

ふと隣を見ると、十歳に満たないほどの男の子と女の子が、泣きそうな顔で立ち尽くしていた。

慣れないダンスに緊張していたのか、二人のリズムが合わず、足がもつれてうまく踊れなかったらしい。

ダンスの最中のため、子供たちを構う人は誰もいなかった。

はじめはただエグバートの声を聞いていただけだったが、声に導かれるように彼らは足を踏み出した。

多少ぎこちないが、何とかダンスになっている。

泣きそうな表情だった二人の顔がぱぁっと明るくなる。

子供同士のたどたどしいステップは、見ていて微笑ましい。胸の奥が温かくなってきた。

（なんて気さくな方なのかしら。こんな風に子供たちを助けるだなんて、エグバート様の立場ではとても難しいでしょうに……）

招待客のほとんどはエグバートの行動を微笑ましく見ているが、中には上流貴族の品位を失いかねないと、眉を顰《ひそ》めている者も見受けられる。

頭のいい彼ならば、そのことに気がついているに違いない。

けれども彼は周囲の評価などちっとも気にせず、子供たちに声をかけ続けていた。

エグバートへの尊敬の念が高まる。

（素敵な方ね。私はみんなにどう思われているのか、いつも気にしてしまうのに……あぁ、でも子供たちが笑顔になってよかったわ）

そうしてダンスが無事に終わった。

最後に互いに一礼をして離れた時、エグバートのすぐ隣に男性が立った。恰幅のいい顎鬚《あごひげ》を生やした中年男性だ。

社交界にあまり詳しくはないティーナでも、彼の顔は知っている。ダリア王国の政治の重鎮である宰相、ボーツマス卿だ。全身に緊張感が走る。

ティーナは粗相のないよう丁寧にお辞儀をして挨拶をした。ボーツマス卿の隣にはティーナよりはるかに美しい若い女性が、楚々《そそ》として立っている。

彼女がエグバートにドレスをつまんで頭をそっと下げて挨拶をすると、その上品で麗しいしぐさに、感嘆の声が湧き上がった。

　ティーナまでもが、うっとりと見惚れてしまうほど美しい所作だ。

「エグバート君、次の曲は私の娘のハーミアと踊ってくれないか。娘がどうしても君と踊りたいと言っていてね。ははは。親の私が言うのもなんだが、娘は天使のように可憐で、王国一の美女だと言われているんだ」

　彼女なら、その身分も容姿もエグバートにお似合いだろう。ティーナが身を引こうとすると、エグバートが繋いでいた手を引っ張ってそれを阻《はば》んだ。

　望んでもいないのに、彼女はボーツマス卿とエグバートの間に立たされる。

「申し訳ありませんが、ボーツマス卿。私はティーナ嬢以外と踊るつもりはないんです」

　ボーツマス卿がティーナの方をじろりと見ると、卿の侍従がそっと耳打ちした。

　侍従がティーナの素性を教えたのだろう。

　ボーツマス卿に小馬鹿にした視線で全身をくまなく見られ、居たたまれなくなる。

「ティーナ・ハニブラム……あぁ、東の辺境の貴族の出なのだな。聞くところによると、彼女には他に婚約者がいるらしいではないか。どちらにしても、エグバート君の相手になる女性ではありませんな」

　何とも言えない生ぬるい視線を投げかけられ、ティーナは困り果てた。

(どうしたらいいの。もともとエグバート様とお話しするつもりすらなかったのよ……あぁ、早くこの場から立ち去りたいわ！)

けれどもティーナの立場では、彼らの前で意見することさえ非礼。不安に駆られながらもエグバートの顔を仰ぐと、彼は堂々たる面持ちで語った。

「ボーツマス卿、私の相手は自分で決めますよ。私はティーナ嬢と一緒にいたいので、申し訳ありません。お嬢さまとのダンスはお断りします」

「いやエグバート君。そんなことは言わずに、どうかね」

何度か会話を交わしてエグバートの意志が固いことを知ったボーツマス卿は、最後にはすごすごと引き下がった。

王国の宰相と険悪な雰囲気になったのではないかと心配になる。

そんなティーナの心の内を読んだのか、エグバートがさらりと言った。

「ティーナは心配しなくていい。ボーツマス卿は俺とうまくやっていかなければいけない充分な理由がある。そんなことより、あそこにある菓子はもう食べたか？　とても珍しいものだぞ」

エグバートが彼女の肩を抱いて、半ば強引にダンスホールから連れ出す。

ティーナは既に大勢の招待客の興味をひいている。先程から、彼女を噂する声を何度も耳にした。できるだけ早く彼から離れたいのだが、エグバートはティーナの手を握りしめたまま離そうとしない。

小さな皿に載った菓子を、嬉しそうにティーナに差し出す。

「申し訳ありません、エグバート様。お気持ちはありがたいのですが、私はここで失礼します。婚約者が、私を捜しているかもしれませんから」

先程の穏やかな調子とは一変して、エグバートが真剣な顔になった。

「……そんなに婚約者の彼が怖いのか？　そんなに怖がっているのに、どうして傍にいるんだ？」

心の中まで見透かされそうな視線に、ティーナは戸惑う。

「こ……怖いだなんて――彼は私の婚約者ですから、そんなことは思っておりませんし、私はユージーン様を愛しています」

「じゃあ、どうして愛する男を他の女と一緒に行かせるんだ？　ティーナを置いて他の女と出かけるのは、今夜の夜会が初めてじゃないだろう。そこまで馬鹿にされて、それでも、そいつに縋《すが》りつくのか？」

はっきりと指摘されて胸が痛む。ティーナがテラスで泣いていた理由に、彼は気がついていたのだ。

でも上流貴族のエグバートには決して分からない。ティーナが置かれている現状を……。彼女の体は、見えない鎖で幾重にも巻かれているのだから。

（どうして会ったばかりの人に、こんなことまで言われなきゃいけないの？）

悔しさと惨めさでいっぱいになる。

「――好きで……好きでこんな仕打ちに耐えているわけではありませんわ。けれどもユージーン様の傍にいる方法が他にないのならば、仕方がないと思っています」

「それでティーナは幸せなのか？　もしそれでもお前が幸せだというなら、この手を離してやろう。どうする？　決めるのはお前自身だ」

想像もしなかった彼の質問に、ティーナはエグバートをまじまじと見つめ返した。

(私……私は幸せなの……？　私の幸せなんて、そんなの考えたこともなかったわ……)

だがとにかく自分は幸せだと答えれば、この場から逃れられるだろう。ティーナはもちろん幸せだと答えた。

「ふっ、残念だな」

ようやくエグバートがティーナの手を離す。ふと彼の力強い光を放つ目に、ほのかに寂しさが宿ったように見えた。

彼が見せる別の顔に心臓が跳ねたが、ティーナはすぐに彼と距離を取る。

これ以上エグバートの傍にいるのは好ましくない。いつユージーンに見られるか分からないのだ。両親や兄だって、この夜会に参加している。

「私とダンスを踊っていただいてありがとうございます、エグバート様。では、失礼いたします。良い夜をお過ごしください」

丁寧なお辞儀をして、別れの定型の挨拶をした。

「俺のほうこそ感謝する。ティーナ、一緒に踊って楽しかった」

別れを告げたというのに、エグバートはいつまでもティーナから目を離さない。

ティーナは失礼のないよう、エグバートから慎重に離れた。

少し離れたところで振り返ると、彼はまだ彼女の方を見つめているようだ。そうしてエグバートが彼女に微笑む。

(ど、どうしてあんな風に私を見るの……！　もしかして皇国では普通のことなの？)

どぎまぎしながらもう一度小さく会釈を返し、それからティーナは振り返りもせずに、人ごみに紛れていった。

廊下を進んでいくと、誰もいない部屋があったので中の椅子に座り込む。

そこは小さな部屋で扉は開いたままだが、人の集まる場所から離れているのでとても静かだ。

心臓の音は、まだドキドキと鳴り響いている。彼女は胸を押さえて、いままでの出来事を思い返した。

エグバートに情熱的に手を握られ、魅力的な瞳に見つめられ、落ち着いた優しい声で囁《ささや》かれる。

彼女は耳まで真っ赤になり、熱を冷ますために両頬に手を当てた。

(これって……何なの？　全身があったかくなって、それでいて少しだけ甘酸っぱい感じ……)

ティーナは、しばらくぽわぽわと体が浮くような感覚に浸っていた。

気分が落ち着いてくると、ようやく冷静に考えられるようになってくる。

(東館が閉鎖されたのなら、このままではユージーンとはぐれてしまうわ)

でも彼がいつティーナの元に戻ってくるつもりなのかも分からない。ユージーンが戻ってきた時に彼女の姿がないと、どれほど怒らせてしまうだろう。

ティーナは思案に暮れた。

「とにかく、東館の近くまで戻ってみましょう。きっとユージーンもそこに来るはずだもの」

彼女は東館に一番近い場所を目指すことにした。そこで待っていれば、ユージーンに会える可能性が高い。

腰を上げて向かおうとしたその時、誰かが部屋に入ってくる靴音がしたので慌てて振り向く。

「ティーナ！　こんなところにいたのか！」

それはユージーンだった。ティーナを必死で捜していたのか、額に汗が滲《にじ》んでいる。

彼は息を切らしながら彼女の肩を掴んで頭を垂れた。しばらく肩で息をしていたが、ようやく落ち着いてきたようだ。

ティーナは貰ったばかりのハンカチを取り出して、彼の額の汗を拭う。そうして遠慮がちに尋ねた。

「あ、あの……ユージーン、あのミュリエル様とかいう女性はどうしたの？」

ユージーンがティーナの腕を乱暴に掴んだ。

「あぁ、あの彼女ね。そんなことより、ティーナがテラスに閉じ込められているんじゃないかと心配した。東館が閉鎖されたって聞いたからね。どうしてこんな場所まで勝手にきたんだよ！　どれだけ僕が君の居場所を捜したと思っているんだ！」

（あぁ、やっぱり彼を怒らせてしまったのだわ）

ユージーンの剣幕に彼女は顔を青ざめさせる。ハンカチを持つ手が震えはじめた。

「ご、ごめんなさい。東館が閉鎖されてしまったので、どうしようもなくて。それに……」

エグバートとのことを伝えようと思ったのだが、ティーナは躊躇《ちゅうちょ》した。

いまでさえかなり怒っているのだ。エグバートと話をしたばかりか、ダンスを踊ったなどと知られれば、どれほど彼を怒らせるか分からない。

「あの……いまからユージーンを捜しに行こうと思っていたの。こんなに早く戻ってくるだなんて思わなかったわ。いつもは雨が降っても待たされるし、夜会の時はいつも三時間くらいは戻ってこなかったから、今夜も遅いものだと思ってたの」

ティーナがにっこりと笑ってそう言うと、ユージーンは顔を真っ赤にした。握っていた腕を乱暴につき離して、さらに怒りを露《あらわ》にする。

「ティーナは、僕がいつも君に酷いことをしているとでも言いたいのか！」

「ち、違うわ。私、そんなつもりじゃ……」

握られていた場所が、ひりひりと痛む。もう何を言えばいいのか分からなくなって、腕をさすりながら口をつぐんだ。

そんなティーナの態度に、ユージーンはイライラを募らせたようだ。

「今夜は君のせいで気分が削がれた。もう夜会は終わりだ！　僕たちは屋敷に戻るよ」

まだ夜会は始まったばかりなのに、もう帰ると言いだすとは思わなかった。

彼が一人で部屋を出ていこうとするので、ティーナは慌ててその背中を追いかける。

「待って、ユージーン！」

婚約者にエスコートもされず、彼に置いていかれないようついていくので必死だ。そんな自分が惨めになる。

実際、通りすがりの人の視線が痛いほど突き刺さった。けれどもユージーンは人目などお構いなしだ。さっさと一人で足を進めて馬車まで戻った。

結局その日は、ほんの数時間ほど夜会に参加しただけ。ユージーンは帰りの馬車の中でも腕を組んで、不機嫌そうに黙りこんだままだった。

ティーナがいくら話しかけても一言も口を開かない。

彼女は暗い気持ちのまま、彼の向かいに座っているしかなかった。

◇　◇　◇

人気の少ない廊下で、エグバートは去って行くティーナの姿を見送っていた。その隣に、同じ騎士服を身に纏《まと》った男性が立つ。

茶色のツーブロックの髪に垂れ目がちの栗色の瞳。人好きのする甘いマスクの彼は、にこやかな笑顔でエグバートの肩に手を置いた。

「エグバート、ここにいたんだ。ようやく見つけた」

エグバートが迷惑そうに手を払いのけるが、彼は全く気にしていないようだ。

「……ダニエルか」

「いまの女性は誰？　君は皇国に来てから一度もダリア王国には戻ってなかったよね。君の父親、ニューエンブルグ公爵との関係が良くないせいかと思ったけど、今回はあっさりと王国への招待を受けたから、気になってたんだ。もしかしてその理由が、さっきの彼女なの？」

「彼女とは王国に来てから初めて会ったんだ。妙な詮索はやめろ」

興味津々のダニエルに、エグバートが冷ややかに言い放つ。彼はエグバートと同じダリア王国の出身で、リンデル皇国の騎士。

皇国で知り合い、同じ時期に騎士になったので、自然と一緒にいるようになった。騎士団でも同じ隊に属する仲間なのだが、エグバートにとって彼は、百パーセント心を許せる相手ではない。

どちらかというと癖があり、非常に扱いづらい男だ。これからエグバートがしようとすることに、薄々気がついているかもしれない。

胸の内を探ろうと視線を向けると、敵意がないことを示すかのようにダニエルが両手をあげた。

「おっと、僕はただ気になっただけだよ。何に対しても興味を示さなかった君が、まさか一人の女性に入れ込んでるなんてね。さっきのダンスを見てたけど、情熱的で素敵だったよ。周りの令嬢の嫉妬がビシビシ伝わってきた」

エグバートがその話題を快く思っていないことを知っていながら、彼はなおも軽口を続ける。

「……でどうするの？　彼女の婚約者、かなり女性にだらしないって噂だよ。でもいくら公爵家の息子でも、婚約者のいる女性を奪うのは難問だ。貴族院が許さない」

ダニエルは、既にティーナの婚約者のことまで知っているようだ。

（やはりこいつは侮《あなど》れない。気をつけないと……）

「分かっている。だが抜け道がないわけじゃない」

エグバートの胸の中に、複雑な思いが駆け巡る。

また会いたいと強く願っていた彼女が、あんな辛い目にあっているとは思いもよらなかった。

「ティーナ・ハニブラム……」

思わず彼女の名を呟《つぶや》いた時、周囲の空気が変わった。

廊下を通りかかった貴族たちが次々と足を止め、敬意を示して粛々《しゅくしゅく》と頭を下げる。

人もまばらな廊下に、凛とした声が響いた。

「エグバート、そこで何をしている」

厳《いか》めしい顔をして、エグバートを感情のない目で見る男。

それは彼の父――ニューエンブルグ公爵だった。

白髪の混じった髪を後ろに撫でつけ、上品な顎鬚《あごひげ》を生やしている。歳は四十半ば頃なのだが、溢《あふ》れ出る威圧感が彼をそれ以上の年齢に見せた。

公爵は、ニューエンブルグ家の紋章のついたステッキを愛用していた。ステッキの先で大理石の床を突く。

どんな状況でも平常心のダニエルですら、緊張しているようだ。彼はエグバートの隣で、顔をこわばらせて頭を下げた。

公爵の隣に寄り添うように、一人の男が立っている。エグバートはその顔に見覚えがあった。

十歳年上のいとこのカーディナル。子供の頃、一度だけ顔を合わせたことがある。

公爵の嫡男であるエグバートが一向に王国に戻らないので、いとこの彼が公爵家の跡を継ぐのだと、もっぱらの噂だ。彼は、毎日のように公爵家に通い詰めている。

公爵が威厳のある声を出した。

「お前が指示をだして、東館を閉鎖させたそうだな」

会話しているだけなのに、肌がチリチリする。公爵はエグバートの返答も聞かずに先を続けた。

「お前は確かに私の息子だが、公爵家ではただの客人だ。ニューエンブルグ公爵家の跡継ぎは他の者を考えている。十三年間、ただの一度もダリア王国に足を踏み入れたこともない息子に、爵位を譲る親はいない。王国に滞在している間は公爵家においてやるが、今回のような勝手な真似はよしてもらいたい」

公爵の冷淡な視線がエグバートに注がれる。その言葉に、カーディナルがほくそ笑んだのをエグバートは見逃さなかった。

公爵の言うとおり、この十三年の間、エグバートはただの一度もダリア王国には戻っていない。とはいえ公爵も息子に帰ってこいとは全く言わなかった。いつ最後に彼を父と呼んだのかすら、思い出せない。

エグバートは感情を表にださずに返事をする。

「分かっています、公爵。私も公爵の称号には興味はありませんから。私はリンデル皇国の騎士です。王国でやるべきことを終えたら、また皇国に戻ります」

公爵は安心したとでもいうように頷いた。

「自分の立場をわきまえているならそれでいい。しかし宰相が残念がっていた。ハーミア嬢は血筋も育ちも申し分ないお嬢さんだ。相手をしてあげなさい」

「申し訳ありませんが公爵、私の伴侶は私自身で決めます。これ以上お話がないのなら、ここで失礼します」

エグバートは慇懃無礼《いんぎんぶれい》に挨拶を返すと公爵に背を向けた。

その態度が不遜《ふそん》に映ったのだろう。

カーディナルが許せないと言わんばかりに声を上げた。

「エグバート、何だその態度は！　公爵に対して無礼だぞ！」

「久しぶりだな、カーディナル。あぁ、俺のことは心配するな。これでもリンデル皇国にかなりの領地と財産がある。すべて騎士として自分の力で得たものだ。譲ってもらうだけの爵位には全く興味はないから安心しろ」

「わ、わ、私はそんなつもりでは！」

図星を突かれたのか、彼は顔を真っ赤にして否定した。公爵は我関せず、無言で二人に背をむけて先に歩き始める。

「――お、お待ちください、公爵！」

何か言い返そうとしたカーディナルは口を閉じ、その場を離れていく公爵と侍従の後を慌てて追いかけていった。

ダニエルが冷や汗を拭いながら、エグバートに耳打ちをする。

「さすがだね。公爵はほとんどの時間を屋敷にこもっているけど、領地経営は完璧にこなすんだって。実際に見たこともないのに、情報だけで統治できるなんて、身震いするほど隙のない紳士だよ。

僕も将来はあんな男になりたいものだね」

「隙がないというのは、守るものがないのと同じだ。彼にとって息子など……いや、自身や公爵家ですらどうでもいいものなのだろう。公爵が関心があるのは、いまでも亡くなった自分の妻だけなのだから」

ダニエルが感心したような顔をした。

「いや、やっぱり親子だね。よく似てる。君は騎士として次々と驚くべき功績を成し遂げたけど、それを誇りにすら思っていなかった。自分自身に関心がない人間に会ったのは初めてだったから、衝撃的だったよ。他人に対する情はあるのにね。だから僕は君に興味を持ったんだ」

「どういう意味だ？」

「そのままの意味だけど。ただ、いままで頑《かたく》なに王国に帰らなかった君が、どうして今回は招待を受ける気になったのか不思議でね。だから今回は団長に無理を言ってついてきたんだ」

「……理由などない。詮索は時間の無駄だ」

素っ気なくかわされて、ダニエルは肩をすくめた。

「僕は傍観者だからね。君の計画の邪魔をするつもりはない。それに僕はとても喜んでるんだ。ダリア王国の令嬢はみんな綺麗で可愛らしいし、みんな僕とダンスを踊りたがってる。期待に応えるのも大変でね。エスコートのしすぎで、明日は腕が筋肉痛になりそうだよ。ははっ」

相変わらず軽い男だ。

口数が少なく表情の硬いエグバートに比べ、ダニエルは人好きのする明るい男。皇国にいた時も女性を切らしたことがなかった。

「相変わらずだな、ダニエル。だが女遊びはほどほどにしておけよ」

彼は肩をすくめ、新しい令嬢を捜しに会場へと消えていった。

ダニエルが姿を消した頃合いを見計らって、フランクがエグバートに報告に来る。

「バッカム家の跡継ぎは、あのままティーナ様を馬車に乗せて屋敷に戻ったそうです。彼が今夜一緒にいた女性はミュリエル・バーグ。彼は東館が閉鎖されたと耳にして、連れの女性を置き去りにしてティーナ様を捜しに向かったそうです」

「そうか。あいつはティーナを嫌っているわけではないんだな」

しばらく考え込んだ後、もう一度口を開く。

「フランク、お前はティーナが俺に助けを求めると思うか？」

「そうですね。ティーナ様の性格を考えますと難しいでしょう。ですが彼女の不安の種を取り除くことさえできれば、いつかはエグバート様のご好意を受け入れてくださるのでは」

その答えに、エグバートは眉根を寄せた。

「いつかは、では困る。状況が変わった。彼女とユージーンの婚約を破棄させなければいけない。フランク、内密にダリア王国の貴族院の情勢を調べてくれ」

「仰せの通りに、エグバート様」

エグバートは満足そうに頷くと、屋敷の奥へと姿を消した。

◇　◇　◇

夜会の日から一夜明けたが、両親も兄もティーナがエグバートと踊ったことを知らなかった。もし知っていれば、彼を紹介してくれと迫られたはず。

ユージーンを怒らせてしまったことで母に叱られるかとも思ったが、そんなこともなかった。彼は今回の出来事を、母に告げ口しなかったようだ。

夜会の二日後、いつものようにクレアとお茶会をした。彼女からエグバートは夜会の日、ずっと一人の女性と過ごしたらしいと聞く。

「せっかくドレスを新調したのに、お顔さえ見られなかったのよ。女性と二人っきりで、いったいどこで何をして過ごしたっていうのかしら」

クレアはぷんぷんと怒っている。

「社交界ではその女性が本命だろうって噂でもちきりよ。でもどこの令嬢なのかは誰も分からないのですって。マイデル伯爵令嬢とか、ドルトミア侯爵令嬢とかが有力だって話よ。結局エグバート様も、血筋が良くて顔のいい女性が好みの、普通の男だってことなんだわ」

「そうなのね」

「面白みのない男よね。いろいろな噂は耳に入っていたから、もっと階級や外見にとらわれない男性なのかと思ってたのに」

ティーナはホッとする。

（あぁ、私と踊ったことが噂になっていなくて良かったわ。あの後、エグバート様は良い女性に巡り合えたのだわ。思いやりのある素敵な方ですもの、当然だわ）

すると突然胸の奥がツキンと小さな痛みを訴えた。ティーナの動揺を、クレアは見逃さない。

「どうしたの？　何かあったの？　もしかして夜会でまたユージーン様に何か酷いことをされたのじゃないでしょうね！」

クレアの言葉に、ようやく昨夜ユージーンにされた酷い仕打ちを思い出した。

彼は他の女性にもティーナと似たようなドレスと宝石をプレゼントし、しかも彼女の方が似合うとも言ったのだ。

（いやだわ。私、あれほど辛かったことなのに、いままですっかり忘れてしまっていたわ）

結局、ティーナはクレアに夜会での出来事を詳しく話して聞かせなければいけなかった。

勘のいいクレアはそうするまで家に帰してくれそうになかったから。でもエグバートとのことは秘密にしておいた。

クレアは強い怒りをあらわす。

「なんですって、信じられない！　あぁぁぁ、ユージーン様への怒りで頭がどうにかなりそうよ。次に会った時は、後ろから殴ってやろうかしら。一発で気絶するくらい派手にやれば、私だって気づかれないはずよ！」

「ごほっ、お嬢様」

執事がクレアを諫《いさ》めると、クレアは声のボリュームを落とした。

「だってこんなのティーナがかわいそう。拳で殴られるよりも、心を壊されるほうがよっぽど辛いのよ。もう我慢なんかしないで、ティーナ。私があなたを助けるから」

彼女の言葉に、ティーナは心を和ませた。

（そう言ってくれるあなたの存在が、どれほど私にとって心強いか……知らないのでしょうね。本当にありがとう、クレア）

ティーナは微笑んでクレアの手を取る。

「大丈夫よ、クレア。こんなことで私の心は壊れないわ。最近知ったけど、こういうことって慣れるのよ。だから私は大丈夫」

「本当に？　もしあなたが望むなら、世界中を探して腕のいい殺し屋を雇ってもいいのよ。生きてる価値もない最低の男だもの。あ、でも心配しないで、絶対に証拠は残さないから」

「クレアお嬢様！」

さすがに執事が声を荒らげる。

彼女の気持ちは嬉しいが、そんなに甘えられない。

「クレア、ありがとう。でもあなたも知っているでしょう？　私はまだユージーンを愛しているの。私の初恋は彼だもの。だからどんなことにも耐えられるわ」

ティーナはクレアに一つ嘘をついた。ユージーンをまだ愛しているという嘘を……本当は自分でも分からなくなっているというのに。

するとクレアは絶望的な顔を見せる。

「あぁ、ティーナったら……あなたは最高の親友だけど、男の趣味が最悪だわ。きっと生まれて初めて見た異性が彼だったのね。なんてことなの。世の中には星の数ほど男がいるのに」

「あら、そう言うのだったら、クレアも早くいい男性を見つけてちょうだい。ハーグ卿なんか、クレアのことをとても気に入ってくださっていたじゃないの。彼は本当に紳士で素敵な男性だったのに、最近はあまりお会いしていないようだけど」

急に自分に話を振られて、クレアは顔を真っ赤にしてしどろもどろになる。

「……ハ、ハーグ卿のことね。私もそうは思うのだけど、何だかピンとこないのよね。私のしたいことや欲しいものは、全部先回りして揃えてくださるし、私のお転婆なところも許してくださるのだけど、胸がときめかないというか……完璧すぎて退屈とさえ思っちゃうのよ。だから最近は気がむかなくて、誘われても断わっているの」

クレアのおめでたい報告が聞けるかと期待していたのだけれど、どうやらハーグ卿とはうまくいっていないようだ。

(クレアには少し強引な男性のほうが合うのかもしれない。私の恋愛はうまくいっていないけれど、クレアは幸せになってほしいわ)

ティーナは心からそう願ったのだった。

第三章　鳥籠から逃れた鳥

そうして一週間が過ぎ、ティーナはまたユージーンにデートに誘われた。

この前と同じ王都の公園に、二人の乗ったバッカム家の馬車がつけられる。今日は曇りで、あまりいい空の色ではない。

あの紺色のドレスと真珠のネックレスは、二度と身につけないつもりでワードローブの奥にしまい込んだ。今日は無難な薄黄色のドレスを選ぶ。

美味しいと定評のある王都のレストランで、ユージーンと二人きり。

けれども楽しいはずの食事も、これからのことを考えると気が重くなる。きっとまた今日もどこかで待たされるのだろう。

「……黙ってないで、何か話したらどうなんだ、ティーナ。食事が美味しくなくなるよ」

急に話しかけられて、ティーナはびくりと肩を震わせた。

「ご、ごめんなさい。少し考え事をしていたみたい」

食事中にもかかわらず、ぼうっとしていたようだ。

無愛想なユージーンに、彼女は笑顔を返した。彼の機嫌を取るため、あたりさわりのない話題を必死に探す。

王都で産まれた珍しい双子の白馬の話題を振ると、ユージーンはさらに機嫌を悪くしたようでつっけんどんに言い返した。

「もういいよ！　ティーナの話はちっとも面白くない。もっと難しい話なんかはできないのか？他の女性はもっと知的な会話をして僕を楽しませてくれるよ」

「あ……気が利かなくてごめんなさい」

一度王都の政治を話題にした時に、堅苦しいと文句を言われたことがある。気を回したつもりだったのに、ますます怒らせてしまった。

ティーナがおどおどとし始めると、ユージーンが苦虫を噛み潰したような顔になる。

「そんな顔をするな。まるで僕が君を責めているみたいじゃないか」

「ご、ごめんなさい」

「だからもう謝るな。食事が不味くなる！」

ティーナは萎縮《いしゅく》してしまい、それ以上口を開けなくなった。二人の間に見えない緊張感の糸が張りつめていて、いまにも切れてしまいそうだ。

彼女は震える手でナイフとフォークを持ち、味のしない食事をいただく。

いまにも泣き出しそうな彼女を見て、ユージーンは急に優しい表情に戻った。そうしてテーブルの上のティーナの手に、自分の手を重ねる。

「はぁ、ごめん。言いすぎたみたいだ。本当は話の内容なんかどうでもいいんだ。僕は君が傍にいてくれさえすればいい。愛しているよ、可愛いティーナ」

いつもなら心に響く甘い言葉なのに、全く胸がときめかない。わびしい虚無感が襲ってくるだけだ。

「私のほうこそごめんなさい。私も愛しているわ、ユージーン」

そうしてティーナは心にもない言葉をユージーンに返す。

その返事にユージーンは満足したようだ。それからはいつものように優しく彼女をエスコートしてくれた。

二人でレストランを出て、公園の人気のない場所に来ると、彼は一本の大きな木の下で彼女に待つように言いつける。

「僕が戻ってくるまでここで待っていて。いいね、ティーナ」

何度そのセリフを耳にしたのだろう。もう何の感情も湧いてこない。

ティーナは諦め顔で「ええ、分かったわ」と微笑んだ。

公園の仕切りである煉瓦《れんが》の高い塀に、長く続くなだらかな丘。散策路ですらないこの場所は、木ばかりで一輪の花も咲いていない。

しばらくするとユージーンのもとに見知らぬ女性が現れた。金髪に青い目の華奢《きゃしゃ》な女性。彼の好みは一貫して変わってないようだ。

ティーナはなぜだかおかしくなってきてしまった。

二人が腕を組んで去った後、ティーナは空を見上げてみた。曇り空には太陽すら見えない。

時々吹いてくる肌寒い風だけが、現実の世界に自分が生きているのだと思い出させてくれる。

そんな時ふと、エグバートがティーナにした質問がよみがえった。

(私が幸せか……なんて、そういえばあんなことを聞かれたのは、彼が初めてだわ……)

誰もが自分の価値観で話をするが、ティーナ自身の幸せなど問われたことはなかった。

バッカム家に擦り寄る両親に兄。

バッカム家の援助がなければ到底立ちいかないハニブラム領。

ティーナの背中に残る醜い傷。

その傷のせいで彼女に指一本触れようとしないユージーン。

「そういうことを全部除いて、私自身が幸せかってことよね……私は幸せなのかしら?」

そんなわけはない。ティーナは幸せなどではない。簡単に答えは出る。

ティーナはドレスの裾をぎゅっと握った。でもすぐにその手を緩める。

「それでも生きていかなきゃ……だって私は幸せじゃないけれど、どうしようもないほど不幸でもないもの」

がんじがらめにされた自分の人生はとても惨めだ。でも不幸に酔いしれるのはまた違うと思う。

貴族の娘に生まれた自分は、それだけで幸運なはず。

ただ抜け出せない迷路に閉じ込められて、一生を終えなければいけないことだけは確かだ。ここは茨《いばら》の檻《おり》の中。もがけばもがくほど茨《いばら》の蔓《つる》に囚われてしまう。

ティーナはふっと微笑んだ。

「きっとユージーンへの気持ちを捨てた方が楽になれるのだわ。そうすれば他の女性と遊ぶ彼を許せるだろうし、自分を哀れだと思う必要もないもの。でも……私は幸せにはならないわ」

「ティーナは幸せじゃない。そうなんだな」

突然背後から低い声がして驚く。ぼうっと空を眺めて考え事をしていたので、誰かが近づいてきたことにも気づかなかったようだ。

振り返ると、そこにはエグバートが腕を組んで立っていた。自信に満ちた顔に力強い眼差し。自然とこぼれ出る風格。堂々たる威圧感に気圧《けお》される。

かっちりとした詰襟の服が、そんな彼の雰囲気に良く似合っていた。これほど存在感を放つ男性を見たことがない。

凛と美しく整った顔が、さらに彼の生命力を強調させる。長めの前髪が風に揺れていると、まるで荒野に立つ孤高の黒豹のようだ。

フランクと他に侍従が数人、エグバートの後方に控えているのが見えた。彼の身分を考えれば当然だろう。

「エグバート様、どうしてこんな場所に……？」

「ティーナがこんな場所にいるからだ。あの夜会の日は手を放すと約束しただけだ。もうお前と会わないなんて言った覚えはない。――どうだ、元気だったか？」

にっと微笑むので、思わず胸が跳ねる。

ティーナは胸のときめきを隠すように、慌てて頭を下げて礼を言った。

「は、はい。お気遣い感謝します」

（もしかして私が外出するのを待って、こんなところまで追いかけていらしたの？　まさかそんな訳ないわ。偶然会っただけよ）

「かしこまらなくてもいい。もっと気さくに話してくれ。今日は曇っているが、このくらい涼しいほうがリンデル皇国の気候に近くていいな。この国は常に乾燥しているし、夏は少々暑すぎる」

気さくに話せと言われても、彼はリンデル皇国の騎士であるだけでなく、公爵家の嫡男なのだ。おいそれと承諾できるわけもない。

ティーナはさらに緊張して、言葉を選んでゆっくりと返す。

「あの……もうお体の方は、大丈夫なのでしょうか？」

「ああ、あの日以来体調は万全だ。俺を心配してくれているのか、ティーナ。もしかして俺に惚れたのか？」

威圧感を含んではいるが、それほど緊張は感じない。ユージーンが男性の性的魅力あふれる美丈夫だとしたら、エグバートは野生の獣を感じさせる危うい美しさ。見ているだけで吸い込まれそうな切れ長のアンバーの瞳が、漆黒の髪に映えて生命力を放っていた。

ティーナは顔を真っ赤にして言い淀んだ。

「そ、そんなことは……！　ありません」

「ははっ、半分冗談だ。お前は真面目すぎて困る。ところでティーナは、リンデル皇国の祭りは知っているか？」

半分というのはどういう意味なのだろうか。

ティーナはどぎまぎしながら彼の様子を窺《うかが》うが、エグバートは堂々としている。

彼はティーナに、皇国の祭りについて詳しく教えてくれた。

エグバートは上流貴族なのに、とても気さくで面白い。ティーナは身分の差を忘れて、彼の話に夢中になり言葉を交わした。

彼の話術は巧みで無駄がなく、すぐに話に引きずり込まれる。多岐にわたる分野の話は、ティーナを全く飽きさせなかった。彼女は身分の差も忘れて、何度も声を出して笑った。

「先週王都で双子の白馬が生まれたらしい。馬の双子というだけでも珍しいのに、白馬なぞ天文学的確率だ。験《げん》がいいと双子の白馬人形を売り出した店もあるみたいだ」

「そのお話なら知っています。でも双子の人形だなんて、存じませんでしたわ。二つずつ組み合わせて売っているということなのでしょうか？」

赤いリボンで結ばれている二匹の小さな仔馬人形を、エグバートがポケットから出す。

「実はここに持って来ている。ティーナにあげようと思ってな。フランクに手に入れさせた。馬は好きだろう？」

なぜ知っているのだろう。いつの頃からか馬に乗らなくなったが、確かに子供の頃、ティーナは馬が好きだった。

彼女はエグバートの次の行動に驚いた。てっきり二匹とも貰えるのかと思って手を差し出したのだが、彼は赤いリボンを解いて、仔馬の人形を一つだけティーナの手の上に載せたのだ。

そうしてもう一つは自分のポケットにしまい込む。

「これで半分こだ」

そう言って満足そうに微笑んだ。彼はさらに妙なことをし始める。

二頭の馬を繋いでいた赤いリボンを、ティーナの手首に結び付けたのだ。

これは王国の子供たちが遊びで使っている約束の印。手首にリボンを結ばれた方は、約束を守るまでそれを外すことは叶わない。

「あの……これは……？」

「これはまじないだ。お前が俺に興味を持つようにな」

(なにを言い出すのかしら！　エグバート様はご自分のお立場を分かっていらっしゃるの!?)

突拍子もない言葉に、彼女は一歩後ずさった。

「そ、そんなこと——！　それにエグバート様は夜会で他の女性を選ばれたとお聞きしましたわ。私は婚約者のいる身です。お戯《たわむ》れはよしてくださいませ」

エグバートはティーナが遠ざかった分距離を詰め、指を顎に当てて考え込む動作をした。

「夜会の日、ティーナ以外の女と一緒にいたことはない。お前と別れてからすぐに自室に戻ったからな。ただの噂だ。本気にするな」

彼が嘘をついているようには見えない。本当にティーナのことが好きだというのだろうか。

彼女の心臓は、ますますその鼓動を速めていく。

(そんなことあるわけがないわ！　だって私は町で彼を助けただけだもの。それだけで私を好きに

なるだなんて、あり得ない）

エグバートの真っすぐな視線に居心地が悪くなり、彼女は目を逸《そ》らした。

なのに彼の視線を肌で感じて、胸をときめかせてしまう。

「お戯《たわむ》れはおやめください。私はユージーン様と結婚するのです」

「お前の婚約者は、今日はヒュームズ商会の一人娘と一緒だ。あいつはわざと女性との逢瀬を見せつけているようだ。そんな男と結婚するつもりなのか？」

「あの……ユージーン様とは子供の頃からの付き合いなのです。ですから彼のことはよく知っています。いまは……少し熱に浮かされておかしくなっているだけですわ。殿方にはそういう時期もあると聞きました」

ティーナの頑《かたく》なな様子に、エグバートは腕を組んで真剣な顔になった。

「じゃあ俺の立場から言わせてもらうぞ。リンデル皇国の騎士だとしても、さすがに婚約者のいるお前にそれを破棄しろと無理強いはできない。だが、もしティーナが俺に助けを求めるなら、何を捨ててでも全力で守ると誓う。すべてはお前しだいだ。――もし俺がそう言ったらティーナはどうする？」

「どうするって……エグバート様？」

唐突な質問に理解が追い付かない。

彼の言葉をしばらく頭の中で咀嚼《そしゃく》して、ようやくすごいことを問われているのだと気がついた。

まるで求婚の言葉そのものではないか。

エグバートはお前の考えている通りだといわんばかりに、驚く彼女を悠然と見つめ返した。

きゅぅぅんと胸が絞られて、全身の細胞が覚醒する。

「お、お申し出はありがたいのですけれど、エグバート様の助けは必要ありませんわ」

動揺しながらも強く断ると、エグバートが寂しそうな顔を見せた。

ティーナの心臓が痛みを放つ。

「はは――またフラれてしまったな。だがまた今度会う時までに俺のことを考えておいてほしい。残念だが、今日はもう時間切れみたいだ。お前の婚約者が戻ってきたからな」

ハッとして振り返ると、ユージーンが丘の向こうから、怒りの表情を浮かべてこちらに向かって歩いてきて来るのが見えた。

エグバートとの話が楽しすぎて気づかなかったが、既に数時間が経過していたようだ。

ティーナが他の男性と話をしていたところを目の前で見たのだ。彼の怒りは相当なものだろう。

早足で彼女に駆け寄ると、リボンの巻かれていない手首を掴んで大きな声で叫んだ。

「ティーナ、この人通り寂しい場所なら男に道を聞かれることもないと思ったけど、違うようだね。君からこの男に声をかけたの？　それともこいつから？　どうなんだいっ！」

エグバートの身分を知らないユージーンが、非礼を行うかも知れない。そう考えて彼女はエグバートの前に身をのりだした。

「待って！　ユージーン、この方はっ……！」

「うるさいっ！　なんだ、この赤いリボンは！　子供っぽくてみっともない、早く外すんだ！」

ユージーンはいきなりティーナの手首のリボンを引っ張った。けれどもしっかりと手首に結びつけられていたリボンは簡単にはほどけない。

ティーナは手首ごと体を引っ張られるような格好になり、前のめりに倒れこむ。

「きゃあっ!!」

「ティーナ!」

重心を失った彼女を、背後のエグバートが咄嗟に抱き抱えた。ホッとしたのも束の間、ユージーンは怒りでさらに顔を赤くする。

ユージーンが何かを言う前に、エグバートが先に口を開いた。

「あなたはバッカム侯爵家のユージーン様ですね。申し遅れましたが、私はリンデル皇国の騎士。エグバート・ニューエンブルグです」

ニューエンブルグの名を聞き、ユージーンは呆気に取られて固まった。けれどもすぐに冷静さを取り戻して彼に挨拶を返す。

貴族社会の礼儀やマナーは絶対。それでも怒りを堪えきれないのか、ユージーンの拳は体の横でしっかりと握られていた。

「エグバート様、挨拶が遅れまして申し訳ありません。私の婚約者がご迷惑をおかけしました。さあ、ティーナ。エグバート様に別れの挨拶をしなさい。僕の用事は終わったから、いますぐにここを出るよ。今回のことは、君の両親とキッチリ話し合わないといけないみたいだね」

けれどもエグバートに対する言葉の調子と、ティーナに向けられたそれは、まるっきり感じが違っていた。

(目がちっとも笑っていない。ユージーンがとても怒っている時の顔よ。あぁ、両親に話されたら、今度はどんな罰が下されるのかしら。明日クレアと会う約束なのに、また断らないといけないわ)

ティーナは悔しさに唇を噛みしめた。

駄目だと思っても、瞼《まぶた》に滲《にじ》み出てくる涙で前が曇って見えない。

婚約者に惨めな扱いを受けている自分の姿を、エグバートだけには見られたくなかった。

ティーナは震える指をユージーンに向かって伸ばした。その時、背後からエグバートの声が聞こえる。

「ティーナ、俺の言ったことを覚えているか？　必ず約束は守る」

思わずティーナはびくりと体を震わせた。

先程の彼の言葉が頭の中によみがえってくる。

ティーナが求めさえすれば、全力で彼女を助けると約束してくれた。

「ティーナ！」

逆らえない圧力を込めてユージーンが叫んだ。

深く考え込んでいたティーナは、反射的にユージーンの手を取ってしまう。

乱暴に体を引き寄せられて、手首の痛みに思わず悲鳴を上げた。

痛みに顔を歪めるティーナを見ても、ユージーンは手の力を緩《ゆる》めない。そればかりか苛立ったように舌打ちする。

「──ちっ！　……エグバート様、では失礼します。私の婚約者はまだまだ礼儀がなっていないようで申し訳ありません。あとできつく言い聞かせておきますのでご容赦を。では失礼します」

ユージーンは彼女の手を握ったまま反対の手で腰を抱くと、無理やり足を進ませた。

強引に抱かれた腰も、握られた手も、激しい痛みを発している。

背後からエグバートの声が聞こえてきた。

「ティーナ、一言でいい」

ユージーンが腹立たしそうにティーナを見る。

「何のことだ、ティーナ……あいつは何を言っている……」

「──ティーナ」

既にエグバートのいる場所からは、かなり距離がある。

それ以外の音は風にかき消されるのに、エグバートの力強い声は、はっきりと耳に届いた。

彼女は縋《すが》るような目でユージーンの顔を仰いだ。

「……ユージーン、手が……手が痛いわ。もう少し力を緩《ゆる》めてちょうだい……」

「あいつは何の話をしているんだ！　ティーナみたいな身分の低い女性を、公爵家の嫡男が相手にするわけがないだろう！　身の程を知るんだな！」

ユージーンはティーナを睨《にら》みつけて、繋いでいる手の力をさらに強めた。そこにはティーナへの一片の愛情も感じられない。

ふとユージーンの首元に、キスマークがくっきりと付いているのが見えた。

（あぁ、神様……！　もう駄目……もう無理だわ……）

彼女の心はもう限界だった。張り詰めた糸が切れたように、ティーナは力なく呟《つぶや》いた。

「ユージーン……お願い……手が痛いの」

「何を言っているのか聞こえないよ、ティーナ！　僕が少しくらい遊んでも、君が浮気をすることは絶対に許さないからな！　どんな罰が下されるか、覚悟をしておくんだね！」

ユージーンは手の力を緩《ゆる》めないばかりか、さらに口調を強くして彼女を睨《にら》みつける。手の痛みよりも、それ以上に心がひりつくように痛い。

（あぁ、ユージーン……私たち……もう駄目なのね……）

「早く歩け！　こんなみっともない姿を、他の男に見せるんじゃない！」

何度も大声で罵倒《ばとう》する。

ティーナは大きく息を吸うと足を止め、勇気を出してお腹に力を入れて叫んだ。

「――――助けてっ！」

これほどまで大きな声を出したのは子供の時以来だ。その一言を口にした途端、大粒の涙が頬を伝って流れていく。

「助けて……」

次に出た声はとても小さなものだった。

いきなり足を止めたティーナの体を、ユージーンが力任せに引っ張る。彼女は抵抗してその場にしゃがみこんだ。

彼女の叫びに応えるように、エグバートが大股で歩いてくる。それに気がついたユージーンが大声をあげた。

「エグバート様！　これは僕と僕の婚約者の問題です。構わないでください。こら、ティーナ！　これ以上、僕に恥をかかせるんじゃない！　助けてってどういう意味だ！　ティーナ！」

乱暴に腕を引っ張るが、ティーナは必死で抵抗した。業を煮やしたのか、ユージーンは彼女に向かって手を振り上げる。

「いい加減にしろ、ティーナ！」

ティーナの頬にその手が振り下ろされようとした瞬間、エグバートがユージーンの手首を掴む。かなりきつく握られたようで、手首は白くなりユージーンの顔が痛みに歪んだ。エグバートは戦勝の将のように彼を睨《にら》みつけた。

威厳に満ちたその瞳はユージーンを萎縮《いしゅく》させ、完全に支配している。一瞬でユージーンは、蛇に睨《にら》まれた蛙のようにおとなしくなった。

「ティーナ、よく言った。俺がお前を助けてやる！」

しゃがみこんだままで、ティーナはしばらくの間エグバートと見つめ合っていた。

ユージーンが、弾かれたように叫んだ。

「何を言っている！　ティーナを僕から奪うつもりなら無理だ！　いくら名門ニューエンブルグ家だって、貴族同士の正式な婚約をないがしろにできるわけがない！」

ユージーンが全力で暴れるが、押さえつけるエグバートの手はびくともしない。

最後には抵抗するのを諦めたようだ。ユージーンは全身の力を抜いたが、いまだにエグバートを睨《にら》みつけている。

近くに控えていた侍従のフランクが、ユージーンをエグバートから引き離した。そうして真っ赤な顔で睨《にら》むユージーンの前に、エグバートが乱れた襟を正しながら立つ。

「この俺が、すべてを懸けてティーナを守ると言っているんだ。根回しが済んでいないとでも思っているのか」

それは穏やかな口調だったが、到底抵抗できない圧を孕《はら》んでいる。その迫力に、ユージーンは完全に気力をそがれたらしい。茫然としながら彼の顔を見ている。

ティーナは彼に促され、ゆっくりとその場で立ち上がる。まるで夢を見ているようだ。

「……エグバート様」

ティーナの声に我に返ったユージーンは、カッとしてフランクの手を振り払い、拳を振り上げてエグバートに殴りかかる。

「このっ！　ティーナは僕のものだ、誰にも渡さない！」

けれどもあっさりと拳を避けられ、エグバートに背後を取られて腕を捻りあげられた。痛みにますます顔を赤くする。

「あはははは」

いきなりユージーンが、おかしくてたまらないという風に笑い始めた。

「僕からティーナを奪っていくなら、先に彼女の背中を見てみろ！　引き攣《つ》れたおぞましい傷跡がある。僕以外にその醜い傷を許せる男が他にいるわけがない！　ティーナには、僕以外いないんだ！」

　ティーナは全身から血の気が引いていくのが分かった。

　まさかいま、ここで、背中の傷を暴露されるとは思わなかった。いままで傷のことを公にしたことは一度もない。

（あぁ、なんてこと――お優しいエグバート様を苦しめてしまうわ。つい彼に頼ってしまったけれど、こんな大事なこと……一番先に、私から伝えておくべきだったのよ！）

「あ……も、申し訳ありません、私は……私は、あなたに隠すつもりはなかったのです……」

　ティーナは怯えた目で、縋《すが》るようにエグバートを見た。だがエグバートは顔色一つ変えていない。

「心配するなティーナ。俺はお前の姿かたちに惹かれたんじゃない。心優しくて我慢強くて、誰かのために犠牲になることを厭《いと》わないティーナがいい。背中の傷も彼を助けたためにできた傷だろう？　卑屈に思う必要は全くない。むしろ誇りに思え。だがこいつは男の屑《くず》だ！」

　エグバートはユージーンの腕を捻りあげたまま、思い切り突き飛ばした。ユージーンは地面に尻をついて顔を真っ青にする。

　まさか背中の傷のことを知っても、動揺すらしないとは思わなかったのだろう。

　でもそれはティーナも同じだった。先程と全く変わらないエグバートの態度に、驚きが隠せない。

（エグバート様は、私の背中の傷を知っていらしたの？　あぁ……でも、そんなことはどうでもいいわ。醜い傷を誇りとまで言ってくださるだなんて。なんて方なの……エグバート様――）

エグバートはティーナの肩を抱くと、その腕の中に抱きしめた。

ティーナはエグバートの胸に顔を埋め、背中に手を回す。

そうして涙を流し続ける。

緊張がほぐれて安心したのか、全身の力が抜けてしまった。そんな彼女の体を、エグバートが抱き上げた。

「やっと、やっと俺に助けを求めてくれたな――。ティーナ……」

彼の声は安堵に満ちていた。

第四章　籠の外の自由な世界

エグバートは泣きじゃくるティーナを横抱きにして馬車に乗せた。そうして馭者《ぎょしゃ》に行き先を告げる。

馬車の中でも、ティーナはエグバートに抱かれた体勢でずっと泣いていた。

けれどもエグバートに優しく慰められ落ち着きを取り戻し、冷静になってから襲ってくる羞恥心に、どうしようかと真っ青になる。

（私ったら、エグバート様の胸で泣きじゃくってしまったわ……）

抱きついた体勢から、いつ彼と離れればいいのか考えあぐねる。でもこのまま体を離すと自分の泣き顔を見られてしまうに違いない。

きっと瞼《まぶた》は腫れあがっていて、すごくみっともないはず。

ティーナはもう一度エグバートの胸に頬を押しつけた。ポプラの木のような香りに、硬い筋肉の感触。

まるで天使の羽に包み込まれるように、心が落ち着いていく。

公爵家に到着してからも、エグバートはティーナを横抱きにしたまま、用意された部屋まで運んで行った。

柔らかいソファーの上に降ろされ、彼自身もその隣に腰を掛ける。

これ以上顔を隠しているわけにいかない。おずおずとエグバートの様子を窺《うかが》うと、エグバートと目が合ってしまった。

彼は安堵の表情を見せる。

「やっと泣き止んだのか。こういう時どうすればいいものか分からん。あんな男でも長年婚約していたんだ。辛いだろうが、女の慰め方など俺は良く知らないからな」

エグバートは嬉しそうに微笑んだ後、すぐに真剣な顔になった。

「ティーナ、もう分かっていると思うが、ここは公爵家だ。ハニブラム家には、後日お前がここにいることを知らせる。だがまずは俺とティーナの既成事実を作るのが先だ」

「——きせい……事実……？　エグバート様……？」

思わぬ言葉にティーナは言葉を失った。既成事実を作るとは結婚を反対された男女が体の関係を結び、結婚を無理やり認めさせるために使う強硬手段だ。

エグバートはリンデル皇国の騎士だけでなく、ダリア王国の公爵家の血筋。たとえティーナに婚約者がいたとしても、体の関係を持ったと公になれば責任を取らなければいけないだろう。

彼はそうして、ティーナの婚約を破棄させようとしているのだ。

(でも、既成事実だなんて……ということは、私、これからエグバート様に抱かれるの……?)

「あの……でも……」

不安そうにエグバートを見るティーナに、彼は微笑みかけた。

「心配するな。既成事実といってもふりだけでいい。ティーナに無理はさせたくない。その証人になってくれる者とはこれから話をつける。俺と裸でベッドにいる所を彼に見せるだけでいい」

どうやらエグバートは既に色々考えてあったらしい。けれども疑問が残る。

「私が今日、あなたに助けを求めるとは分からなかったはずですわ。明日だったかも……いいえ、もっと後だったかもしれません。そもそも助けを求めなかったかもしれないのに、どうして……?」

エグバートは包み込むような愛情深い笑顔をティーナに向けた。

「ティーナの求めがあれば、いつでも手を打てるように準備しておいた。正直賭けだったが、そうなった時を考えてあらゆる手を使った。俺たちの婚約を承認する議員も既に確保してある」

婚約と聞いて、ティーナは驚く。

「あ、あの！　私はユージーン様との婚約さえ破棄させていただければそれで……後は自分で何とかいたします。公爵家のあなたと婚約だなんて身分が違いすぎます！」

するとエグバートは顔を固くした。その威厳に圧されてティーナは息を呑む。

「ティーナは俺が嫌いなのか？」

「いいえっ！　そんな意味では……でもどうしてあなたほどの方が、私なんかにそれほど執着なさるのか理解できないだけなのです。私はただ町でエグバート様を助けただけですのに……」

エグバートは大きなため息をついた。そうして真摯《しんし》な瞳でティーナを見つめる。

「そうか、お前はまだ俺の気持ちが信じられないのか。――だったら信じさせてやろう」

エグバートはおもむろにティーナの顎に手を掛けた。

緑とも茶ともつかない色の瞳がティーナだけに注がれる。そうして彼の整った顔が近づいてきたかと思ったら、すぐに何も見えなくなった。

唇に熱が落ちたように、温もりが灯される。

(私……！　あのエグバート様とキスをしているの⁉)

驚いて体を離そうとするが、エグバートの手はびくともしない。ティーナの抵抗を感じたのか、彼はさらに力を増して唇を合わせてきた。

触れているだけなのに、唇から彼の熱が全身に広がっていくよう。エグバートの熱い吐息が、ティーナの頬をかすめて首筋へと降りて行った。

「ん……んんっ……」

自然にティーナの口から甘い声が漏れだす。エグバートは構わずにキスを続けた。舌が彼女の唇をこじ開けて口内を凌辱《りょうじょく》する。

逃げても逃げても彼の舌は彼女を離さない。絡めとられて舐《ねぶ》られる。混ざった唾液が唇の端から垂れ落ちてきた。

まるで野生の獣に捕食されているようだ。エグバートはもっと彼女の奥へと求めてくる。

唾液の絡んだくちゅくちゅという淫猥《いんわい》な音が、羞恥心を高めてティーナから正気を奪っていった。

激しいキスに息も絶え絶えだ。

どれほどの時間、キスを繰り返していたのだろう。

エグバートの声でティーナは我に返った。

「――これで俺の本気が分かったか、ティーナ」

質問をされてもそれどころではない。

全身は熱く火照《ほて》って、肌は感覚が鋭敏に研ぎ澄まされている。なのに、頭の中はまるで霧で覆われたようにぼんやりとしているのだ。恍惚感が体中に広がる。

こんなキスは初めて。

ティーナが答えられないでいると、エグバートは大きなため息をついた。

「――まあいい。俺は忍耐強い男だからな」

そう言うと、彼はティーナの手首に巻いてあるリボンをほどいた。それはさっき彼自身がティーナの手首に巻いたもの。

彼はそのリボンを、とても嬉しそうに目の前に持ち上げて垂らした。

「願いは叶った。いまお前は俺に興味を持っている。そうだろう？」

整った顔の前に赤いリボンが揺らめいている。色気のある動作に、ティーナは一瞬で顔を真っ赤にした。

エグバートは穏やかに笑うと、彼女の熱い頬に手を添える。

「とにかく明日の朝まで、この部屋を出ないで過ごしてくれ。公爵には俺がいまから話をつけに行く。一度話はしてあるから認めてくれるはずだ。だが表向きは俺が無理強いをした体を装いたい。これからいくつか手配することがあるから俺は外出するが、夕食は一緒に食べよう」

エグバートはそう言い残すと、名残を惜しみながら部屋から出ていった。

彼と入れ替わるようにして、フランクが数人の侍女を伴って部屋に入ってくる。侍女たちは各々手に大きな箱を持っていた。

「ティーナ様、今夜はこの屋敷で過ごされるとお伺いしております。ドレスが汚れていますので、お着替えになられてください。ちょうど、仕立て屋がドレスと装飾品を持ってきたばかりです」

確かに彼女のドレスは土で汚れていた。ユージーンに引っ張られた時、地面に膝をついたせいだろう。

それにしてもエグバートは、いつの間に新しいドレスまで用意させたのか……準備の良さに驚く。

「あ、ありがとう。フランクさん」

「フランクで結構です。私はエグバート様が皇国で過ごされていた時から、お仕えさせていただいております。エグバート様の大切な女性は、私にとっても大切なお方。なんでもお申し付けください」

そう告げるフランクの顔は、エグバートへの敬意に満ちている。

ティーナは申し訳ないと思いながらも、新しいドレスに着替えさせてもらうことにした。

(あぁ、でもドレスのデザインによっては、背中の傷が見えてしまうわ。せっかく用意していただいたのに……)

不安に思いながらもいくつかドレスを見せてもらう。その一つはピンク色の可愛らしいデザインで、背中の部分は開いていなかった。これなら大丈夫そうだ。

でもここで着替えるとなると、侍女に背中の傷を見られてしまうに違いない。躊躇《ちゅうちょ》していると、フランクが他の侍女を下がらせた。

「大丈夫です、ティーナ様。私はこの衝立《ついたて》の向こうにおりますので、ドレスに袖を通されたらお呼びください。侍女をそちらに向かわせます」

そういえばフランクは、ユージーンがティーナの背中の傷のことを話した時に聞いていた。

用意されたドレスは、どれもティーナの好みの淡い色のもの。そしてデザインも体のラインを強調するものではなく、可愛らしいものだった。

(どうして私の好みが分かったのかしら……でも、きっと偶然ね)

「ティーナ様、お綺麗です」

フランクに褒められて照れてしまう。

でもお世辞ではなく、エグバートの選んだドレスを身に着けたティーナは、とても愛らしい姿になった。

もともと柔らかくて穏やかな顔立ちなのだ。ピンクのフリルのついたドレスが良く似合っている。

しばらくするとエグバートが部屋に戻ってきた。ティーナの姿を見て笑みを浮かべる。

「あぁ、お前にはそういう愛らしい服が一番似合う。もう少し近くで見せてくれ」

どう贔屓目《ひいきめ》にみても、あの時の夜会で見た宰相の娘の方が、断然美しいはず。

「あの、恥ずかしいので、あまり見ないでください」

するとエグバートがティーナの顎に手を添えて、自分に顔を向けさせた。自然に二人の視線が絡まって、否応なく胸が高鳴る。

「好きな女が近くにいて、見ないでいられる男などいない。恥ずかしがると逆効果だぞ。瞬きすら惜しくなってきた」

低くて甘い声に、整った顔立ち。誰が見ても完璧な容姿を持つ彼の言葉に、ティーナの心臓は音をかき鳴らし続けている。

彼の瞳は魅惑的で、見れば見るほど心まで吸い込まれてしまいそうだ。

ついこの間会ったばかりの人なのに、どうしてこんなにも惹かれてしまうのだろうか。

でも彼はリンデル皇国の騎士であり、ダリア王国の両方で血筋の確かな上流貴族なのだ。

弱小貴族の娘であるティーナとは、身分が違いすぎる。この豪華な部屋だけでも、既にハニブラム家との格差は一目瞭然だった。

過度な期待はしない方が、叶わなかった時の傷が小さくて済む。

（駄目よ、駄目。エグバート様はああおっしゃっているけど、結婚なんて無理に決まっているわ。

エグバート様にご迷惑をかけたくない。これは彼の戯《たわむ》れなのよ）

ティーナは淡い期待を抑え込んだ。

寝室にテーブルがセットされ、豪華な夕食が運び込まれる。

エグバートは夕食を取りながら、ティーナに色々なことを語ってくれた。皇国で流行っている演劇や遊興などについてだ。

お陰でユージーンのことを考える暇もない。

それでもほんの一瞬の隙に、ティーナの心は不安に捉われてしまう。

あの後、ユージーンは一人で屋敷に戻ったのだろうか。もしかしていま頃はハニブラム家とバッカム家の両家で話し合いがもたれ、既にバッカム家の援助を失っている可能性もある。

ならば両親と兄は、勝手なことをしたティーナに激高しているに違いない。

（いいえ、私のことはどうでもいいわ。でも、私のせいでハニブラムの領民が大変なことになるかもしれない。それだけが心苦しいわ）

ティーナは悲しそうに目を伏せた。エグバートが目ざとくそれに気づく。

「どうした、何か気になることがあるのか」

「申し訳ありません。ただ、今回私がしたことでハニブラム領がどうなるかと気にかかって」

「ハニブラム領への援助は、これからは俺がしよう。ダリア王国に頼りになる者が何人かいる。ティーナが心配することは何もない。余計なことは何も考えずに、俺を好きになることだけに集中すればいい」

力強く答えるエグバートに、彼女はゆっくりと頭を横に振った。

「ですがエグバート様、そこまであなたに甘えることはできませんわ。こうしてユージーン様から救っていただいただけで結構です。本当に感謝しています」

エグバートはおもむろに席を立ち、彼女と向かい合った。

「何を言っている。俺はティーナを甘やかしているつもりはない。自分のしたいことをしたいようにしているだけだ」

そうして、彼はティーナの両手を取った。

「どうする。自分で服を脱ぐのがいいか？　それとも俺に脱がされたいのか」

魅惑的な声に、ティーナはどぎまぎする。

「じ、自分で脱ぎます！」

いつの間にか部屋からは使用人の姿は消えているようだ。彼が人払いをしたのだろう。ということは、いまからティーナはエグバートと一緒に裸でベッドに入るのだ。

（は、恥ずかしいけれど、ふりでいいっておっしゃったわ。服を脱ぐだけなら大丈夫よ）

ここでいやだと言って、これ以上彼に迷惑をかけるわけにいかない。

ティーナは強く決心して、ドレスの胸元のリボンに手をやる。するとエグバートがその様子をじっと見ていることに気がついた。

裸を男性に見られるなんて、ユージーンに背中の傷を見せた時の一度きり。それすらも、ユージーンがすぐに気分を悪くしたので一瞬だった。

こんな状況で、自分から服を脱いで裸になるなんてできるのだろうか。

ティーナは勇気を振り絞って、小さな声で呟《つぶや》いた。

「あ、あの……エグバート様もお脱ぎくださいませ」

顔を赤くしながらそう言うと、エグバートは余裕の微笑みを浮かべた。

「だったら、ティーナが俺の服を脱がせてくれ」

「わ、分かりましたわ」

そういうものなのかと思いながら、ついエグバートに流されてしまう。

ティーナは言われるがまま、彼の上着に手を掛けた。エグバートの視線が肌に突き刺さる。ボタンを一つ一つ外していくと、上質の白いシャツが露《あらわ》になった。

筋肉質の上半身が服の上からでも分かって、ドキリと胸が跳ねる。

（す、すごいわ。女性の体とこんなにも違うのね……）

指が震えて時間はかかったが、なんとかエグバートの上着を脱がせ終わる。

次はシャツのボタンだが、これが意外に難しい。男性の服を脱がせる行為への羞恥心も重なって失敗を繰り返していると、エグバートがティーナの手を取って低い声を出した。

「そんな顔をされて胸元を触られると、妙な気持ちになりそうだ。ティーナ」

ティーナが一体どんな顔をしていたというのだろうか。エグバートの顔はさっきよりも頬が上気して赤く、息も荒くなっている。

「すまないが、ティーナは先にベッドに入っていてくれ。俺はあとで戻って来る」

エグバートがティーナに背中を向ける。部屋を出ていくつもりらしい。その瞬間、胸を絞られるような痛みを感じ、思わず手を伸ばしてエグバートのシャツの裾を掴んだ。

驚いた顔で彼が振り返ったので、彼女はその手を放した。

「あ……私ったら……ごめんなさい。でも……私をここに一人でおいて行かないでください」

服を脱がせることすらできず、呆れられたのかもしれない。悲しい気持ちになる。

エグバートは大きく手を振って大丈夫だという身振りをした。

「勘違いするな。俺は何があってもお前を愛している。だがこれ以上お前の傍にいると、自分を抑えられそうにない。ティーナを無理やり襲ってしまうかもしれんからな。だから少し自分を鎮めてこようと思っただけだ」

「そうなのですか？」

ティーナは意味が分からないままに、ぽうっとして返事をした。

（私のことを気遣ってくださるなんて、エグバート様……あなたは本当にお優しい方です）

絶望の闇の中で、息をするのが精いっぱいだった彼女を、彼が光の中に連れ戻してくれた。そうして差しのべられた彼の手を取ったのはティーナ自身だ。

（エグバート様を信じましょう。いまの私にできることはそれだけだもの）

ティーナはエグバートの手の上に自分の手を重ねた。

「エグバート様、私もあなたのことが好きです。ですからもう、自分を抑えることはしないでください」

するとエグバートは、その手をびくりと震わせた。先程よりもさらに顔を真っ赤に染める。

急な表情の変化にティーナは驚き、彼の顔をじっくりと見つめた。

「あの……エグバート様……？」

エグバートの瞳が少し揺らいだ。そうして彼は視線をはずし、喜びを噛みしめるように反対の手で自分の顔を覆った。

「……すまない。まさかこんなにすぐ、お前に好きだと言ってもらえるとは思わなかった。心の準備ができてなかったから、少し待ってくれ……」

ティーナはくすりと小さく笑った。

常に堂々としていて何事にも動じない男性かと思っていた。

これから彼女がすべきことを考えると、不安でどうしようもなくなる。けれどもどうしても避けられないことなのだ。ティーナは覚悟を決めた。

「あの、エグバート様。私との婚約を決断される前に、どうしても見ておいてほしいものがあります」

「なんだ？」

彼の質問には答えず、彼女はベッドの縁に腰を掛けると、腰までの長い髪を手で束ねて、背中から胸元に垂らした。

エグバートが息を呑んだのが背後で聞こえる。ティーナの行動を予測したのだろう。

その小さな音に、彼女の決意は揺らぎそうになった。

（あぁ、でもきちんとエグバート様に見せておかなければいけないわ。なんて思われるか怖いけれど、これが私だもの）

心臓の音が激しく鳴っている。それでもティーナは胸元のリボンをほどき、ドレスを腰まで下げた。

エグバートの目の前に、ティーナの背中が露《あらわ》になる。

もう自分で何度も鏡の中で見てきた傷跡だ。

肩の部分から斜めに大きく引き攣《つ》れている醜い傷跡。傷を負った部分は赤黒く、ケロイド状になって盛り上がっている。

初めて見るだろうエグバートには、かなりショックに違いない。けれども彼に、ずっと隠したままにはできない。

（……何も言ってくださらないわ。もしかしてやっぱり無理だと思われたのかも）

背後のエグバートの様子が分からないので、緊張感がさらに増す。

「あの……お気になさらないでください。もし駄目だと思われたのでしたら……あっ」

わざと明るい声をだすティーナの背中に、何か温かいものが触れたので言葉が途切れた。続いてエグバートの声が聞こえる。

「ティーナ……」

温かい感触は、彼の指だった。息がかかるほどに近く体を寄せたエグバートの、絞り出すような声が耳をくすぐる。

「こんなに大きな傷……さぞ痛かっただろう。よく我慢したな、ティーナ」

「あ……エグバート様……」

その一言に、ティーナは張り詰めた糸が切れたように全身の力を抜いた。

まさか背中の傷を認めてもらっただけでなく、ティーナの受けた痛みまでも慮《おもんぱか》ってくれるとは思ってもみなかった。

傷の手当てをする医師や侍女たちに、不憫《ふびん》に思われたり腫れ物に触るような扱いをされことはある。けれどもティーナの勇気を讃えてくれたり、痛みを思いやってくれたりした人は、ただの一人もいなかった。

背後から抱きしめられて、ティーナは生まれて初めて安らかな想いに満たされる。

「俺はティーナの傷に引いたりしない。この傷も含めてお前を愛している、ティーナ」

そうしてくるりと反転させられ、ベッドの上に押し倒される。目の前には熱に頬を染めたエグバートの顔。それがゆっくりと近づいてきて、唇が重なり合った。

何度も熱いキスを繰り返すが、その先は何とか理性でおしとどまっているのが見て取れる。

こんな風に求められたことは初めてだ。ティーナは泣きながら微笑んだ。

「ふふっ、エグバート様。もし私でよければ、ふりではなくて本当に抱いていただけませんか？」

「あぁ……ティーナ、あまり俺を煽《あお》らないでくれ。理性が効かなくなりそうだ」

エグバートは切ない目でティーナを見た後、彼女の下着を脱がせていく。

誘ったのは自分だというのに、恥ずかしくてどうしようもない。

ティーナがビクッと体を震わせるたびに、エグバートはその手を止め、本当にいいのかと窺《うかが》うように彼女を見つめる。

彼の優しさが心に染み入って、まるで炎が灯ったようだ。じんわりと温かさが体の中心から湧き上がってくる。

「エグバート様、好きです」

愛の言葉がティーナの口から零れだすたびに、エグバートは頬を染めた。

いつの間にか彼女は一切何も身に着けていない状態で、ベッドの上に仰向けになっている。

最高級の絹のシーツが肌に心地いい。

けれどもティーナを撫でていくエグバートの手が、肌が……その髪が、それ以上に気持ちがいい。

乳房を揉まれて、そのピンクの頂をもてあそばれる。豊かな胸のふくらみはそのたびに形を変え、彼を誘うようにぷるりと揺れた。

桃色の吐息が口から溢《あふ》れ出す。

「はぁっ、んっ。手……手を止めてください。私、このままおかしくなってしまいそうで、こ、怖くて——ぁんっ、ふぁっ」

「悪いがもう無理だ。お前の体はどこも柔らかくて触り心地がいい。味はどうなのかな」

するとエグバートはツンッと上を向いたティーナの乳房を口に含んだ。ぬるりとする彼の舌が、敏感な先っぽを覆う。彼は反対の手で、もう片方も乳首もいじった。

熱い舌先に唾液を絡ませたまま、ぐるりと円を描いたり吸ったりを繰り返す。初めはくすぐったい妙な気持ちだったが、乳房の先からしだいにじわじわと快感が湧き上がってきた。

それは全身へと広がり、ティーナは思わず腰をよじらせる。エグバートが唇を離した。

濡れた乳房の先っぽが、てらてらと光っている。

「ティーナは感度がいいな。ここはどんな感じなんだ？」

エグバートがティーナの足首を掴んで、くの字に曲げさせた。恥部が丸見えになって、ティーナは抵抗する。

「み、見ないでください！　恥ずかしいっ」

「大丈夫だ。お前のここはピンク色で可愛らしい。小さな花が咲いているみたいだ」

ティーナは顔を真っ赤にして顔を覆った。その手をエグバートがのけさせる。

「隠すな。今夜はティーナのすべてを知りたい」

彼の指が彼女の股の間に触れる。その瞬間、くちゅと小さな水音がした。エグバートが嬉しそうに微笑む。

「俺を求めてくれているのか、ティーナ」

「やぁ……恥ずかし……んっ！」

思わず声を出すと、エグバートがその口を唇でふさいだ。

互いの激しい吐息が重なり、ティーナは頭の先からつま先まで官能に乱される。

秘部を愛撫する指は、初めはゆっくりと……そうして徐々に動きが激しくなっていく。そのうち自分でも分かるほどに愛蜜が水音を立て始めた。

ぐちゅりぐちゅりと卑猥《ひわい》な音が、ティーナの羞恥心を掻き立てる。ティーナは全身を快感に浸され、彼の愛撫に溺れさせられた。

ふいに、股の間に熱の塊が添えられる。

目を開けると、エグバートが苦しそうな顔をしながら彼女を見降ろしていた。

「――ティーナ……」

彼女は何も答えずに、ただ頷いた。

(あぁ、私……いままさにエグバート様に抱かれるのだわ。なんて幸福なのかしら)

もう自分には幸せは訪れないと諦めていた。なのに、愛する人に求められて抱かれることがこの上なく嬉しい。

初めては痛いと聞くが、そのために必要な痛みなら我慢できる。

覚悟を決めた次の瞬間、股の間にまるで火の塊をあてがわれたように熱くなった。肉を裂くような痛みに、ティーナが思わず叫び声をあげる。

「……あぁっ！」

ティーナはエグバートの腕に爪を立てた。筋肉の隆起した肌に薄っすらと血が滲《にじ》む。

彼が突き入れていた腰を途中で止め、ティーナをいたわる。

「すまない、充分濡らしたと思ったんだが……」

「か……構いません、エグバート様。お願いします、やめないでください。お願い……はぁっ！」

小さな息を繰り返しながら、ティーナは涙ながらにエグバートに懇願する。

エグバートは何かに気がついたようだ。急に体を離すと大きく目を見開いた。

「――まさかっ！　ティーナ、初めてだったのか……」

ティーナは返事の代わりに顔を赤らめて目を逸《そ》らし、小さく頷くしかなかった。

（あぁ、エグバート様に私が初めてだと知られてしまったわ！　どんなに魅力のない女なんだと呆れられてしまったかしら――）

長年婚約していたのに、ユージーンはティーナを抱こうとはしなかった。

女として駄目だと面と向かって言われているようで、恥ずかしさと情けなさでいっぱいになる。

「も、申し訳ありません、お手間を掛けさせてしまいます。私は平気ですので、どうかエグバート様の好きになさってください」

けれどもエグバートはそのままの体勢で動かない。気を削いでしまったのだろうかと心配になる。

しばらくして彼は、熱で浮かされたように言葉を吐き出した。

「あれほど長くあいつの婚約者だったのだから、当然体の関係もあるものとばかり……。あぁ、手間だなんて何を言うんだ。お前が初めてで俺は本当に嬉しい」

エグバートはティーナの手を取って、大事そうにその甲にキスを落とす。

胸の奥がじーんと温かくなってきて、その温もりが彼女の瞼《まぶた》を濡らした。

「――だが、もう我慢できそうにない。すまないがティーナ。少しの間だけ耐えてくれ」

「え……あのっ、エグバート様――」

そう言うとエグバートはティーナの上に上半身を乗せ、止めていた腰をゆっくりと突き入れはじめた。目の奥がチカチカするような痛みに、ティーナは悲鳴を上げる。

「ああぁっ！」

彼の剛直が狭い膣を押し広げた。

痛みで開いたティーナの唇を、エグバートが自身の唇でふさいだ。ティーナの声は、エグバートの中に吸い込まれていく。

そうして屹立の塊がすべて挿入された時、エグバートがぶるりと全身を震わせ動きを止めた。

痛みが薄くなってきたので薄目を開けると、彼女の目の前に欲情に濡れた瞳と漆黒の髪が映る。

麗しい獣に捕食されているような恍惚感に、眩暈《めまい》さえしそうだ。

「あぁ、ティーナ、すごく気持ちがいい」

エグバートが、甘い吐息と共に囁《ささや》いた。

体の奥にまだ痺《しび》れるような痛みを感じるが、幸福の痛みがこんなにも甘美なものだとは思ってもみなかった。

彼と一つになった感動に酔いしれる。いままで澱《よど》んでいたものが一気に解放されたように、心がスッキリと澄み渡っていった。

エグバートはずるりと男根をひくと、またそれをゆっくりと突き入れる。体が揺れて、柔らかな乳房もそれと同時に揺れた。

エグバートが余裕のない表情を見せる。切ない顔をして、無言で何度も何度も抽挿を繰り返した。

海に浮かんだ羽の上で揺られているような感覚が、内側から全身を包みこんでいく。

狂おしいほどの愛の行為に酔いしれ、このままどうなってもいい。

そうしてじわりと高められた官能の波は、その行きつく先を探す。その限界が来た時、ティーナの全身を絶頂が襲った。

エグバートも同時に達したようで、短い声を上げた。

「……くっ！　いくっ！」

「ぁ、あぁっ——!!」

頭の中が真っ白になる。爪先が反り返って、全身を何度も弓なりにする。

やがて静寂が訪れる。二人の湿った息だけが闇夜の寝室にこだました。

どちらからともなく互いに見つめ合うと、彼の瞳が潤んで揺れているようにも見えた。

「ティーナ、絶対にお前を幸せにする」

真剣な表情で囁《ささや》く彼に、愛情が深まっていくのを感じる。

ベッドの中でまどろみ、二人で見つめ合って密やかに囁《ささや》き合う。そうしていると、いつの間にか眠ってしまったようだ。

朝日が昇り、柔らかい陽ざしが窓から差し込んでくる。

昨日と同じ朝なのに、今日は全く違う世界のように思えた。心が軽くなって、どこまでも歩いて行けそうだ。

公爵家に滞在しているというのもあるのだろうが、心の変化が一番大きい。

下半身はじんじんと少し痛みを放っているが、それがエグバートに抱かれたのは夢ではないのだと実感させてくれる。

「エグバート様……」

ベッドに寝転がったまま顔を横に向けると、髪が触れそうなほど近くにエグバートの顔があった。すっきりとした輪郭に、形のいい鼻梁。なんて美しい男性なのだろう。

漆黒の前髪が長い睫毛に触れて、呼吸するたびに静かに揺れていた。

普段のエグバートは自信に満ちていて、常にその存在を他者に知らしめる。

けれども眠っている時の彼は無防備で、年齢より少し幼いように感じた。なぜだか懐かしい気持ちさえ覚える。

(どうしてなのかしら……)

形のいい唇に触れようとティーナが指を伸ばした瞬間、その手をエグバートが握りしめた。

「お……起きていらしたのですか？　エグバート様……」

ティーナは驚いて上半身を起こし、顔を赤らめる。そんな彼女を、エグバートが満足そうに笑って眺めた。

「先に起きてティーナの寝顔を見ていた。お前の目が覚めそうだったから、寝たふりをしていたんだが。眠っている俺に一体何をしようとしたんだ？　ティーナ」

「な、なんでもありませんわ……きゃっ！」

シーツを引き寄せ、反対側を向いてごまかそうとしたのだが、あっという間に腰を掴まれベッドの上に押し倒される。絹のシーツが宙を軽やかに舞った。

エグバートは昨夜と同じように、何度も口づけを繰り返す。強引だが優しい彼の口づけに、頭がぼうっとしてきた。

くちゅりくちゅりという音が途切れた時、彼はティーナの頬に愛しそうに手を添える。

「体の方は大丈夫か……？」

「エグバート様に大切に抱いていただきましたので平気です。まだ少し痺《しび》れていますけれど」

彼女がそう言うと、エグバートは気まずそうに目を逸《そ》らした。

ティーナが不安になった時、エグバートがそれに気がついて元の笑顔に戻る。

「すまない、初めてだというのにお前に無理をさせてしまった。少し自省していた所だ。ティーナ、そのシーツをもう少し肩の上まで掛けてくれ。そろそろあいつの来る時間だ。他の男にお前の肌を見せたくないからな」

どういう意味なのだろうとキョトンとしていると、ノックもなしに寝室の扉が開けられた。扉の向こうには、明るい茶色の髪に温和な顔立ちの、見知らぬ若い男性が立っている。

「きゃっ！」

驚いて身を固くすると、エグバートがベッドの上の彼女の姿を隠すように、上半身を起こした。

「ああ、時間通りだな、ダニエル。もういいぞ、そのまま屋敷に戻ってお前の姉に報告しろ。噂好きの顔が広い女性だ。明日には社交界じゅうに広まるだろう」

そういえば昨日、エグバートは既成事実を裏付けるための証人と話をつけると言っていた。

ダニエルは開いたままの扉に寄り掛かると、両腕を組んで眉根を寄せる。

「エグバート、僕を利用するなら、少しは申し訳なさそうにしたらどうなの。いきなり昨日の夜に呼び出してこんなことをさせるなんて、僕は怒ってるんだよ。でもせっかくだから、君の大事なお嬢さんと少しくらい話をしてもいいよね」

彼の軽快な話し方は好感が持てる。

けれどもティーナはいま、エグバートと裸でベッドの中。どうやって挨拶したものかと考えあぐねた。

彼女はおずおずと前にいるエグバートの体から顔を出し、小さく頭を下げた。

するとエグバートが勢いよくシーツを引き寄せてティーナの頭から被せる。

「ティーナ、こいつに挨拶なんかしなくていい。ダニエル、今度改めて俺の婚約者として紹介するから、今日は家に帰ってお前がやるべきことをやれ」

「はぁ、分かったよ、エグバート」

ダニエルは呆れたようにため息をつくと、大袈裟に両手を上げてみせた。

「硬派な君がそんな独占欲を見せるんだ。殺されないうちに退散するよ。僕は剣でも学問でも、君に勝てたことは一度もないからね。騎士になるのですら、二年君に先を越されたし。じゃあ、ごめんね、ティーナ嬢」

そう言うと彼は慌ただしく寝室を後にした。

ダニエルが部屋から出て行ったのを確認した後、エグバートはティーナの頭からシーツを取って体に巻き付け、彼女に向き直る。

そうして真剣な表情で、頬に両手を当てて顔を覗き込んだ。

「――ティーナ」

耳の奥をくすぐるような穏やかな声が、全身を駆け巡る。

「これからお前の生活は一変するだろう。俺はリンデル皇国の騎士で、ダリア王国の公爵の息子だ。公爵位を継ぐことはないが、お前の出の子爵家と比較して何か文句を言うやつがいるかもしれない。もちろん俺が全力で守るつもりだが、女性だけの集まりでは目が届かないこともあるだろう。いやな目に合うかもしれないが、絶対に俺から逃げたりはしないでくれ」

「あの……でもそんな……逃げたりなんて……」

「……駄目か？」

いつも自信に満ち溢《あふ》れているエグバートが、不安そうに目を細めて瞳を揺らす。そのアンバランスさにティーナは胸をときめかせた。

皇国でも高い地位を誇る騎士の上、王国でも絶大な富と権力を持つ血筋のエグバートが、ティーナが彼の元を去ることをこんなにも恐れているのだ。

ティーナは心からの笑みを浮かべた。

「いいえ、あの時、あなたの手を取ったのは私自身です。エグバート様が望んでくださる限り、私はあなたのお傍を離れるつもりはありませ……きゃぁっ！」

すべてを話し終わらないうちに、エグバートがその体を思い切り抱きしめた。シーツが落ちて互いの肌が重なる。

きつく抱きしめられて息が苦しいが、それよりも乳房が直にエグバートの肌に当たっていることに気がついて羞恥心が湧き上がった。

「エ……エグバート様……？」

「昨日の夜、無茶させておいて申し訳ないが、これからお前を公爵に紹介する。あれでもこの国の重要人物だ。機嫌を損ねるわけにはいかない。着替えがすんだら一緒に挨拶にいこう」

エグバートは実の父のことを公爵と呼び、とても冷めたように語る。それに公爵位は継がないとも言っていた。

（もしかしたら、お二人の仲はあまり良くないのかしら……）

そんなことを考えながら、ティーナはこくりと頷いた。

昨日着替えを手伝ってくれた侍女たちが世話をしてくれるが、どうやら彼女たちはティーナを良く思っていないらしい。

部屋からエグバートがいなくなると、すぐに素っ気ない態度に変わってしまう。

声をかけても無視されるだけでなく、わざと聞こえるような声でティーナの悪口を言うのだ。

「本当に普通の方ね。よくエグバート様と一緒に並んでいられるものだわ。恥ずかしくないのかしら」

「ご主人様のただの気まぐれに違いないのにね」

当然と言えば当然だろう。公爵家の息子がようやく戻ってきたかと思えば、ティーナのような平凡な女性を屋敷に連れてきたのだから。

（仕方ないわ。エグバート様が私のことを愛しているだなんて、自分でも信じられないもの）

けれども彼を信じることしか、いまの彼女にできることはない。あえて周りの雑音は気にしないようにすることにした。

エグバートが用意してくれたドレスはどれも素敵で、彼女に似合うデザインばかり。どれにしようか迷うほどだ。

着替えが終わって部屋を出ると、彼は既に支度を済ませ、廊下で彼女を待ってくれていた。

「さぁ、行こうか。ティーナ」

ティーナは差し出されたエグバートの手を取って歩き出す。

ニューエンブルグ公爵とは、昨夜エグバートが既に話をつけてくれていると言っていた。ティーナと一緒に夜を過ごすことも、了承しているという。

だが力のない地方の貴族娘を、息子の妻として迎えるのだ。当然、公爵はいい気持ちはしないだろう。しかも長年他に婚約者のいた女性となら、なおさら。

ティーナは緊張を高めた。

公爵の部屋の扉が開かれると、そこは静かな落ち着いた部屋で、レースのカーテンから滲《にじ》む柔らかい光が、ダークオークの家具に影を落としている。

大きな一人掛けのソファーの上に座る公爵は、エグバートによく似た顔立ちだ。けれども彼はエグバートよりもさらに威厳に溢《あふ》れていた。

まだ四十後半くらいの歳だというのに、既に髪と髭《ひげ》にはかなり白髪が混じっている。

けれども眼光は鋭く、人を威圧する迫力がある。侍従が二人、公爵の側に仕えていた。

部屋に入ってティーナが挨拶をすると、公爵がじろりと見る。機嫌が悪いのだろうか。始終厳《いか》めしい顔をしたままだ。そして低くて太い声を出した。

「エグバート、それがお前の言っていた娘か……」

「そうです。いまはまだ婚約者としてですが、ティーナと共にリンデル皇国に戻って、あちらで結婚式を挙げるつもりです」

エグバートは、公爵の機嫌など気にも留めずに答える。

公爵がさらに眉根を寄せた。やはり結婚を歓迎されているわけではないようだ。

不安に思っていると、エグバートがティーナの腰を引き寄せた。

公爵はしばらく観察するように二人を見ていたが、目を細めるとこう言った。

「エグバート、お前がどこで何をしようと私にはどうでもいい。どんな女と結婚しようとな。だが、お前はどんなことがあっても公爵家の嫡男だ。公爵家の名前に泥を塗る真似だけはするな」

「分かっています、公爵。ティーナとの婚約さえ認められれば、できるだけ早くここを出ていきます。リンデル皇国に戻って、二度と帰ってこないことを誓いますよ」

エグバートがそう言い終えた瞬間、ガツンと大きな音が部屋に響いた。公爵がステッキで床を突いたのだ。

「……勝手にするがいい」

絞り出すような公爵の声が聞こえた途端、エグバートはティーナの腕を掴んで部屋を出ていこうとする。彼女は慌てて頭を下げた。

「あ、あの公爵様、エグバート様との結婚を認めていただいてありがとうございます」

ドレスの裾を上げて深くお辞儀をする。けれども公爵からは何の返事もなかった。

「もういい、ティーナ。やるべきことは終わったからな」

エグバートは公爵の部屋を出て人気のない廊下の隅に来ると、ティーナを壁の角に押し込むようにして両腕で囲い込んだ。

「お前が頭を下げる必要はない。公爵はいつだってああだ。あいつが大事なのは亡くなった妻、カテリーナだけ。それ以外のものには何の興味もない」

「で、でも、エグバート様のお父様です。認められるように、努力だけはしたいのです」

「ティーナ、俺がこの屋敷に帰ってきたのは十三年ぶりだ。その間、公爵はただの一度も王国に戻ってこいと言わなかった。手紙の一つすらなかったんだ。どれほど公爵が俺に無関心なのか、分かるだろう」

ティーナが悲しい顔をすると、彼は自嘲気味に笑った。

「気にするな、俺は寂しいなどと一度も思ったことはない。それに、いまはお前が俺の傍にいてくれるからな。愛している、ティーナ」

エグバートの端整な顔が近づいてきてキスをされる。

これまでユージーンから、何度も愛の言葉を囁《ささや》かれてきた。けれどもこんなに心のこもった言葉とキスは初めてだ。ティーナは初めて与えられる愛の幸せに身を浸した。

しばらくして唇が離れた後、ティーナはエグバートの体を抱きしめ返して、彼の胸に頬を押し付けた。硬い筋肉が触れてすぐに、彼の心臓の音が耳に響いてくる。

「私もエグバート様が大好きです」

ティーナの言葉と共に、彼の心臓の鼓動はますます激しさを増した。彼女の唇から自然に笑みがこぼれる。

しばらくしてティーナから体を離すと、いつもの余裕のあるエグバートに戻っていた。

「さあ、今日は忙しくなる。午前中は貴族院に行って話をつけてくる。そして午後にはハニブラム家に送り届けよう。初めての朝なのに、ずっと一緒にいられなくて悪いが、午前中は屋敷でゆっくり休んでおいてくれ。ティーナが退屈しないように手は打ってある」

エグバートはティーナと朝食をとると、フランクに呼ばれてしばらく席を外し、そうして屋敷を出た。

公爵家の玄関で彼を見送ると、一緒に見送っていたフランクがティーナに話しかけてきた。

「エグバート様は本当にティーナ様を愛されていますね。いつも落ち着いておられるあの方の、あんな弛《ゆる》んだ表情を見たのは初めてです」

「そうなのですか？　ではいつもはどんな感じなのでしょう。私、皇国でのエグバート様のことを何も知りません。よろしければ、教えてくださいますか？」

するとフランクは顎に手を当てて考えるしぐさをする。

「そうですね。エグバート様は皇国中のエリートが集まる騎士学校で、成績は常に上位クラスでした。あまり表に出ることは好きな方ではなかったのですが、間違ったことがお嫌いで、ご学友からはとても慕われてましたね。寮長に選ばれたこともあります」

正義感の強い彼だからこそ、ユージーンに虐げられているティーナを憐《あわ》れに思ったのだろうか。でもそのおかげで一緒にいられるのならば、それが憐《あわ》れみの感情だったとしても構わない。ただエグバートが彼女への愛情を失った時には、潔《いさぎよ》く身を引こうと心に決めた。

「あぁ、それと大事なことを一つ。エグバート様はとても女性に人気でしたが、誰ともお付き合いはされませんでしたよ。ですからそんな心配はなさらずに」

そう言われてティーナは顔を真っ赤にした。そんなことまで聞くつもりはなかったのだが、全く気にならなかったと言えば嘘になる。

あれほど素敵な男性なのだ。色々経験しているだろう。それをいやだと思う権利はティーナにはない。

「さぁ、ティーナ様。こちらにおいでください。お客様がお待ちですよ」

フランクがティーナを公爵家の奥へといざなう。お客様とは一体誰のことだろう。

彼女が公爵家にいることを知っている人物は限られている。ティーナはユージーンとのデートの最中にここに来たのだ。

案内されたティールームには天窓から光が差しこんでいて、とても明るい。そこに座っている人物を見て驚いた。

「クレア！　どうしてここに!?」

思ってもみなかった親友の姿に驚きが隠せない。

クレアはティーナの顔を見た途端に、立ち上がって彼女を抱きしめた。その勢いで、後ろ向きに倒れこみそうになるほど。

「ああ、ティーナ！　元気そうで良かったわ。大丈夫？　エグバート様に酷いことはされていないの⁉」

聞くところによると、クレアは昨日エグバートから手紙を受け取り、今朝早くに公爵家を訪れたらしい。それからエグバートが屋敷を出る前に顔を合わせ、自分が不在の間ティーナの話し相手になってほしいとお願いされたそうだ。

公爵家にいきなり呼び出され訝《いぶか》しく思っていたクレアは、ずいぶん驚いたのだという。

「心臓が止まるかと思ったわ。だってティーナがエグバート様とお知り合いだってことすら知らないのに、いきなりあなたが公爵家に滞在しているだなんて……。しかも二人が婚約するってエグバート様本人から聞かされて、どれだけ私が驚いたか分かる？」

「ごめんなさい、クレア。でも、私にとっても突然だったの。昨日ユージーンとデートしている時に色々——本当にたくさんのことがあったのよ」

ティーナはエグバートと出会ってからの出来事を、こと細かくクレアに語って聞かせた。

クレアは初めは考え込むようにして黙って聞いていたが、話が終わる頃には真剣な顔になり、フランクや侍女には聞こえないように小さい声を出した。

「ティーナ、本当にエグバート様に無理強いはされていないの？　もしそうだったら、ここから一緒に逃げましょう。あとのことはどうとでもするわ。こんなうまい話なんてあり得ないもの。きっと何か裏があるはずよ」

そんな心配をしていたのかと、微笑ましくなる。

確かにエグバートとティーナは、身分もその容姿さえも釣り合わない。しかもティーナの背中には大きな傷があるという不利な条件さえある。

何か裏があると思うのも理解できるが、エグバートは紳士的かつ立派な男性だ。

「大丈夫よ。エグバート様にはとても大事にしてもらっているわ。でもどうしてそんな風に思うの？　エグバート様はお優しい人よ」

ティーナがそう言うと、クレアは訝《いぶか》し気に顔を歪めた。

「これは必要ないと思ったからティーナには言わなかったけれど、エグバート様は単純な男性ではないわ。リンデル皇国で騎士になったのも、もちろん剣の腕も素晴らしかったらしいけど、どちらかといえば戦略を立てる軍師として活躍されたらしいの。完璧な兵の配置に引き際も見誤らない。勝利のためには仲間の兵を見捨てることすら厭《いと》わなかったそうよ。そんな男性があっさり出会ったばかりの女性と恋に落ちるだなんて考えられない。何かあるって考えるのが妥当だわ」

クレアの話のエグバートは、ティーナの知っている彼の姿とは違っている。

確かに彼は他を圧倒する威厳を持っているが、穏やかで思いやりのある優しい男性だ。昨夜は真《しん》摯《し》に想いを伝えてくれた。彼の愛を疑うことなんてできない。

「それはきっと誤解だわ。エグバート様はとてもお優しい方。そのお話が本当なのだとしたら、きっと何か理由があったのよ」

「でも、ティーナ！」

「クレア、私、エグバート様のことを信じるって決めたの。それにエグバート様は、とても気さくで話しやすい方なのよ。皇国のことを面白く語ってくださったわ」

クレアが目を丸くした。

「まぁっ！　ティーナったら、よく普通にお話なんかできるわね。さっきお目にかかったけれど、この私が緊張して挨拶するのがせいぜいだったわ。私がここに来たのも半分強制的なものよ。だってシュジェニー商会の取引先は皇国が主な相手だもの。それを知っていて、こんな朝早くに手紙で呼びつけたのよ。大変な暴君だわ！」

「——まあ確かに、エグバートは策略家で暴君だ。君の分析は正しいよ」

背後から突然声を掛けられて、クレアとティーナは驚いた。

「きゃっ！　誰っ⁉」

二人して振り向くと、そこにはダニエルが笑いながら立っている。クレアがあからさまに猜疑心《さいぎしん》に満ちた視線を彼に向けた。

「おはよう、ティーナ。ああ、心配しないで。今朝のことは既に姉のコーネリアに伝えてある。姉は早くから張り切って出かけていったよ。どこに行ったのか分からないけど、あれは暗くなるまで帰ってこないな」

ティーナが申し訳なさそうにダニエルに告げる。

「あの……エグバート様は、あいにく外出をされていますわ」

「ああ、いいんだ。僕は君に会いに来たんだからね。エグバートが選んだ女性だ。気になるのは当然だろう？　君は初めましてだね、クレア・シュジェニー。僕の名はダニエル・ウィットシスだ。エグバートと一緒にリンデル皇国から来た騎士だよ」

ダニエルが颯爽と挨拶をする。初対面なのに、彼はクレアの名前を知っているらしい。

それはクレアの警戒心を強めるのに充分だったのだろう、彼女は眉根を寄せる。けれども急に何かに気がついたのか、クレアは驚いた声を出した。

「お待ちくださいませ！　ダニエル・ウィットシスってあのウィットシス家の方ですか？」

ウィットシス家といえば、ニューエンブルグ公爵家に負けず劣らずの名家だ。政治的にも王国の中枢に彼らの一族が多数存在している。

ダニエルは些細なことだとでも言わんばかりに、あっさりと答えた。

「そうだね。僕はそこの分家の次男だ。リンデル皇国で騎士になった時に、ウィットシス家の名を名乗ることを許された。家名で判断されることは好きじゃないから、そう名乗るのは滅多にないんだけどね」

「では、どうして私にはそうされたのですか？」

「君がとても素敵な女性だからだよ。少しでも僕の株をあげたくて」

そう言って彼はウインクをしてみせた。こういう軽薄な男性はクレアの大嫌いなタイプだ。すっと彼女が心を引いたのを感じる。

「お褒めくださってありがとうございます。光栄ですわ、ダニエル様」

「まぁ、今日は残念ながらクレア嬢ではなくて、ティーナ嬢と話をしに来たんだけどね。騎士学校の時からエグバートを知ってるけど、どんな美人にも興味を持たないから、おかしいと思っていたんだ。エグバートもやっぱりただの男だったってわけだね。まあ僕の趣味とは違うけど、好みは人それぞれだから」

「あら、ティーナの良さが分からないなんて、見る目がありませんのね」

クレアがチクリと嫌味を言うが、ダニエルがそれを気に留める様子はない。

「そうだな、どちらかといえば、僕は気の強い女性の方が好きだよ。クレア、君みたいなね」

「あら、そんなこと言われると本気にしてしまいそうですわ。ふふふ」

クレアの愛想笑いが一層深くなった。どうやら二人の相性はあまり良くないらしい。

これ以上、クレアとダニエルの関係が悪くなるのは避けたい。

ティーナは慌てて、二人を席に着くように促した。

「お茶の用意ができているようです。ダニエル様もいかがでしょうか。お昼過ぎにはエグバート様も戻っていらっしゃるでしょうし」

あらためて三人でティーテーブルを囲んだ。

ダニエルはエグバートのことを一番よく知っている人物だ。彼のことをもっと聞きたい。

彼は快くエグバートの思い出話を語って聞かせてくれた。

「うーん、僕が出会った時、エグバートは十一歳で僕は十三歳だったな。歳の割に妙に大人びていて落ち着いてて、貴族の長男にありがちな保守的な奴なのかと思えば、驚くほど肝が据わってる。よく分からない男だったよ。そういえば、友人が寮長に酷い意地悪をされた時の反撃なんかはすごかった……理事長や先生方まで味方につけて、徹底的にやり込めたんだ」

色々なエピソードに心が和む。確かにエグバートは掴みどころのない性格らしいが、友人を守ろうとする男気もあるらしい。

「勝つために仲間の兵を見捨てたって噂もあるけど、あれは本当に苦渋の選択だった。あの時エグバートが決断しなかったら、僕も含めてもっと多くの犠牲者が出ていた。あいつはいまでも亡くなった兵士を悼《いた》んでいるよ」

それを聞いてクレアも安心したようだ。

楽しい時間はすぐに過ぎていく。

しばらくしてダニエルは用事があると言い、エグバートの帰りも待たずに去ってしまった。

慣れない公爵家での滞在だが、クレアが側にいてくれたおかげで、いろいろ悩まずに済んだ。

(本当に私はとてもいい友人に恵まれて幸せだわ。クレアを話し相手に誘ってくださったなんて、エグバート様のお気遣いもありがたいわ)

昼過ぎにエグバートが戻ってきたので、クレアが入れ替わりに自宅に戻ると言う。

去り際にクレアはティーナにこう言った。

「とにかく、ユージーン様と別れられるのは良いことだわ。ティーナが文句を言わないからって、どれだけ他の女性と遊んできたのよ。エグバート様のような上級貴族にティーナを取られて良い気味だわ」

　確かに婚約者を奪われたという事実は、ユージーンにとって喜ばしくないだろう。けれどもユージーンは、これから自分好みの女性と結婚できるのだ。きっと納得してくれるに違いない。

「ユージーンは私から解放されて幸せになれるでしょう。バッカム家の援助を失ったハニブラム領が心配だったけど、エグバート様が援助するとおっしゃってくださったの。彼にはご迷惑をかけてしまって申し訳ないけれど、幸せが一度に押し寄せてきたみたいで、本当に夢みたい」

　クレアは目を潤ませた。

「ティーナ、あなたはいつも我慢しすぎなのよ。あの、これは言いにくいのだけど――エグバート様はティーナの背中の傷のこともすべて分かっていて、あなたを受け入れてくださったの？」

　ティーナは昨夜のことを思い出して、顔を赤くして黙って頷いた。クレアがようやく安心したといった顔を見せる。

「そう、良かったわ。そこが一番気になっていたの。全面的にエグバート様を信頼したわけじゃないけど、ティーナの言うとおり、いい男性なのかも知れないわね」

　エグバートのことを認めてくれたようで嬉しくなる。

（エグバート様もおっしゃってたけれど、これから大変になるに違いないわ。でも私にできることを頑張りましょう）

　そうティーナは心に決めた。

第五章　逃げた鳥に忍び寄る暗雲

クレア・シュジェニーの父は、以前小さな町で店をやっていた。従業員はたった一人。しかもそれは彼女の母だった。

クレアが幼い頃は家にお金がなく、満足に食べられないこともあった。

いまでは商売が大成功を治めて規模も拡大し、有名な商会に成長したが、昔の生活が苦しかった頃の記憶はまだ残っている。

彼女が十代の頃、大きくなり始めた商会が危機に瀕した時期があった。まだ少女だったクレアが、情報を集めるために王国中を奔走《ほんそう》したこともある。

そこらの男よりも頭が切れ、抜群の行動力もある。クレアが息子だったならば商会もさらに大きくなっただろうにと、父がお酒が入るたびに愚痴をこぼしている。

領地経営がうまくいかず没落する貴族も多いなか、莫大な資産を有するシュジェニー商会は王国の社交界にも温かく迎え入れられた。

けれども、まだ以前のように、貴族の血統を重視する人もいる。

彼女はそんな人たちのことを小馬鹿にしていた。

実力もないのに血筋だけで偉そうに振舞う人たち。

そう、初めてティーナを見た時、横暴な婚約者に言われるがまま、雨の中を大人しく待っているティーナにも心底呆れたのだ。

ただ、あまりにも気の毒だったので、思わず手を差し伸べてしまった。

ユージーンもどうかと思うが、彼女自身に自尊心はないのかと激しい嫌悪感を抱いた。でもそれは違っていた。

ティーナと付き合っていくうちに、彼女は自分を犠牲にしてたくさんのものを守っているのだと気がついた。

『私はユージーンのことを愛しているの。だからまだ彼を信じていたい』

そう言って寂しそうに微笑む彼女に、クレアは尊敬の念を抱いたのだ。

ティーナはクレアが持ち合わせていない、真の心の強さを持っていた。自分ならとっくに婚約を解消して、逃げ出していたに違いない。

とにかくティーナに幸せになってほしい。

ニューエンブルグ公爵の屋敷に呼び出された日、クレアはダニエルという青年に会った。

彼はエグバートと同じリンデル皇国の騎士で親しい友人でもあるらしい。

(何かエグバート様のことが聞けるかもしれないわ)

ダニエルが屋敷を去る時、ティーナには化粧室へ行くとごまかして後を追っていった。クレアは廊下の角に彼の姿を見つける。

彼女が声をかける前に、ダニエルはにっこりと笑ってこう言った。

「やあ、クレア嬢。君が来ることは分かっていたよ。だから予定より少し早く話を切り上げたんだ。君が聞きたいのはエグバートのことだろう？」

どうやらダニエルはこうなることを予見して、わざわざ廊下でクレアを待っていたらしい。

（勘のいい男だわ。この男は見た目と中身がずいぶん違う。油断してはいけない！）

クレアがエグバートに初めて会った時、何か複雑なものを奥に秘めている難しい男性だと感じた。

そうしてダニエルに会った時、それ以上の何かを感じたのだ。

頭の中で警鐘が鳴った――

会話を交わしても、彼自身の本心は決して見えてこなかった。恐らく相当頭が切れるのだろう。

ダニエルは公爵邸の玄関に待たせていた自分の馬車に、クレアをエスコートした。

彼女は彼と向かい合って座る。ダニエルはすらりとした長い足を組んで、指先を顎に当てた。

にやにやして、いかにも楽しそうな所作が鼻につく。

「馭者《ぎょしゃ》には少しここで待つように言っておいたよ。で、僕に何が聞きたいの？」

この男に取り繕うのは時間の無駄だ。クレアは慎重に口を開いた。

「……ダニエル様は十三年前、つまり十三歳の頃から二十六歳になるいまでも、ずっとリンデル皇国に滞在されているのですよね？」

するとダニエルは妙な顔をした。てっきりエグバートのことを質問されると思っていたのだろう。

けれどもすぐに表情を戻して、にやりと笑う。

「すごいね。君は僕の年齢までも知っているんだ。僕に興味がある女性はみんな大好きだよ」

そんなことは、さっきダニエル自身が語ったことから計算したに過ぎない。クレアは軽口を言う彼を無視して先を続ける。

「貴族の子弟の留学は、通常二十歳まで。リンデル皇国で騎士になるのはダリア王国よりも狭き門です。騎士の称号が欲しいなら、普通はダリア王国に戻って騎士を目指すものですわ。どうしてそんな決断をされたのですか？」

「そうだね、リンデル皇国には綺麗な女性が多いからね。ついつい長居しちゃったんだ。そしたらいつの間にか騎士になってた。騎士は女性に人気だから」

相変わらず軽い調子で語るが油断はできない。ダニエルの目は、クレアの心の中を見透かそうと常に用心深く光っている。

頭が良く知略家で揉め事が大好き。けれども自分の損になることは決してしない男だ。

こういうタイプの男には遠回しの質問は通用しない。クレアは直接的に聞くことにした。

「でも、それだけでは、これほど長くリンデル皇国にいる必要はありませんよね。よほど面白いことが起こると、予想していたのかしら。例えば今回のエグバート様とティーナのこととか？」

するとダニエルが、弾けるように声を上げて笑い始めた。

「ははっ、そうくるんだ。僕は頭のいい女性は嫌いじゃない。でもそんな君なら分かるだろう？僕は簡単に口は割らないよ。情報には常に価値がある。でも、魅力的な女性が自分からキスしてくれれば、僕は何かを言う気になるかもしれない。さて、君は僕をそんな気にさせてくれるかな？」

（まぁっ！　突然何を言い出すのかしら！　本当にお調子者で不誠実な男性だわ。ティーナのためじゃなかったら顔も見たくないのに！）

クレアは怒りに溢《あふ》れる心中を隠し、にこやかな笑みを浮かべた。

「そんな風に誘って、私が本当にキスをするとでも思っているのですか？　ダニエル様は紳士だと思っていましたけれど、意外と即物的なのですわね」

さすがにキスは初めてではないが、会ったばかりの男性とキスなどできるはずもない。

クレアがダニエルを睨《にら》むと、彼は余裕の顔でうそぶく。

「そうだね、可能性は五分五分かなぁ……」

へらへらと笑っていて、何を考えているのか掴めない男だ。けれども彼はとても楽しそうにクレアの反応を待っている。

躊躇《ちゅうちょ》したが仕方がない。クレアは心を決め、ほんの一瞬唇を重ねるだけの軽いキスをした。

そうして間を置かずに質問をする。

「偶然、町で助けられただけで、エグバート様は本当にティーナを愛してしまったのでしょうか？　私にはエグバート様が、そんなに簡単に誰かを愛するような男性には思えません。そんな直情的な男性には見えないのです」

ダニエルは顔をしかめて自分の唇をぺろりと舐めた。そうしてとぼけた言い方をする。

「うーん、もう少し濃厚なキスがいいな。まさか全く経験がないわけじゃないよね？」

（本当に厄介な男だわ。こうやって私を試しているのね！）

憤慨するがそんなことは表情にも出さない。逆にクレアはダニエルを誘うように見つめた。そうしてゆっくりと顔を寄せ唇を重ねると、彼の唇をついばむように何度もキスを繰り返す。ちゅっちゅっと音がして背中がむず痒い。

しだいにダニエルの息が荒くなってきたので、ようやく唇を離す。恥ずかしさに眩暈《めまい》がしそうだが、クレアは何とか自分を保った。

ポイントを絞って質問しないと、またうまくかわされてしまいそうだ。クレアはしばらく考えてから質問をした。

「――エグバート様は十三年間、一度たりとも王国に戻って来ませんでした。見たところ公爵家には奥様であるカテリーナ様の肖像画が見当たらないばかりか、息子のエグバート様のものまでありませんでしたわ。ただの一枚も。よほど親子の確執があるのでしょう。なのに、どうしていまになって王国への招待を受けたのでしょうか？」

するとダニエルは残念そうな顔をして、降参だというように両手を上げた。

「今朝早く、急に呼び出されたはずなのに、エグバートの母親のことまで調べてたんだ。さすがクレア嬢だ、読みが鋭いね。可哀想だからそろそろ質問に答えてあげようか。もう少し近くに寄って来てくれるかな。もしかして誰かに聞こえないとも限らない」

迷ったが、腰を上げて耳をダニエルに寄せる。誰にも聞かれたくないほど重要なことなのだろうか？

緊張に胸が高まる。

するといきなり首元を押さえられ、次の瞬間視界はダニエルでいっぱいになった。

「ちょっ！　なっ！　んっ！」

次の瞬間、唇に熱い熱が灯された。ダニエルに無理やり唇を合わせられたのだ。歯の隙間から舌を捻じ込まれ、クレアはこれまでになく動揺した。

（ちょっと待って――！　こんなの私が知っているキスじゃないっ！）

全力で抵抗しても、がっしりと首を押さえられているのでびくともしない。ヒールでダニエルの足を踏むことも考えたが、寸前で思い直した。

（ここで逃げたら、エグバート様のことは分からないかもしれないわ。それにあとで、ダニエル様に馬鹿にされてしまうに違いないもの！　そんなのはいやっ！）

負けず嫌いの性格が災いし、クレアは全身の力を抜いてダニエルの舌に応えることにした。

自分から舌を絡ませて、ダニエルの歯列を舐める。

そんなクレアに驚いたようで、ダニエルはほんのわずかの間動きを止めたが、すぐに熱い口づけを再開した。

くちゅりくちゅりと、唾液の絡まる淫らな音がして全身が熱くなる。

何度も……何度も深いキスを繰り返した後、ダニエルはようやくクレアから唇を離した。

絡まった唾液が糸を引くように二人の間を繋いで途切れていく。

ダニエルの顔は官能に侵され目は細められ、その栗色の目には情熱の火が灯っている。生まれて初めて男性の欲情に触れて動揺するが、クレアは懸命に冷静を装った。

「これで満足したでしょう。さぁ、早く答えて！」

お腹に力を入れたので声の震えはごまかせたようだ。言葉の速度が増したのを気づかれていないだろうか心配だ。

「はぁ、君って女性は本当に気が強いんだな。ムードも何もないんだから。分かった。いいよ、僕の知っていることなら教えてあげよう。クレアのことを気に入ったからね」

「全く嬉しくありませんが、情報は喜んでお聞きしますわ」

「ははは っ」

余裕のある態度にますます苛立ちが募る。

「僕が知っているのは、エグバートはティーナ嬢の様子を内密に調べさせていたということだよ。恐らく彼がリンデル皇国に来た時からずっと。ということは、バッカム家の息子の女癖の悪さは当然耳にしていたはず。なのにあいつはずっと動かずに時を待って、いまになってダリア王国への招待を受けた。ということは、ティーナ嬢とのことはきっと壮大な計画の一つの駒に過ぎないんだ」

彼の語っていることは本当だろうと、クレアは直感する。

「どういうことですか？　もしかして病気でお亡くなりになった、母親のカテリーナ様に関係があるのでしょうか」

「分からないけど、あの優秀で完璧な男が、そのためだけに十年近くも人生を費やしてきたんだ。あいつが何を成すつもりなのか知りたくて、ずっと一緒にいた僕もかなりの変わり者だけどね。残念だけど僕が知っているのはここまでだ、クレア」

「ティーナは……彼女はそのことに、どう関係しているの……？」

「僕もそう思ったから、彼女と話がしてみたくてもう一度公爵家に戻ってきた。でもティーナ嬢は何の裏もない、ただの素直で健気で不幸な女性だった。だから僕も何が何だか分からなくなってきてね。困惑してるんだ。エグバートの目的は一体何だったんだろう？　とね」

クレアは一つの可能性に思い至って息を呑んだ。

「もしかして復讐――とか……？　エグバート様は誰かに復讐するつもりなのかもしれませんわ。人間の一番強い感情は愛情と憎しみです。その二つのうち、最も長く持ち続けていられるのは憎しみですわ」

クレアの言葉にダニエルが笑った。

「ははは、君は人の本質をついてくるね。面白い。そうだな、あり得ることとすれば、彼の妹と母の命を奪った者への復讐かな。エグバートは幼い頃に妹を事故で亡くしている。そのせいで、もともと体の弱かった公爵夫人は精神的におかしくなって死に至ったらしい。それ以来、公爵はすべてに絶望して隠居のような生活をしている。エグバートが妹の死に関係した人物を恨んで、そいつを陥《おとし》れようと狙っているとしても不思議じゃない――まぁ、これも想像にすぎないけど」

興味深いダニエルの話に、クレアは身を乗り出した。

「エグバート様に妹がいるのは知っていましたが、お亡くなりになっていたなんて記録にありませんでしたわ。いつどんな事故があったのですか？」

「誰も語らないことなんだ。その時期も死因すらも公表されていないし、どの書類にも記載はない。

けど、どうやらエグバートはそれをすぐ近くで見ていたらしい。妹が死に至る瞬間をね。時々、あいつは悪夢にうなされてるんだ。そうして妹の名前を大声で叫んで大汗をかいて目を覚ます」

「もし、その事故が誰かのせいなのだとしたら、エグバート様が復讐に囚われてもおかしくはありませんわね。でしたら、復讐する相手は誰なのでしょうか？」

ダニエルはさっぱり分からないというように、両手を広げた。クレアは辛そうに先を続ける。

「とにかく、いま言えることはティーナへの愛情は本物ではない、これは確実です。あぁ、なんてかわいそうなティーナ。ユージーン様の仕打ちにあれほど耐えてきたのに、エグバート様にまで裏切られるなんて」

「――クレア、君は友人のことばかりを気にするんだね。自分のことはどうでもいいの？」

ダニエルが、いきなり話題を変えて質問してきた。クレアは警戒心を露《あらわ》にして答える。

「当然ですわ。ティーナは私の親友ですもの。ですからこれは自分のためでもあります。ダニエル様、重要な情報を教えていただいてありがとうございます。またエグバート様のことが何か分かったら、教えていただけませんか？」

「もちろんいいよ。その時はクレアに何をしてもらうか、楽しみに考えておく。それにしてもさっきのキスは最高だった。もしかして、君の経験値が僕よりも高いせいなのかな？」

その言葉に、クレアの全身に熱が駆け巡る。

けれどもすぐに思い直して努めて平静を装った。ダニエルという男は、自分の言葉で他人が感情を乱すのを見るのが好きなだけなのだ。

クレアは流し目でダニエルを見ると、余裕の笑みを浮かべた。

「さぁ、良く分かりませんけれども、ダニエル様にダリア王国の女性も悪くはないと少しでも思っていただけたなら嬉しいですわ。私のキスでダニエル様の経験値が上がったのならば幸いです。では、失礼いたしますわ」

馬車の中は狭いので略式に別れの挨拶をすると、クレアは振り返らずに馬車を降りた。

駆者《ぎょしゃ》が回り込んできて扉を閉めた時、ダニエルの堪えきれないといった笑い声が聞こえてくる。

「くくっ！　あはははは！」

どうやら彼女の渾身《こんしん》の嫌味も通じない男らしい。クレアは怒りでいっぱいになる。

（……！　なんて人なの！　あぁ、もうダニエル様なんて大嫌いよ！）

でも彼のおかげで、情報屋も掴んでいないエグバートのことを知ることができた。

（エグバート様の妹について、もう少し自分でも調べてみましょう。きっとそこに鍵があるのだわ。あぁ、ティーナ。あなたが真実を知った時、私はどんな顔をすればいいのかしら）

エグバートは、何らかの意図を持ってティーナに近づいたのだ。けれどもティーナにそれを知らせるには、まだ情報が足りない。

（どんな結果になっても、絶対に私がティーナを守ってみせる！）

クレアは一度大きく息を吸って心を落ち着かせると、彼女を待っているだろうティーナの元へと戻ったのだった。

◇　◇　◇

昼過ぎに公爵家に戻ってきたエグバートは、ティーナをハニブラム家に送っていくと言った。

「バッカム家との話はついたが、婚約が正式に破棄されていない以上は、まだお前はあいつの婚約者だ。とりあえずはハニブラムの家に戻る方がいいだろう」

彼はこの短い時間に、ユージーンの両親に会っていたのだ。

(なんという行動力なの。それに、こんなにあっさりと婚約破棄に応じていただくなんて)

ティーナは感心した。本当にエグバートは、すべてを用意周到に計画していたのだ。

「本音を言えば、お前を戻したくはない。せっかく手に入れたんだ。だが公爵家も俺の家だというわけではない。皇国に戻ったらすぐに結婚式を挙げて、一緒に暮らそう」

エグバートは、とりあえずフランクを子爵家に置いていくという。そうすればユージーンがティーナを訪ねてきたら追い返せるだろうと。

フランクがお任せくださいと頭を下げた。

(私、ユージーンとデートすると言って屋敷を出たのに、いまこうしてエグバート様と公爵家にいるのだわ。もうお父様は、私が彼と一晩過ごしたことを知っているはずよね)

きっと酷く叱られるだろうが、もう彼女に迷いはなかった。

「分かりましたわ、エグバート様。しばらく離れてしまいますけれども、あまり無理はなさらないでください」

幸せそうに微笑むティーナを見て、エグバートの方が寂しくなったらしい。

「……絶対に毎日、お前に会いに子爵家に行く」

彼はティーナの前髪をかき上げて、優しく額にキスを落とす。シナモンのような香りの吐息が頬に触れて、ティーナは心を落ち着かせた。

ハニブラム家に到着した時、父は二人の突然の訪問に驚いたようだ。

ユージーンはティーナの両親に何も伝えなかったらしい。なので彼らは彼女がユージーンの屋敷に滞在していると思っていたのだ。

見知らぬ男性と現れたティーナを見て、怒りを露《あらわ》にした子爵だったが、エグバートがリンデル皇国の騎士だと名乗った瞬間、態度をがらりと変えた。

公爵家であるニューエンブルグの名も、効果があったらしい。

うやうやしくもてなされ、エグバートは応接間に案内される。誰が知らせたのか、大慌てでティーナの母のマチルダと兄のキースが駆けつけてきた。

「エグバート様、今日はどんな御用なのでしょうか。予《あらかじ》めおっしゃっていただければ、おもてなしのご用意もできましたのに、申し訳ありません」

キースは、自分より年下のエグバートに揉み手で何度も頭を下げる。

そうして席に着くなり、お前はこっち側だと言わんばかりに、ティーナの腕を掴んで引っ張った。

その手をエグバートが制する。

「申し訳ありませんが、ティーナは私の隣に座ってもらいます」

「……は……?」

有無を言わせない迫力に気おされて、キースは掴んでいる手を離した。

エグバートがティーナに執着しているとふんだ両親が、あからさまに目を合わせてほくそ笑む。

ティーナはそんな両親を見て、恥ずかしさに目を覆いたくなった。

(きっとエグバート様にも、お父様やお母様がいま何を考えたのか分かってしまったわ……。あぁ、申し訳ないわ)

ティーナはエグバートの隣に座った。向かいには両親と兄が揃って腰を下ろす。

見慣れたいつもの応接室だというのに、エグバートがいるだけで全く違う場所のようだ。

ドキドキと心臓が大きく音を立てる。

期待に目を輝かせている両親に向かって、エグバートが昨夜のことをすべて話した。

ティーナと一夜を共にしたこと。それを同僚の騎士に見られてしまったということ。そうしていま頃、社交界で噂になっているだろうということ。

するとティーナの父であるハニブラム子爵は、困ったと言わんばかりに顔をしかめた。

「それでエグバート様は、ティーナとそういう関係になったということでいいのですね。だが娘はバッカム家の長男と婚約しております。簡単に破棄はできない。もちろん私としてはニューエンブルグ家の方がいいのですがね。だが婚約破棄となると、どれほどお金がかかるか、ふうむ」

「そうですわ。エグバート様はとても素敵な方ですけれども、ユージーン様とティーナは子供の頃からの仲ですのよ。バッカム家との関係もありますし、そう簡単には婚約を解消できそうにありませんわ。それなりの誠意を見せてくださらないと……難しいですわね」

ティーナの両親は、エグバートからどこまでお金を引き出せるのか探っているのだ。ティーナは目を伏せた。

クレアは、先にティーナの身を案じてくれたのに、両親はお金のことばかりを気にしている。

自分が愛されていないことは元より分かっている。けれどもそれをエグバートに知られることがいやだった。

するとエグバートが安心しろというかのように、机の下でこっそりとティーナの手を握りしめ、子爵と交渉し始めた。それは堂々たるさまで、屋敷の主はハニブラム子爵だというのに、エグバートが主人のような貫禄さえある。

「私は家を継ぎませんので公爵家は関係ありません。ただリンデル皇国の騎士として、それなりの財産と領地はあります。バッカム家にも相応の補償をする約束を取り付けてあり、婚約破棄は既に受け入れられています。今後、ハニブラムの援助は私が代わりに行います。貴族院の許可が出たらティーナとの婚約を発表して皇国に戻り、すぐに結婚式を挙げたいと考えています」

「け、結婚だって！」

兄のキースが、驚きのあまり声を荒らげて席を立つ。あまりにも身分が違いすぎるので、結婚までは期待していなかったのだろう。

良くて愛人にでも収まればいいと、思っていたに違いない。

子爵が礼儀に欠ける息子を目で制した。キースはばつの悪い顔をしたかと思うと、すごすごと腰を下ろす。

子爵は隣に座る妻のマチルダと目を合わせてから、さぞ満足そうににっこりと笑った。

「そこまで決心してくださっていれば、話は早い。ハニブラム家としても全く異論はありません。大事に育てた愛する娘を手放すのは辛いですが、よろしくお願いします」

「こちらこそ感謝する。ハニブラム子爵」

こんなふうに、両親との話し合いはあっけなく終わった。

(あぁ、よかったわ。お父様もエグバート様のことを認めてくださったのね。でもお世話になったバッカム侯爵には本当に申し訳ないことをしてしまったわ)

けれども、もう決めたこと。後戻りはできない。エグバートとの未来だけを考えて、他のことは気にしないように努めた。

子爵が「ぜひ夕食をご一緒に」と勧めるので、エグバートがありがたく受け入れる。

夕食が用意できるまでの間、ティーナが家の中を案内することになった。

兄のキースがエグバートと話している隙を見て、子爵がティーナに耳打ちをする。

「エグバート様と一夜をともにしたらしいが、もちろん背中の傷は見せなかったんだろうな？　結婚式までは隠し通しておくんだぞ。そのあとで何を言おうと、結婚すれば撤回できないからな。それでも向こうが離縁しようとするなら、それはそれで慰謝料がたんまり貰える。どちらに転んでも悪い話じゃない」

ニヤニヤとしながら語る子爵を見て、ティーナはゾッとする。なんてあさましい考えだろう。

「エグバート様は私の背中の傷のことをもうご存じです。ですから慰謝料なんてありえません」

「そ、そうなのか。まさかあんな醜い傷を見てもお前がいいなんて、変わった趣味の方なのだな。まあそのおかげで、こちらは公爵家にお近づきになれるんだ。これで子爵家も安泰だな。ははは」

満足そうに笑う子爵を見て、ティーナは悲しくなった。

「どうした？　ティーナ」

エグバートに突然話しかけられて驚く。

「い……いいえ、なんでもありませんわ。エグバート様、では屋敷をご案内しますね」

ティーナはそうごまかして、エグバートと一緒に応接間を出た。

公爵家に比べると小さな屋敷なのですぐに案内を終え、最後にティーナの部屋の前までやってきた。

ティーナの部屋は、最上階の一番狭くて薄暗い部屋をあてがわれている。なので自室を見せるのは憚《はばか》られたが、教会に寄付するために編んでいたレースをエグバートがぜひ見たいという。

彼を部屋に招きいれ、引き出しから完成したものを選んで取り出した。

「テーブルクロスを三つ編みました。もう二つ編めたら教会に持って行こうと思っています」

「ティーナは手先が器用なんだな。結婚式のベールも編んでみたらどうだ？　純白で繊細な模様だが意外に丈夫なレースは、まるでティーナみたいに綺麗だ」

テーブルクロスの一つを手に取ったエグバートは、レースをティーナの頭に被せた。

彼は結婚式のティーナの姿でも思い描いたのだろうか。とても温かい笑みを浮かべる。

普段はあまり感情を表さないが、こうして時々見せてくれる穏やかな笑顔に心が癒される。

「とても似合っている。ところでそこにあるテディベアは、ティーナの幼い頃のものなのか？」

レースを取り出す時に、引き出しの中が見えたようだ。ティーナはボロボロの古いテディベアを手に取った。

それは布も色あせてしまっていて、片目も取れてしまっている。既に熊なのか犬なのか見分けがつかないほど。

これを見ると、ユージーンと遊んでいた無邪気な子供時代を思い出す。あの頃は、何の負い目もなく彼と接していた。

自然にエマのことも思い出される。そう――あの時、仲の良かった幼馴染の女の子。

（そういえば、エマはエグバート様と同じ黒髪だったわ。いま、彼女はどうしているのかしら？）

ティーナは幼い頃の思い出を、エグバートに語って聞かせた。

テディベアの名前はボリー。そしてユージーンがエマとばかり遊んでいるティーナへの嫌がらせで、両手と両足をちぎってしまったこと。

バラバラになってしまったボリーが悲しくて、ティーナはずっと泣いていたこと。

「そうしたら一緒にいたエマが、真っ赤な顔をしてこれを私に渡してくれました。糊でくっつけようとしたらしいのですけど、すぐ取れてしまって。ユージーン様がそれを見て、ますますばつの悪そうな顔をしていたのを覚えています。でも彼は素直に謝れなくて――。いつもそうだったわ。

ユージーン様は謝るのが下手なのです」

糊がはみ出し、いびつな場所に辛うじてくっついている腕の付け根をエグバートが指で触れる。

「ユージーンか……お前のこれまでの人生で、最も長く傍にいた男は彼だ。このハンカチもあいつから貰ったんだろう？」

エグバートはバッカム家の紋章のついたハンカチをポケットから出した。それは町でエグバートを助けた時にティーナが渡したものだ。

「このおかげでティーナのことが分かったんだが、仕方がないとはいえ、やっぱり嫉妬してしまうな」

瞼《まぶた》を伏せて複雑そうに語る。

「ご、ごめんなさい。そんなつもりじゃありませんでした。私がいまお慕いしているのは誓ってエグバート様です！　ユージーン様では……きゃっ！」

ティーナが振り返った瞬間、腕がエグバートの体にぶつかってしまう。その体をエグバートが支えた。

心の準備もできていないふいの近さに、ティーナは顔を赤らめる。エグバートが目尻を下げた。

「ははっ、ティーナの頬は、まるで冬の林檎のように真っ赤だな」

心臓がどきりと跳ねた。すぐに目を逸《そ》らしてドキドキを抑える。

「あ、あの……そのハンカチを返していただけませんか？　ユージーン様からもらった物は、全部お返ししようと思っています。ドレスは袖を通してあるので無理ですが、宝石や髪飾り……それにこのユビリアムの花も……すべて――」

「ユビリアムの花――？」

王国で幼い頃を過ごしたとはいえ、長く皇国に住んでいたエグバートはユビリアムの花の言い伝えを知らなかったようだ。

「ええ、これのことです。ピンク色の花弁が四枚ついていて、とても可愛らしい花なのです」

ティーナは本の間に挟んでいたユビリアムの押し花を、エグバートに見せた。

背中に傷を負った時に、ユージーンに花を貰ったこと。それから彼を心から慕うようになったことを語った。

「でもこれはユージーン様にとって、ただの贖罪《しょくざい》だったのですね。彼は私のことを愛してはいなかった。他の女性と浮名を流して、それを私に見せつけていたのですもの。多分、彼は私を恨んでいたのでしょう。傷のせいで好みではない女性と婚約を強制されたのです。当然ですわね」

「ティーナ――」

声の調子がいつもと違うのに気がついてハッとする。ユージーンといた頃、彼の前で他の男性の話をすると酷く叱られたことを思い出した。

怒鳴り散らすユージーンの姿を思い出すと、全身に震えがきて指先まで冷たくなる。

（ああ、どうしましょう。エグバート様を怒らせてしまったのかも知れないわ！）

ティーナはぎゅっと一度目を瞑《つぶ》ると、恐る恐る瞼《まぶた》を開いてエグバートの顔を見る。やはり彼はすごく怒っているようだ。

眉は顰《ひそ》められ、切れ長の目は明らかに怒りを湛《たた》えている。慌ててティーナは頭を下げた。

「も、申し訳ありません。エグバート様と一緒にいるのに他の男性の話だなんて……私ったらなんてことを……」

真摯《しんし》に謝罪しなければいけないと分かっているのに、指も声も震えてしまう。

(——怒られてしまうっ！)

恐怖で体を固くすると、エグバートはティーナを痛いほどに腕の中に抱きしめた。そうしてその反対の手で思い切り壁を殴る。

ドンッと大きな音がした後、彼は重いため息をもらした。

「はぁ——そうだなティーナ。気にするなと言ってやりたいが、些細なことで俺に怯えているお前を見ると、怒りでどうにかなりそうだ。あの男は、どこまでお前を追い詰めていたんだ。もっと早くティーナを救ってやれなかった自分自身にも、怒りが湧く。お前の周りには味方は誰もいなかった。さぞ孤独だったろう」

一瞬、彼女はエグバートが何を言ったのか理解できなかった。

けれどもゆっくりと言葉の意味が頭の中に入ってくる。しだいに胸の奥に炎が灯ったように温かくなった。

(エグバート様は他の男の話をした私にではなくて、ユージーンに対して怒っているのだわ)

「いいえ……いいえ、これは私が望んだことなのです。それにクレアはいつでも私を助けてくれると言っていました。私は恵まれています。こうしてエグバート様にも巡り会えましたから」

「はは、ティーナはいつも可愛らしいことを言う……そしてお前はいつだって俺を煽《あお》る天才だ」

顔を上げると、それが合図であるかのようにエグバートの瞳が近づいてきた。

何度見てもエグバートは素敵な男性だ。令嬢たちが憧れてやまない騎士、完璧な容姿に恵まれた体形。すぐに見惚れて胸が高鳴り、正常な思考が阻《はば》まれる。

そうしてティーナは瞼《まぶた》を閉じる。くちゅりと唇が重ね合わされ、彼女はエグバートとの甘いキスの海に溺れていった。

(あぁ、エグバート様。私はずっとあなたをお慕いします)

愛されていると感じるだけで、キスがこんなに幸福を与えてくれるなんて知らなかった。

ついばむように何度もキスをされて、全身が溶かされてしまいそう。エグバートの真っ直ぐな愛に溺れて、さっき父に言われたいやなことも吹き飛んでしまった。

「どうしたティーナ。何か心配事でもあるのか？　それともまだ体が痛むのか？」

エグバートがティーナの顔を覗き込む。

「いいえ……いいえ、ただ幸せ過ぎて不安になっただけですから」

心配を掛けまいと無理に笑顔を作ると、エグバートがその頭をティーナの肩に乗せた。そうして無言のまま、頭をこすり付けるように、数回すりすりと動かす。

いつもは堂々としたエグバートが時々見せる子供っぽいしぐさに、ティーナは戸惑った。同時にこれ以上ないほど、彼を愛しいという感情を抱く。

「お嬢様、お食事の支度が整いました」

扉がノックされて侍女のヒルダが部屋に入ってきた。彼女はエグバートを見てすぐに緊張した顔を見せる。

ヒルダを紹介すると、彼は少々素っ気ない感じで挨拶を返した。エグバートは身分によって態度を変える人ではない。少し気になったが、すぐに忘れてしまった。

二人で食堂に移動すると、ティーナの父が指示したのだろう。そこにはいままで見たこともない豪勢な食事が並んでいた。

両親も兄も喜びを隠さない。満面の笑みでエグバートを迎え入れる。

「さあさあ、こちらにお座りください。何といってもエグバート様は公爵家の正統な血筋のお方。リンデル皇国の騎士として拝領した財産だけでなく、お継ぎになられるものを合わせると相当な額でしょう。こりゃ、管理する方が大変そうだ。はははっ」

ハニブラム子爵がそう言うと、キースと母が続ける。

「エグバート様は、選ばれた上流貴族しか入会できないと有名なモーリッツ会にも所属されているのですよね。どんな感じですか？　今年入会を許可された者は誰もいないという噂は、本当なのでしょうか」

「幻といわれている天使の絵画も、ニューエンブルグ公爵家の所蔵ですわよね。滅多に表に出さないという噂ですが、一度くらい見てみたいですわ。私たち、親族になるのですから特別に見せていただけないかしら。ほほ」

話題は公爵家のことばかりで、誰もエグバート自身のことを尋ねようとしない。

（お父様もお母様も会ったばかりなのに、お金や財産のことしか話さないなんて……）

エグバートに申し訳なく思う。だがエグバートはそんな両親と兄をさりげなくかわし、うまく話をあわせている。

そのせいか彼らは調子に乗ったようだ。ほろ酔い気分でしゃべり続けると、今度はティーナのことに話題が移った。

「ははは！　この子は何をさせても駄目で、唯一よくやったことはユージーン様と婚約したことだけでして。けれどもあちらは不満だったようですな。他の女性と相当遊んでおられたようです。ティーナは器量もさほど良い方じゃない。なのに公爵家の嫡男様に選ばれるなんて、いまでも信じられませんよ」

こんな席でユージーンの話をするだなんて、さすがに彼も気を悪くするかもしれない。

「……あの、お父様。申し訳ありませんが、そんなお話はこの場ではおやめいただけませんか？」

父に意見するなどしたことはないが、彼女は勇気を出した。エグバートが手を少し上げて、大丈夫だと態度で示す。

「ティーナ、気にするな。彼とはずいぶん長く婚約していたんだ。お前の話となればどうしても避けては通れないと理解している」

「そうでしょうとも！　エグバート様は、さすがに懐の深いお人だ。お前も少しは見習うんだな！」

両親や兄と会話をすればするほど、エグバートの機嫌が悪くなっていくことが空気で感じられる。

ティーナはハラハラしながら、エグバートの隣で食事を続けた。

そこにキースが追い打ちをかける。

「そうだ、ティーナ。お前は細かすぎる。だからユージーン様にも浮気されるんだ。男の話に水を差すんじゃない」

「申し訳ありません、お兄様。出過ぎたことをしてしまいました」

ティーナは頭を下げるしかなかった。

「すまないが、ティーナの悪口は聞いていて気持ちの良いものではないな」

表情は先程までと変わらないが、エグバートの声には明らかに怒りが満ちている。

子爵が隣のキースを睨《にら》んだ。

「あぁ、申し訳ありませんな、エグバート様。こら、キース。言葉が過ぎるぞ！」

そうして再び顔をエグバートの方に戻し慌てて取り繕う。

「こうは言いましたが、ティーナはとても我慢強くて忍耐のある娘です。大の大人でも音を上げる傷の手当てを、声も出さずに耐えていましたからな。医者の先生も感心していました。エグバート様はもう知っていらっしゃるのですよね。ティーナの背中の傷を……あれは、惨《むご》い傷でした」

「そうなんですよ。涙一つださないのでこの子は感覚が鈍いのかと思いましたわ。ねえ、あなた」

子爵を庇《かば》うようにハニブラム夫人が口をはさんだ。するとエグバートは一言だけ答えた。

「――もちろん知っている」

エグバートの口数がますます少なくなっている。静かに怒っているのだろう。彼がこれほど耐えてくれているのも、きっと相手がティーナの両親だから。彼女は心を痛める。

けれども子爵はエグバートの怒りに気づかず、上機嫌で話を続けた。

「傷物の娘を貰っていただけるなんて、ありがとうございます。ユージーン様も、あの傷が自分の責任でなければ、とっくに婚約破棄をしていたに違いないですからね。でなければあれ程たくさんの女性と遊んだりはしないでしょう。本当にありがたい」

「――――」

とうとう最後には、返事すらしなくなった。

我慢できなくなったティーナは、場の雰囲気を変えようと話題をふる。

「あの……お父様、もう私の話はいいのではないでしょうか。それよりハニブラム領のお話などいかがでしょうか？　大岩の伝説などとても興味深いですわ。エグバート様、三百年前に巨人が現れて村人を救ったという言い伝えがあるのです。その大岩は……」

ダーン!!

突然、子爵がテーブルに拳をついた音で会話が遮られた。ティーナが青い顔をして息を呑む。

「ティーナ！　男の話に割って入るものじゃない！　お前はいつまでたっても淑女にはなれないようだな。エグバート様に恥をかかせるつもりか！」

先程までとは打って変わって、部屋全体が水を打ったようにシーンと静かになる。

その時、ティーナの隣に座っているエグバートが、ナイフとフォークを皿の上に置いた。

彼は静かに席を立ち、膝の上のナプキンを取って机の上に投げる。

「ハニブラム子爵。食事の途中なのに申し訳ないが、これ以上は黙って聞いていられない。婚約発表までは彼女に自宅に滞在していてもらおうと思ったが、ここは良くない環境のようだ。ティーナは公爵家に連れ戻す」

凛とした様子に、一同が呆気にとられる。

エグバートがすぐ立つようにティーナを促すと、側に控えていたフランクが姿を現した。

両親と兄は揃ってうろたえた。そしてお前が何とかしろと言わんばかりにティーナを睨《にら》む。

ティーナは慌ててエグバートに言い募った。

「エグバート様、私は大丈夫ですわ！」

「ティーナは心配しなくていい。お前の荷物はすぐに公爵家に運ばせる」

青ざめた子爵が、取りすがるようにエグバートに迫る。

「ま、待ってください、エグバート様！　ティーナは私たちの大事な娘です！　いくら公爵家のあなたでも、そんな風に連れていかれたら困ります！」

子爵の後に続いて、マチルダとキースがヒステリックに叫ぶ。

「そうですわ、エグバート様！　ティーナ、あなたも何か言いなさい！　出ていくなんて許しませんわよ！」

「ティーナ！　お前はハニブラム家を潰すつもりなのか！　バッカム家を怒らせるだけでなく、公爵家までも、お前はなんてことをしてくれたんだ！」

母と兄に同時に責められて、ティーナは取り乱した。

（あぁ、どうしましょう。お父様もお母様も……お兄様まですごく怒っているわ……！）

彼女が迷うような視線をエグバートに向けると、彼は懐から一枚の封書を出してそれを子爵に渡した。

「ハニブラム子爵。ここに書状があります。婚約破棄の慰謝料と、ティーナを私の妻にもらうための謝礼の一覧です。この条件に納得するならば、今後ティーナとの関わりは最低限にしていただきたい」

書状を受け取るなり、舐めるように読んでいた子爵だったが、すぐに顔を輝かせると無言で何度も頷いた。あまりのことに言葉が出ないようだ。

「どうしたんですか？　父上、そこに何が書いてあるのですか？」

キースが父の脇から書状を盗み見る。そうしてキースも父と同じように息を呑んで声を失った。

「ハニブラム子爵、正式な書類はあとで送らせます」

エグバートは子爵にそう言うと、ティーナの手を取って強引に部屋から連れ出す。両親と兄は、彼女を追ってこようとはしなかった。

「気にするなティーナ。ご両親の許可はいただけたようだから、一刻も早く公爵家に戻るぞ」

「あの……でもエグバート様、お待ちください！」

ティーナはエグバートに連れ去られるように馬車に乗り込んだ。侍女のヒルダが、彼女の外套を持って涙目で追いかけてくる。

馬車の扉を開けたままで、ティーナは少しの間ヒルダと話をした。

「ティーナお嬢様、夜の外はまだ冷えますので外套を忘れずに。エグバート様、お嬢様をよろしくお願いいたします。――あの、お嬢様はもう、お屋敷には戻ってこられないのでしょうか？」

「……分からないわ。お父様やお母様にはここまで育てていただいた恩があるもの。このまま戻らないかどうかは分からない。ごめんなさい、エグバート様」

ティーナの答えにヒルダは悲しそうに顔を歪ませた後、強い口調でこう言った。

「いいえ！　もう戻っていらっしゃらないほうが、お嬢様にとっていいのだと思います！　ご主人様たちは酷いお方です。跡取りのキース様だけを可愛がっておられて、お嬢様には愛情の欠片も与えませんでした。お優しいティーナお嬢様……あぁ、これは昔のことですが、聞いてくださいませ。もうこれ以上は黙ってはおれません!!」

そうしてヒルダは昔のことを語り始めた。

「あれはお嬢様が背中に傷を負われた当日の夜のことでした。私はお医者様から頂いた化膿《かのう》止めの薬が屑籠《くずかご》に捨ててあるのに気がつきました。そして床には小麦粉の粉……私は誰かが薬をすり替えたのだとすぐに分かったのに、ご主人様たちが怖くて黙っていたのです。そのせいでお嬢様の傷は膿《う》んでしまったのです。本当に、申し訳ありません！」

初めて耳にする事実にティーナは驚いた。

「――そんな、でもそんなこと一体誰が……！」

疑問が口をついて出るが、彼女はすぐにその答えに気づいてしまう。薬をすり替えて得をするのは、ティーナの両親以外いないだろう。

背中の傷が綺麗に治ってしまっては、バッカム家との交渉がしにくくなる。

ならば傷跡が膿《う》んで少しでも大きい傷を残しておきたいと考えた可能性は大いにありうる。

ヒルダもそう思っているからこそ、ずっと口をつぐんでいたのだ。

(あぁ、そうだったのね。やっぱりお父様もお母様も私を愛してはいなかったのだわ)

ティーナは酷く残念な気持ちになったが、不思議なことに悲しいとは思わなかった。

両親の愛情など、とうの昔に諦めていたからかもしれない。

それよりそのことを長年心に留めて、苦しんできたヒルダの心の傷が気にかかる。

「申し訳ありません。お嬢様には私にだけでなく、娘や孫にもお優しくしていただいたのに、私はお嬢様を裏切っていたのです。私があの時、誰かに知らせていれば、お嬢様もあれ程苦しい治療に耐える必要もなかったのです。お嬢様はここを出られて幸せになられてください」

「あぁヒルダ、頭を上げてちょうだい」

泣き崩れて地面に膝をつき、頭を垂れるヒルダに、ティーナは優しく声をかけた。

「私は背中の傷を悪いものだとは思わないわ。そのおかげで、あの頃干ばつで困っていたハニブラム領民は、バッカム家の援助を受けて助かったのよ。でなければ多数の餓死者が出ていたはずですもの。お願いだから泣かないでちょうだい」

それでも彼女はしばらく頭を下げたままだったが、しばらくして涙でくしゃくしゃの顔を上げたので、ティーナは微笑んでみせた。

「こんな傷なんかで、ハニブラム領民の命が助かったなら安いものだわ。でないと領主の娘なんて、なんの意味もないもの。だからヒルダは気にしないで。でもありがとう。言いにくいことを言ってくれたのね」

「うっ、なんて……なんてお優しいことを……お嬢様。ありがとうございます」

二人のやり取りを見守っていたエグバートが、おもむろに口を開いた。

「――ティーナ、それでいいのか？　お前が望むならハニブラム子爵の爵位をはく奪することもできる」

彼の口調は落ち着いているが、その瞳は怒りに満ちていた。ティーナは顔を横に振ると、にっこりと微笑む。

「必要ありませんわ。傷があってもなくても私は私ですもの。ちっとも変わりません」

ティーナがそう言うと、エグバートは一瞬顔色を変えた。彼の微妙な表情の変化に一瞬戸惑う。何かを思い出しているような……そんな顔をしてエグバートは笑った。

「ははっ――そうだな、ティーナはいつだってティーナだ……」

何だか懐かしさのようなものを感じる。光の具合によって色彩を変えるアンバー色の瞳。魅惑的な瞳の上で揺れる漆黒の髪を、ティーナはどこかで見たような気がした。

（どこで……どこで見たのかしら……）

何か思い出せそうで思い出せない。

その不思議な感情は、ずっとティーナの心の隅にとどまっていた。

公爵家に滞在するようになってからは、物事が目まぐるしく進んでいった。

子爵家にあったティーナの荷物は、翌日にはすべて公爵家に届けられた。古い本に挟んだユビリアムの花やテディベアも、いまは新しく公爵家に用意されたティーナの部屋にある。

ユージーンとの婚約破棄は貴族院を通すまでもなく、バッカム家から正式に断りがあったらしい。

あれほど悩んでいたユージーンとの関係が、こんなにもあっさり解消されるとは思わなかった。

エグバートは毎日のように朝早く屋敷を出ては、夕方頃に戻ってくる。

騎士団交流の目的で王国に滞在している彼は、毎日騎士団へ通い詰めていてとても忙しい。それでもできるだけ早く屋敷に戻ってきてくれる彼には、感謝の気持ちしか湧いてこない。

彼が帰ってくるまで、ティーナはいつも時間を持て余していた。なので天気が良ければ屋敷の庭を散歩することを習慣にしている。

公爵家の広大な敷地にある庭園には、珍しい花がたくさん咲き誇っていてとても美しい。気候の厳しい王国では、花を咲かせるのがとても難しいのだ。

黄色い花の向こうに公爵の姿を見かけたので、ティーナはすぐに頭を下げた。

「おはようございます、公爵様。今日はとてもいいお天気ですね」

ほとんどの時間を屋敷で過ごし、滅多に外出をしないという公爵とは、こんな風によく庭で顔を合わせる。そのたびに挨拶を心がけているのだが、無視されるのが大半だ。

ときどき公爵の親戚であるカーディナルという男性が公爵と一緒にいる。そんなときは返事くらいは返してくれるのだ。

「ああ」という短いものだけれども、それだけでティーナは嬉しくなってしまう。深く頭を下げてから、「ありがとうございます」と元気よく返す。

カーディナルはティーナのことをよく思っていないのか、公爵にあわせて素っ気ない挨拶を返してくるだけだった。それでもティーナは常に礼節を忘れなかった。

（公爵様、今日は私の方を見てくださったわ。昨日までは視線も合わせてくれなかったもの。すごい進歩だわ！）

些細な変化なのに、なんだか嬉しくなる。

エグバートの母、カテリーナは彼が幼い頃に亡くなったらしい。

よほど辛い思い出なのだろう。彼女の話になると、目に見えてエグバートの口数が少なくなる。

彼の様子を見ていると、それ以上は何も聞けなかった。

一度だけだが、エグバートからカテリーナの話を聞いたことがある。広大な公爵家のどこかに彼女のお墓があるそうだ。

公爵がどうしても妻の傍にいたいといって、譲らなかったらしい。公爵が滅多に外出をせずに屋敷で過ごしているのも、そのせいなのかもしれない。

思い出すのが辛いという公爵の指示のもと、屋敷にはカテリーナの肖像画は一切なかった。

（今日も、カテリーナ様にご挨拶にいきましょう）

誰に聞いても墓の場所は知らないと言う。なので勝手に自分で場所を決めたのだ。

公爵邸に来てすぐ、ティーナは東の隅にある緑に囲まれた小さな薔薇《ばら》の庭園に美しい蝶の置物があちこちに飾られている場所を見つけた。

木々のざわめきや鳥のさえずりが聞こえ、心が落ち着く場所だ。

丸く並べられた翡翠《ひすい》の石の中心には、大理石で造られた蝶の置物があった。向かいのベンチに座り、ティーナはいつものように、誰もいない場所で置物に向かって話し始める。

「エグバート様ったら、昨日は一粒の真珠を贈ってくださいました。私と出会って一か月だからですって。これから毎月贈ってくださって、数が充分に溜まったらネックレスを作るのだと言っていました。意外とロマンティックなのですね。そうは思いませんか、カテリーナ様」

ティーナの楽しそうな声に誘われて、小鳥がチュチュッと鳴き声をあげた。まるでカテリーナに変わって返事をしてくれているようだ。

「公爵様は、今朝はとてもご機嫌が良さそうでした。何でも侍女たちの話ではチェスでご友人に勝ったのですって。とはいえ、エグバート様とよく似ていて、あまりお顔には出さないのですけれど、紅茶にお砂糖を二つも入れてらっしゃいました。普段はお砂糖なしですのに、ふふふ」

ティーナは思い出して一人で笑った。

「そういえば今日、珍しくエグバート様が公爵様と会話されていました。お二人は本当に似ていらっしゃいます。やっぱり親子なのですね。私、公爵様も大好きなのです」

独り言のように話し続けた後、ティーナは天を仰いだ。

青い空が視界一面に広がっていて爽やかな気分になる。こんな気持ちで空を見ることができるなんて昔は思ってもみなかった。

「カテリーナ様。エグバート様には感謝してもしきれません。あの方をこの世に産み出してくださってありがとうございます。できることならばカテリーナ様にお会いしたかった。そうすればエグバート様が幼かった頃のことをたくさん聞けたでしょうに」

もちろん何の返事もない。ざわめく葉擦れの音と柔らかい風に包まれて、ティーナは視線を戻した。

「カテリーナ様、ではまた明日来ますね」

ティーナはベンチから立ち上がり、ドレスの裾についた土を掃《はら》った。

彼女が自室に戻ると、机の上に一通の手紙がある。それは昨日、彼女が侍女に出しておいてもらうように頼んだもの。

それが今朝また同じ場所にあったので、何か行き違いでもあったのだろうと、もう一度頼んだのだった。

（どういうことなのかしら？　二度も忘れるなんて……）

ちょうど頼んだ侍女が部屋に入ってきたので、ティーナは遠慮がちに尋ねた。

「あの、この手紙、今朝出してほしいと頼んだものですけど、もしかして今日は配達人が来る日ではないのでしょうか？」

すると侍女はもう一人の侍女と顔を見合わせる。

「私はそんなものを頼まれた覚えはありません。もしかしたら勘違いをされているのではないでしょうか」

でも確かに彼女に手紙を手渡したのだ。勘違いなんてありえない。しかも二度もなんて。

「でも、あのでも……私」

困った様子のティーナを見て、二人の侍女が小馬鹿にしたようにクスクスと笑い始める。

そこでようやく彼女は気がついた。

(あぁ、わざと手紙を出さなかったのだわ)

悲しくなったその時、フランクがノックをして部屋に入ってきた。

「ティーナ様、何か問題でもありましたか?」

二人の侍女は大慌てで頭を下げる。

「あの、フランク。なんでもありません。この手紙を送りたいのだけれど、お願いできるかしら。教会の神父様に、私がここに滞在していることを伝えておきたいの」

ティーナは二人のしたことを、フランクには伝えなかった。

侍女たちはその後も、エグバートやフランクの目を盗んでは、彼女に些細な嫌がらせを繰り返した。昼食に冷たいスープを出されたり、紅茶に羽虫を入れられたり。そのたびにわざと聞こえるように嘲笑されるのだ。

けれどもティーナはグッと堪えて我慢した。誠実に接していればきっとおさまるだろう。

(お忙しいエグバート様に言いつけるような真似はしたくないわ。いつかはきっと、分かってくれるはずだもの)

ある日の昼過ぎ、エグバートが珍しく早く公爵家に戻ってきた。

「ティーナ」

ティーナを目にした途端に、エグバートが顔を明るくする。立ち上がって挨拶をしようとするのだが、それは叶わない。すぐに彼の腕の中に抱きしめられるからだ。

エグバートが戻ってくるといつもこうだ。

そうしてエグバートはティーナと離れず、夕食時も常に彼女の傍で過ごす。ほんのひと時ですら離れたくないというように。

「ティーナ、もう少しこっちにこい。お前の声は小さくて聞き取りづらい。婚約披露パーティーについて色々話さなければいけないこともある」

フランクや侍女がすぐそばに控えているので気恥ずかしいのに、もっともらしいことを言っては、いつも彼の膝の上に座らされる。

(で、でもここで水を差すわけにはいかないわ。恥ずかしいけれど、我慢しなきゃ……)

顔を赤くしながらティーナはエグバートの膝の上に腰を下ろした。彼の口角が少し上がったような気がする。

照れているティーナを見るのが、そんなにも喜ばしいのだろうか。

「どうだ、何か屋敷で不都合なことはなかったか?」

その質問にティーナは言葉を詰まらせる。

「だ――大丈夫です。皆さんに良くしていただいています」

するとエグバートは、がっかりしたように溜め息をついた。

「はぁ、お前に嫌がらせをした使用人のことは既に耳に入っている。すぐに対応したから、もう大丈夫なはずだ。我慢強いのもいいが、いままでの環境のせいか、お前は自分を大切にしなすぎる。いやなことはいやだとすぐに口に出せ」

エグバートはすべて知っていたのだ。もしかしてそのことで逆に彼を怒らせたのかもしれない。どうしようもない不安感に襲われ、慌てて頭を下げる。

「も、申し訳ありません、エグバート様」

エグバートが厳しい顔でティーナを見る。

「お前を責めているわけじゃない。ただ言いたいことを我慢するな。俺は絶対にお前を責めたりしない。それで何か不都合なことが起こったら俺が全力で守ってやる」

エグバートの温かい言葉に感動し、彼女は胸を熱くした。涙で目を潤ませていると、彼はティーナの瞼《まぶた》に優しくキスを落とす。

「きつく言ってすまなかった。ただお前に謝られるのは好きじゃないんだ。ティーナにはずっと俺の傍で笑っていてほしい」

エグバートにはいつも驚かされる。羽毛でくるまれるように甘やかされ、身も心も穏やかになる。

ティーナは「はい」と一言呟《つぶや》くと、エグバートの胸に抱きついた。

エグバートの言った通り、その後はあれほどあった嫌がらせはぱたりとやんだ。けれどもよほど厳しく言い含められたのか、侍女たちはティーナの顔色を窺《うかが》うようになっていた。

息の詰まるような関係に、彼女は心を痛める。

(公爵家に滞在するのはそれほど長くはないけれど、このまま屋敷を出ていくのはいやだわ)

ある日、ティーナは思い切って自分から侍女に声をかけてみることにした。

「あの、あなたはカレンさんですよね。そちらの方はジルさんにガーナさん」

「は、はい！　そうです」

ぎょっとした顔をされ、ティーナは慌てて先を続ける。

「あの、私たち、初めは少し勘違いをしていたかもしれません。ただ、私も謝罪がしたくて……」

「――謝罪？」

戸惑う侍女たちに、ティーナは頭を下げた。

「恥ずかしいのだけれど、侍女に何かしてもらうことなんて慣れていなかったから、私の態度が良くなかったのだと反省しているの。それにあんな素敵なエグバート様が、私なんかを連れてきて驚いてしまったのよね。でも私、彼に相応《ふさわ》しい女性になるように努力したいの。協力してくれると嬉しいのだけれど」

侍女たちは申し訳なさそうに顔を見合わせると、カレンが一歩前に出て、彼女たちはいっせいに頭を下げた。

「私たちも申し訳ありませんでした」

互いに頭を下げ合うと、何だかおかしくなってきた。誰からともなく、クスクスと笑いが湧き起こる。

もうその頃には、侍女たちとのわだかまりは全部なくなっていた。

「あの、公爵家の侍女として申し上げさせていただきますが、ティーナ様が使用人に頭を下げる必要はありません」

カレンが襟を正してそう言った。

「そうなの？」

「そうです！　ティーナ様は私たちの主人なのですから、堂々となさってください」

「ありがとう、カレンさんにジルさん、ガーナさんも」

ティーナが微笑むと侍女たちも笑顔になる。互いの間には、和やかな空気が流れた。

（あぁ、よかったわ……！）

エグバートがちょうど帰ってきていたようだ。挨拶をする前に、あっという間に腕の中に抱え上げられた。

「ティーナ、やっとお前の顔が見られた。今日は何をしていたんだ」

「朝、お別れしたばかりですわ、エグバート様。それに毎回こんな風に抱き上げられると困ります」

使用人の目が気になるティーナは、顔を赤くして周囲を見回した。

なのにエグバートはお構いなしだ。ティーナを横抱きにしたまま屋敷の玄関を出て、ある方向に歩いて行く。

「あ……あの、どちらに行かれるのですか？」

何度尋ねてもエグバートは答えない。

どうやら東の厩舎《きゅうしゃ》に向かっているようだ。数人の庭師が顔を赤くして様子を窺《うかが》っている。

「ティーナ、目を閉じていろ」

「えっ？　きゃっ！」

大きな手で視界を覆われて何も見えなくなる。しばらくして地面に足がつく感覚がした。エグバートがティーナを腕から降ろしたのだ。

背中にぴったりとエグバートが体を寄せているので、見えなくても不安はない。

でもここはどこなのだろうか。干し草とオレンジのような匂いがする。

「もう目を開けていいぞ。ティーナ！」

エグバートの手が外されゆっくり瞼《まぶた》を開くと、目の前には白い仔馬が二頭立っていた。

それはティーナがユージーンと決別し、エグバートの腕を取った時。あの時に会話にのぼった双子の仔馬たちだった。

もちろんその時、エグバートに貰った仔馬の人形は大切に保管してある。

仔馬たちの縄を持っている馬丁が、エグバートとティーナにお辞儀をした。

ティーナは驚きのあまり、なかなか声を出せない。

「こ、この馬は……？」

「俺からのプレゼントだ。ティーナは馬に乗るのが好きだったろう。もちろんまだ仔馬だから無理だが、半年もすればティーナくらいなら乗せられるはずだ。そうしたら一緒に遠乗りにいこう」

あの事件が起こる前、ティーナはときどきユージーンのポニーに乗らせてもらっていた。あれから馬に乗ることはなかったけれど、いつか機会があればとずっと思っていた。

瞼《まぶた》が涙で滲《にじ》んで、じわりと温かくなってくる。

「ありがとうございます。エグバート様」

ティーナは満面の笑みを浮かべて背伸びをすると、エグバートの頬にそっとお礼のキスを落とした。

こんなに幸せでいいのかと、不安になるほどの幸福。

そうしてその日は夕食の準備ができるまで、ティーナはエグバートと一緒にずっと仔馬を見ていた。

寝る支度をした後、エグバートはいつもティーナの寝室へとやってくる。

寝室を分ける必要があったのかと思うほどだ。まだ正式には婚約者ではないので、建前を守っているのだろう。

今夜は彼からプレゼントされたばかりの、薄手の純白のネグリジェを身に着けた。とても珍しい絹糸で作られた高級品だという。

まだエグバートが来るには早い時間なので、支度が終わったティーナは寝室の奥にあるテラスへと向かう。

大理石の白い手すりに黒い色調のタイルには、月明かりが影を落としている。

天を見上げると、空一面に星空が広がっていた。数えきれないほどの小さな光が煌《きら》めいて、まるで宝石箱をひっくり返したようだ。心が澄み渡って、どこまでも飛んでいけるような気がする。

「綺麗……いままでも何度も見た夜空なのに、全然違うわ」

きっといまはエグバートが傍にいてくれるからだろう。

しばらくうっとりと夜空を眺めていると、いきなり背後から強く抱きしめられた。エグバートだ。

「……ティーナ！」

とても慌てていたようで、息が上がっている。

「お前が部屋にいないから心配したぞ。俺に愛想を尽かして出ていったのかと思った！」

そんなことあるわけがない。ティーナは苦笑いをしながら斜め後ろを振り返った。

「どうしてそう思われるのですか？　私こそ、毎日心配しているのです。いつかエグバート様に必要とされなくなるのではないかと。私はとても平凡な女ですから」

「誰がそう言ったんだ？　お前はどの女よりも美しい。この栗色の巻き毛も……少し丸まったアーモンドのようなヘーゼルの瞳も……俺の理想の女性そのものだ」

ティーナの髪を指に絡め、エグバートが愛おしそうに口づける。

それは髪先から始まり、徐々に髪を辿って上っていき、やがて彼女の耳の傍まで近づいてきた。

それが合図かのように、背を向けていた彼女を自分の方に向けさせる。

ティーナの顎に指を添えて、エグバートは顔をほんの少し傾けた。

漆黒の美しい髪がさらっと彼女の頬を撫でる。唇が重なり、歯列の隙間を割って深いキスが落とされた。

エグバートのキスは穏やかで心地がいい。チュ、チュと音がして互いに舌を絡めあう。数えきれないほどキスを繰り返していると、心が高まってきた。

しだいに呼吸が浅く、速くなっていく。エグバートも同じのようだ。

唇を離してティーナの顔を見つめる。

「……今夜もお前を抱いていいか？」

(確認なんてしなくてもいいですのに……私は、私はいつだってエグバート様に抱かれたいのですから)

でもそんなことは恥ずかしくて口にできない。ティーナは頬を桃色に上気させ、コクリと頷いた。

エグバートは嬉しそうに顔をほころばせると、彼女の体を抱き上げた。

闇に包まれたテラスに、白い絹のネグリジェがひらりと舞う。

「すごく綺麗だ、ティーナ。このネグリジェはお前に似合うと思っていた。脱がせるのがもったいないくらいだ」

こんな風にエグバートはよくティーナを褒める。お世辞だと分かっていても、胸の奥がくすぐったくなる。

ベッドの上に仰向けに寝かされるとすぐに、エグバートが問う。

「背中の傷は痛まないか？」

大丈夫だと答えると、彼が上に覆いかぶさってきた。荒い息を繰り返し、全身への愛撫が始まる。

彼の指は……手は……彼女の気持ちのいい場所を知り尽くしているようだ。じわじわと官能を盛り立てられ、肌が敏感になっていく。

エグバートの熱い吐息も、擦れる肌も、すべてが快感となってティーナを覆いつくしていった。

「……っ！　エグバート様……何をっ！」

ぼんやりと熱に浮かされていると、突然股の間に熱を感じて顔をあげる。彼女の足首を両手で掴み、エグバートが顔を足の間にうずめていた。

「あ、あの、エグバート様。そんなところ、汚いです」

「ティーナに汚い場所などない。桃色でぷっくりとしていて綺麗だ。舐めてくれと俺を誘っているみたいだぞ」

「誘ってなんて、そん……ぁっ！」

言葉が途切れた。エグバートが舌先で蕾を探し当てたから。ぬるりとした舌が、敏感な花芯の周りをぐるりと舐めまわして舌先で擦りあげる。

ティーナは腰を何度も揺らせた。こんな感触は生まれて初めてだ。

「お前の蜜は甘くて美味しいな。あ、また濡れてきたぞ……」

そんなことは聞くまでもなく、ぐちゅぐちゅという淫らな水音で分かっている。ティーナの秘部は愛蜜で濡れそぼっていた。

溢《あふ》れかえった液体が、太腿を伝わって臀部へと流れていくのが分かる。

エグバートは同時に指を膣の中に入れ、ゆっくりと出し入れをしながら指の腹で膣壁を撫でた。舌と指で攻め立てられ、ますます蜜壺が愛液で満たされる。

「まだ中は結構狭いな。指に吸い付いてくる」

ぐにぐにと指を動かされ、もう他のことなどどうでも良くなった。すぐに快感が全身を襲って、エグバートの指を咥え込むように何度も締め上げる。

「やぁ、……んっ、はぁっ」

エグバートは唇を離すと妖艶に微笑み、自分の指を伝う愛液をペロッと舐めた。

「イったのか？」

もう全身クタクタで言葉も出ない。ティーナは恥ずかしそうに頷いた。

「もう挿れていいか？　早くお前の中に入りたい」

切れ長の目を細めてティーナに請う。

「……は、はい」

彼女が小さな声で返事をすると、エグバートは安心したように表情を弛《ゆる》めた。

エグバートが腰を押し入れてくる。ずぶりという感覚と共に、彼自身が挿入された。熱い塊を下半身に感じて、さらに官能が高まった。

「ティーナのここはまだ狭いが、一度全部中に入れると今度は俺を咥え込んで離さない」

恥ずかしさに、ティーナはさらに顔を赤くした。

楔の形をした剛直を内部で慣らすように、彼はぐりぐりと腰を動かした。くぼみが膣壁を擦って、気持ちよさがじわりと背中を這いあがってくる。

エグバートは官能に酔いしれたティーナの顔を見ると、満足そうに微笑んだ。

「もう限界だ。動くぞ、ティーナ」

そう言った途端に、彼は腰を何度も動かし始めた。初めは確かめるようにゆっくりと……けれどもそれはしだいに速さを増していく。

それと比例してティーナの快感も高ぶっていった。ずるりと引き抜かれた剛直は愛液を充分に纏《まと》わらせ、たっぷりと蜜を湛《たた》えた膣にまた挿入される。

体の中心を何度も何度もエグバートが擦りあげた。堪えきれずティーナが喘ぎ声をあげる。

「あぁっ！　はぁっ！」

汗ばんだ肌が重なるたびに音を立てた。ずぶずぶと抜き差しされるたびに、膣の中に快感が溜まっていく。

エグバートの顔から余裕は消えたようだ。これ以上ないほど熱情を孕《はら》んだ瞳が、まっすぐにティーナを見据えた。

きゅうぅんと胸がときめいて、下半身が熱っぽくなる。

「……くっ！　ティーナ、そんなに締めるな……！」

辛そうな声を出したエグバートは、そのスピードを弱めた。代わりにティーナの脚をさらにくの字に曲げて、自分自身を奥へと押し込んでいく。

こつんと何かに当たったような感じがして、ティーナは腰を浮かせた。

「……あっ……！」

「分かるか……ここがお前の子宮だ。いつかはここで俺の子を孕《はら》んでほしい」

エグバートと結婚できることさえ夢のようなのに、彼との子供なんて考えもしなかった。

汗で張り付いたティーナの額の髪を、彼は指でそっとかき上げた。むせ返るような幸せに、涙が滲《にじ》んでくる。

その涙を、エグバートがそっと唇で受け止めた。

「これは承諾したということでいいのか？　ティーナ」

「……私で……よければ……喜んで……」

感極まってはっきりと言葉にならない。それでもエグバートには理解できたようだ。これまで見たこともない笑顔になる。薄やかな蝋燭《ろうそく》の灯りに照らされた彼の顔に、思わず見惚れてしまった。

（なんて美しい男性なのかしら……そんな方が、こんなにも私を欲してくれているのね）

体内に挿入したまま、エグバートが顔を寄せてくる。唇が重なって、くちゅりと微《かす》かな音を立てた。

どちらからともなく舌を絡ませ合う。互いの唾液が交じり合い、一つになっていく。いつの間にか再びエグバートが腰を動かしていたようだ。

なんだか先程よりも中で大きくなった感じがする。ぴっちりと隙間なく埋められた剛直が、膣内を押し広げるように繰り返し行き来する。

体を上下に揺さぶられ、唇が離れていってはまた重なり合った。

ぐちゅぐちゅと熱い塊が膣を掻き混ぜる。彼の手はティーナの乳房を揉み、節くれだった指を柔らかな肌に食い込ませた。

ティーナは徐々にその時が迫ってきていることを感じる。

腰は痺《しび》れて快感を膣内に溜めていく。それは決壊する時を待っているようだ。

激しい息が絡み合った瞬間、ティーナが息を止めて嬌声をあげた。

「あぁっ！　んっ！」

何度も腰を跳ねさせて、シーツをくしゃくしゃに指で握りしめる。同時にエグバートも達した。

体中で一際大きくなったモノが、熱さを増してうねり始めた。

しばらくエグバートは顔を歪めていたが、すぐに息を吐いてティーナを愛おしそうに見つめた。

絶頂を極めた後、ティーナは全身の力を抜いてシーツから指を離す。

エグバートが腰を引くと、ティーナの膣から精液と愛液の交じり合った液体がごぷりと吐き出された。

「ティーナ、愛している。お前を抱くのは生涯俺だけだ」

エグバートが愛の言葉を囁《ささや》いて、ティーナの額にキスをする。

ティーナは行為がこのまま終わらないことを知っていた。エグバートと初めて肌を合わせてから毎日のように抱かれてきたが、いつも一回では終わらない。最低でも二回は求められるのだ。

(抱いていただけるのは嬉しいですけど、毎日何度もはさすがに体がきついです……)

勇気を出して言ってみることにする。

「あの……今日はもうこれ以上は無理……です……ですからおやめください」

それでもずいぶん小さな声になってしまった。

エグバートは一瞬驚いたような顔をすると、ばつが悪そうに目を伏せた。

「すまない、体が辛いのか？　つい夢中になってしまった」

すぐに受け入れられてホッとする。でもエグバートがあまりに罪悪感たっぷりに落ち込んでいるので、慌てて言い繕う。

「で、でも。行為自体は嫌いじゃないです。どちらかといえば気持ちがよくて……は、恥ずかしいくらいですから」

するとエグバートが嬉しそうに笑った。

「はっ、俺に抱かれるのは気持ちがいいのか？　ティーナ」

はからずも本心を吐露してしまったことに気づく。

「……！　い、いま言ったことは忘れてくださいっ！」

シーツで顔を隠すと、エグバートがその上から彼女の体を抱きしめる。

「そんなに恥ずかしがるな。俺はティーナが何を考えているのか知りたい。もっとお前の気持ちを聞かせてくれ。もちろん否定的なことも含めてな。俺はお前をもっと幸せにしたいんだ」

溺れそうなほどの愛情を与えられて窒息しそうだ。

それからエグバートはティーナの体を濡れタオルで拭くと、ネグリジェを着せてくれた。そんなことはしなくていいといつも遠慮するのだが、彼がどうしてもと固辞する。

「これは俺の趣味なんだ。ティーナを抱いた後、その名残を確認しながら体を綺麗にしてやりたい」

そうして夜は抱き合って眠る。

いまではエグバートの胸の硬さに慣れ、彼に抱きついていないと眠れないほどになってしまった。

（もうエグバート様なしの人生なんて考えられません。愛しています、エグバート様）

ティーナは幸せに心を震わせて、抱き合ったままでゆっくりと目を閉じた。


今夜は、エグバートにエスコートされて出席する初めての夜会の日だ。

婚約発表はまだだけれど、ティーナが公爵家に滞在していることは瞬く間に社交界で噂になった。

彼に恥じないように振舞わなくてはいけない。

ブーステルネ伯爵が主催する毎年恒例の園遊会は、まだ陽が高いうちから伯爵の所有する別邸と庭園で行われる。

別邸の庭園とはいえ、湖や川が敷地内に流れているため、かなりの広さだ。そこに王国中の貴族たちが集まって音楽や余興を楽しむ。

エグバートにプレゼントされた淡い黄色のシフォンのドレスに宝石類。それらを身に着け、ティーナはエグバートに手を引かれて馬車から降りた。

そうして足を地面につけたその瞬間、ティーナは一気に緊張を高める。

話すらしたことのない上流貴族たちが大勢集まっていて、しかもすべての人が二人を見ているのだ。

彼らの視線が一気に注がれて、頭の中が真っ白になった。

（すごいわ。エグバート様はこんなにも影響力を持っているのね）

ティーナは園遊会に出席すると決まってから、毎晩寝る時間も惜しんで、公爵家とエグバートの騎士団での交友関係を頭に詰め込んだ。なのに、いまはすべて霧がかかったように思い出せない。

焦る彼女をよそに、皆が競ってエグバートとティーナに挨拶しようとする。

大勢に囲まれてしまった時、エグバートが庇《かば》うように彼女の前に立ちはだかった。そうして彼が代わりに興味本位の紳士淑女に対応してくれる。

ティーナが言葉に詰まった時には、エグバートがさり気なく助け舟を出してくれた。

そんな彼の堂々とした態度に、ティーナはしだいに焦る気持ちを落ち着かせる。緊張が弛《ゆる》んだので、少しずつだが社交的な対応できるようになった。

（私を気遣ってくれているのね。お優しい方だわ）

エグバートの根回しもあって、ほとんどの貴族たちはティーナに好意的だったが、もちろん良く思わない人たちもいる。

わざわざエグバートが傍にいない時を見計らって嫌味を言われたり、あからさまに腕を当てられたりした。

ティーナが一人で化粧室に向かう途中、あまり人の通らない廊下で数名の女性に囲まれる。

煌《きら》びやかなドレスで着飾った令嬢たちが、不躾な視線をティーナに投げつけた。

「ユージーン様に相手にされなかったあなたが、まさかエグバート様と婚約するだなんて。どんな手を使ったのかしら。どうせ同情をうまくひいたのでしょうけど、またすぐに捨てられるのじゃないかしら」

「そうですわよね。これといって何の取り柄もなさそうですし。エグバート様はお優しいから、きっと騙されてしまったのですわ。お気の毒ですわね。公爵家の嫡男で皇国の騎士だというのに、女性を見る目がなかったなんて惜しいことですわ」

「エグバート様も、もっと頭のいい方だと思っていましたわ。片田舎の貧乏領主の娘だなんて、何の価値もありませんもの。エグバート様のためにならないことはすぐに分かりますのに」

令嬢たちは、ティーナを乏しめるためにありとあらゆる悪口を並べたてた。

ユージーンと付き合っていた時は、これ以上に惨めで屈辱的なことを味わった。その時は辛くても耐えたのだが、エグバートのことを悪しざまに言われるのは我慢できない。

ティーナはお腹に力を入れると、顔をしっかりと上げて令嬢たちを見た。

「申し訳ありませんが、エグバート様は思慮深くお優しい方ですわ。私はあの方を心からお慕いしております」

まさか反論されるとは思っていなかったのだろう。彼女たちはいっせいにどよめいた。そして顔を真っ赤にして怒りを露《あらわ》にする。

「まあっ、私がニールセン家の娘だと知っていて口答えするのかしら。何て身の程知らずな！」

「そうですわ、だいたいあなたはエグバート様とまだ婚約すらしていないじゃないの。貧乏貴族の娘は、頭を下げて黙って聞いていればよろしいのよ！」

さらに激しく罵倒《ばとう》され始めた時、ティーナの背後から手を叩く音が聞こえた。

パン！　パン！　パン！

手を叩いた人物を見て、揃って令嬢らが顔をこわばらせたので、いやな予感が募る。

「そうだね、ニールセン伯爵令嬢。君は正しいよ。ティーナなんかをあの男が本気で相手にするわけがない。エグバート様は何か理由があって彼女を構っているんだ」

聞き覚えのある懐かしい声。

振り向かなくても、ティーナには声の主が誰だかすぐに分かった。

慌てた令嬢の一人が、まくしたてるように声を上げた。

「ユージーン様！　さぁ、お話しもすんだことですし、皆さま、あちらに参りましょう」

令嬢たちは、そそくさとその場を離れる。

ティーナはゆっくりと振り返り、懐かしい彼の顔を見つめた。

「ユージーン。あの……久しぶりね……」

彼の態度はとても普通で、怒っているようには全く見えない。けれどもさっきの彼の台詞が気にかかる。

ユージーンから逃げ出したあの日から、一か月半。婚約を破棄してから、彼と会う機会はなかった。ティーナと別れてもそれほど気にしている様子はないと聞いていたのだが、本当のところはどうなのだろう。

ティーナは慎重に彼の様子を窺《うかが》う。

「ティーナ、会いたかったよ」

彼の金色の髪がキラキラと光る。いつもの優しい笑顔に、ティーナはホッとした。

「君と話がしたくて、何度もニューエンブルグ家に行ったけれど追い返された。ハニブラム家にも行ったけど君はいないし、父からは君との婚約は破棄したと聞かされて、連絡が取れなかったんだ。でもこの園遊会にくれば、絶対君に会えると思った。元気そうだね」

「ええ、ありがとう」

ユージーンがにこやかに笑って手を差し出す。

「さぁ、あいつがいないうちに僕と一緒に帰ろう、ティーナ。僕の両親には本当のことを説明しておいたから、家でゆっくり休むといい」

急にわけの分からないことを言いだした彼に戸惑う。

「ま、待って、ユージーン。帰るってどこに？　家で休むってどういう意味なの？」

すると彼はティーナに手を伸ばしたまま、包容力のある笑顔を見せた。

「心配しなくていい、僕は怒っていないよ。君はあの男に騙されているだけだ。僕はまだティーナを愛しているし、君も僕を愛しているんだろう？」

「ユージーン、それは違うわ！」

ティーナがはっきりと拒絶すると、ユージーンは笑顔を消して縋《すが》るような目になった。

「ティーナ、僕たちは子供の頃からずっと一緒にいたじゃないか。君のことを理解できるのは僕だけだよ」

まるで話が噛み合わない。ティーナは背筋を凍り付かせた。

「ユージーン、私たちはもう婚約を解消したの。それにあなたには他にも女性がたくさんいるでしょう。もう背中の傷の負い目を背負うことはないのよ」

すると、ユージーンは、彼女の両肩を掴んで叫んだ。

「それはっ……！　ティーナ、確かに僕は他の女性とも付き合って君を傷つけてきた。でもそれは僕の本心じゃない。僕は君といても、いつも不安だっただけなんだ！」

ユージーンといた時、常に不安だったのは彼女のほうだ。それなのに、他にも女性がいたユージーンが、何故不安に思うことがあったというのだろう。

彼は振り絞るような弱々しい声で、悔しそうに語った。

「――ティーナのほうこそ、傷の負い目で僕と結婚するんだと思ってた。傷のせいで他の誰とも結婚できないから、仕方なく僕を選んだんだって。そう思ったら、どうにかして君の気持ちを確かめたくて他の女性と……」

「そんなの……そんなの嘘だわ……」

初めて聞くユージーンの本心に、ティーナの心は揺れた。

「いま考えると幼稚な行動だったけど、ティーナが僕に嫉妬してくれるのが嬉しかった。他の女性とデートした後は、いつも僕を愛しそうに見てくれた。必要とされていると感じられた。昔から僕は……いつだってティーナだけを愛している」

ティーナはユージーンに肩を掴まれたままで一歩後ずさった。

どうして彼はいまさらそんなことを言うのだろうか。彼女がユージーンに助けてほしかった時、いつだって彼はティーナに冷たかったというのに。

ユージーンは苦しそうに顔を歪めながら頭を下げた。

「お願いだ、僕ともう一度婚約してくれ。僕が間違ってた。もう二度と浮気なんかしない。ティーナ、君を愛しているんだ。家同士が決めたことなんかもうどうでもいい。一人の男としてティーナに結婚を申し込みたい！」

幼い頃から一緒にいた幼馴染なのだ。

自尊心の強い彼が、頭を下げて謝罪している。よほどの覚悟を持っての行動だということは確かだ。

ティーナは静かに俯《うつむ》くと首を横に振った。

「ごめんなさい。ユージーン。私はエグバート様を愛しているの」

彼女の返事に彼は顔を上げる。その表情には絶望と憤怒《ふんぬ》が混じっていた。

「だから、ティーナは騙されているんだ！　あんな身分の高い男が、突然ティーナを愛するようになるだなんて変だ！　絶対に裏があるに違いない。こんなにティーナを傷つけた僕が言うのはおかしいかもしれないけど、あいつは何かを企んでいる！」

「そんなはずないわ」

ユージーンの指に力が込められ、肩に食い込む。

「そうだよ！　大体どうしてエグバートが君の背中の傷のことを知っているんだ？　君の父親のハニブラム子爵は君の背中の傷をひた隠しにしてきた。リンデル皇国でずっと過ごしていたはずの男が、それを知っているはずがない」

ティーナはできるだけ彼を刺激しないよう、落ち着いて話した。

「それは、きっと誰かから聞いたのよ。おかしいことじゃないわ。子爵家に昔からいた者なら知っているのだもの」

「ティーナ！　正気に戻ってくれ！」

彼が大きな声で叫んだ時、力強い腕がティーナの背後から伸びてきた。あっというまに抱き寄せられ、ユージーンの手から引き離される。

長めの艶やかな黒髪にアンバー色に輝く瞳。切れ長の目は怒りを湛《たた》えている。

エグバートはティーナを腕の中に収めると、ユージーンを睨《にら》みつけた。ユージーンも負けじと彼を見返す。

「ユージーン、お前か。まだティーナに用があるのか。もう彼女とは何の関係もないだろう」

「僕は婚約破棄を認めていない。他の女とはすべて別れた。これからはティーナだけを大事にする。だからティーナを僕に返してくれ」

「ユージーン……お前はいつだって約束を守らない。後悔しているというなら、お前の自業自得だろう。それにもう遅い。ティーナは身も心も俺のものだ。女なら手当たりしだいのお前が、ティーナにだけは手を出してなかったのには驚いたがな」

「くっ……！」

噂では耳にしていたのだろうが、実際に聞くのは別らしい。ティーナとの体の関係を匂わされて、ユージーンは目に見えて動揺した。

いつも冷静なエグバートが、ユージーンを挑発するような発言をするとは思わなかった。

ティーナは顔を赤らめながらもそのことに驚く。エグバートがティーナの体をしっかりと抱きしめた。

ユージーンは怒りで耳まで顔を真っ赤にして、エグバートに指を突きつける。

「ティーナ、絶対にそいつと結婚しては駄目だ！　君は僕と結婚する。そう昔から決まっていたんだから！　分かったね！」

ユージーンはそう叫ぶと、足音を立てながらその場から去っていった。

エグバートが心配そうにティーナの様子を窺《うかが》う。

「大丈夫か？　あいつに何か言われたのか」

耳に心地のいい声がティーナを安心させてくれる。さっきまでの不安はとっくに消え失せていた。

「心配していただいてありがとうございます。私は大丈夫です。ところで、あの、私の背中の傷のことなのですが、誰にお聞きになったのですか？　知っているのはほんの少しの人だけで、当時の資料にも記載はなかったと思うのですけれど」

見栄っ張りのティーナの父は、背中の傷を公表したがらなかった。

娘の傷のおかげで、バッカム家の援助を受けていると周囲に思われたくなかったからだ。

「それは……ティーナを助けたあの日、ユージーンと話をあわせただけだ。彼の物言いは酷かったからな。それに俺にとっては、お前の背中に傷があろうがなかろうが、どうでもいいことだった」

笑って答えるが、ティーナの胸の奥には、ざわざわと黒い闇のようなものが広がっていく。

本当にそうなのだろうか……？

エグバートなら、そのくらいの嘘は簡単につけるだろう。

ユージーンの言った言葉が、ティーナの胸に何度も繰り返された。

『エグバートに騙されている』というその言葉が。

第六章　親友クレアの冒険

クレアはブーステルネ伯爵の園遊会には出席しなかった。

その日、彼女はやるべきことがあったのだ。

ティーナがエグバートに騙されているということを知ったいま、どうにかして彼女を救わなくてはいけない。

そうはいっても、常にエグバートがティーナの傍にいるので動きが取れない。エグバートが屋敷にいない時には、彼の侍従フランクが彼女の近くにいる。

彼はそのことも見通して、ハニブラム子爵家から公爵家にティーナを連れ帰ったのだろうか。

あの醜悪な子爵夫妻には、常々頭にきていた。いつかはティーナをあの家から救い出してあげようと思っていたのだが、これはまずい展開だ。

（エグバート様がティーナに抱いている感情が、愛情ではなくて復讐……だとしたらどうなるの？）

「ユージーン様は怒ってしまって、バッカム家とも微妙な関係になったと聞くわ。その上にハニブラム家から無理やり連れ出されて、家族とは絶縁したのも同然。それもこれもすべて、公爵家嫡男で、皇国の騎士でもあるエグバート様の後ろ盾があってこそ……でも、もしそれが一瞬で消え去ったとしたら……」

そうすれば大変なことになるのは間違いない。

援助を望めないハニブラムの領地は窮地に陥り、子爵家も没落を免れないだろう。大勢の領民が飢えて路頭に迷い、子爵家は取り潰されて跡形もなくなるのだ。

そうなったら、真面目なティーナは自分を責めるだろうし、背中の傷もあって結婚は望めない。

「何があっても私がティーナを助けるつもりだけど……。でも策略家のエグバート様のこと。そこまで計算しているのだとしたら？　エグバート様は私のお父様にも何らかの手をうっているのかもしれないわ。とにかくこのままにはしておけない」

エグバートは騎士として皇国でゆるぎない地位を築いている。シュジェニー商会の主な取引先は、リンデル皇国なのだ。そこをつかれたら、クレアだってティーナを庇《かば》いきれるとは限らない。

ダニエルと話している時、ふと思いついた復讐という言葉が、何故だかしっくりときた。

もしかしてエグバートは、ティーナに復讐をしようとしているのかもしれない。それも皇国で長年温めてきた計画。

「でも、これだけじゃあ情報が少なすぎるわ」

思いたった彼女はすぐに行動に移すことにした。まだクレアが十代後半だった頃、男装をして王国中を駆け回った経験がある。

まず彼女は町に行って、こっそりと必要な物を買い集めることにする。短い茶髪のカツラに男性用の服。護身用の短剣は必需品だ。

供を連れずに密かに行動するには男装が一番。一人で旅をしていても妙だとは思われないし、ドレスを着る必要もないので動きやすい。

多少は剣術の覚えがあるので、自分の身を護ることくらいはできる。

女性にしては背の高い彼女が変装すると、どこからどうみても小柄な若い青年にしか見えない。鏡の前で男らしく見える動作を何度か繰り返すと、昔の勘が戻ってきた。

「これで大丈夫そうだわ。あとはお父様や執事に見つからないように、馬を連れて屋敷を出ればいい。馬なんて厩舎《きゅうしゃ》にたくさんいるのですもの。絶対に見つからないわ。ふふ。——あ、絶対に見つからないに決まっているよ。はははっ」

途中で声色を変えて男言葉を使う。声の調子もいい。

この分ならクレアのことを女性だと思う人はいないだろう。

そうしてクレアはブーステルネ伯爵の園遊会が行われる日、王国の端にあるバッカム領へと向かった。園遊会には出席できないが仕方がない。

「この優秀な馬なら一日かければバッカム領に着く。そこで宿をとって一泊すればいい。そのくらいの短い間なら執事を騙すことは簡単だ。ハンス、いまはお前にかかっているんだ。頑張ってくれ」

クレアはそう馬に話しかけて首筋にキスをした。彼女に応えるようにハンスが前足を持ち上げ嘶《いなな》きを上げる。

そうして彼女は目的地に向かって馬を走らせた。

何度か途中で休憩を取りながら、陽が沈み切った夕刻。ようやくバッカム領の目的地に到着する。

一日中馬に乗っていたのでお尻は痛いし、全身疲労困憊《こんぱい》だ。

「ずいぶん暗くなってしまったな。早く今夜の宿をとらないと……。ハンス、お前もゆっくり休みたいだろう。ここまで頑張ってくれてありがとう」

町の中でクレアは馬をゆっくりと歩かせると、お目当ての宿屋の看板を探した。この辺りでは一番大きな宿屋だ。

少し値段は高めだが安全なので、お金に多少余裕があるものは誰でもここを選ぶのだという。

そうしてそれほど苦労せずに宿屋にたどり着いた。

馬を休ませる厩舎《きゅうしゃ》を覗いてみたが、綺麗に掃除をされていて給餌も新鮮そうだった。馬のハンスを宿の下男に預けて扉をくぐる。

どこにでもある宿屋と同じで、一階は飲み食いできる場所になっていて、既にそこは客でいっぱいだった。

国境に近い場所柄なのか、商人らしき人や旅の途中であろう異国の人であふれている。

宿屋の主人が、朗らかに笑いながらクレアを迎えてくれた。

「お客さん、運が良かったですね。一部屋だけ空いているよ」

「良かった。馬は既に厩舎《きゅうしゃ》に預けてある。充分に世話をしてやってほしい」

宿の主人は、快く了承してくれた。クレアの変装を不審に思った様子もなさそうだ。

一日中馬に乗っていたので、疲労がたまっている。すぐに宿の清潔なベッドで横になるのも心惹かれるが、それよりも空腹が勝ったので、先に夕食をとることにする。

クレアは隅の方の空いている席に着き、赤ワインとジャガイモ入りスープにパンを頼んだ。

見知らぬ土地の宿屋。完全に気を抜くわけにいかないが、バッカム家の紋章がでかでかと壁にかかっている。

これはバッカム家の私兵が、定期的に宿屋の見回りを行っているということ。こういった身元不詳の旅人が集まる場所では安心できる材料の一つになる。

（こんなところでユージーン様の私兵に守られるなんて面白くないけど、仕方ないわね。明日には目的の場所を訪れてみましょう。なにか分かるかもしれないわ）

空っぽの胃に温かいスープを流し込むとホッとした。非常食は持って来ていたが、味気ない干し肉はクレアの好みではない。

そんな時、何気なく店の中を眺めていると、見覚えのある人物がいることに気がつく。次の瞬間、クレアは口の中のスープを吐き出しそうになった。

（ダ、ダニエル様っ！　どうしてこんなところにっ⁉）

気を取り直してもう一度確認してみるが、サイドを刈り上げた茶色の髪と垂れ目がちの目。どう見ても本人だ。

もう日の暮れた時間に宿にいるということは、彼もここに滞在するつもりに違いない。

目立たないよう騎士服ではなく地味な乗馬服を纏《まと》ってはいるが、腰に差している剣にはウィットシス家の紋章が光っている。

マントの陰で見えにくいが、クレアはそれを見逃さなかった。

ダニエルは従者を連れている。彼の隣にはクレアより少し年上らしき男性がいて、周囲に目を光らせていた。

クレアは身を縮こまらせて、こっそりと陰からダニエルの様子を窺《うかが》う。

(まさか私の変装に気がついたりしないわよね。私とはあの時、公爵家で一度会っただけだもの。ダニエル様だって私のことなんか忘れているに違いないわ)

それよりも気になるのは、どうしてダニエルがここにいるのかということ。最後に会った時の彼の言葉を思い返してみる。

エグバートが妹と母の死の復讐をしているかもしれない。彼はそう言ったのだ。

エグバートの妹は、ティーナとユージーンが幼い頃に遊んでいた、エマという女の子なのではないか。

そう仮定すると、病気療養で滞在していた彼女の母は公爵の妻、カテリーナ・ニューエンブルグ公爵夫人ということになる。

貴族年鑑によると、ニューエンブルグ夫妻には二人の子供がいた。娘の名前はエルマーデル。エグバートより二つ年下の女の子だ。

没年は十三年前の九歳ということになっている。

ということはエグバートが皇国へと留学した年と一致する。

エマとその母親がバッカム領のはずれの屋敷に引っ越してきたのが十五年前。

（もしかしたらカテリーナ様とエルマーデル様は、何らかの事情でここに隠れ住んでいたのかもしれないわ。それであの不幸な事件に巻き込まれて、エルマーデル様は亡くなってしまったのかも）

ティーナはあの事件以来エマには会っていないという。エマの傷は浅かったというが、わずかな傷からでも菌が入り込み、数日後に突然死に至ることがある。

事件のせいで妹を失い、その後、それが原因で母まで亡くしたとすれば、エグバートがティーナに復讐する理由は充分にある。

もちろんエマの死はティーナのせいではない。それでもティーナとエマが友達でなければ、起こり得なかった事件だ。

そんな理由で恨まれるのは理不尽かもしれないが、人の怨恨は普通の物差しでは測れない。

（ダニエル様も同じ結論に達したということは、私の推論が正しい可能性は高いわね。あぁ、でもエグバート様に騙されていると知れば、ティーナはどんなに悲しむかしら……）

そのことを考えると、いつも心が沈んで悲しい気持ちになる。

ユージーンに酷い扱いを受けながらも、領民のために必死で耐えてきた心優しいティーナが、この辛い事実を受け入れられるわけがない。

クレアはよくない想像を打ち消すために、首を横に振った。

（今夜は早く部屋に行ってすぐに寝ましょう。ダニエル様に見つかっても面倒だわ）

クレアが給仕にお金を払おうとすると、年若い女性がクレアのテーブルの隣に立った。クレアと同じくらいの歳頃だろうに、厚化粧をしていて香水の匂いもキツイ。

彼女は甘ったるい声でクレアに話しかけてきた。彼女はこういう宿には必ずいる売春婦だ。

けれども誘いに乗るわけにはいかないし、目立つのも避けたい。

多めのお金を彼女に渡して丁重に断る。

「君はとても魅力的だけど、悪いが長旅で疲れているんだ。これくらいあれば今夜は働かなくてすむだろう」

「え？　でも。何もしないのにこんなにいただけるなんて――」

押し問答はしたくないので、手の中に押し付けるようにお金を渡す。すると彼女は嬉しそうな顔をしてから、クレアに深々と頭を下げた。

クレアは給仕に食事の料金を支払い自分の荷物を持つと、そそくさと部屋に向かう。

それほど広くはないが、清潔なシーツで整えられたベッドに掃除の行き届いた部屋。居心地はよさそうだ。

クレアは暑苦しいカツラを外し、上着とブーツを脱いでベッドの上に身を投げ出した。

「あー気持ちいいわ。もうお尻が石のように重いし足もパンパンよ。このまま少しだけ眠りましょう……ふぅ」

自宅のマットよりずいぶん硬いが、疲れているのでこれまでのどのベッドよりも心地がいい。

ワインがいい具合に全身に回ってきて、体がふわふわする。まるで天国の雲の上でまどろんでいるようだ。

あっという間にクレアは意識を深く沈み込ませた。

しばらくして、遠くから彼女の名を呼ぶ微《かす》かな声が聞こえてくる。

「――クレア……クレア……」

「……ん、もう少しだけ寝かせてちょうだい――」

寝ぼけながら答えると、すぐに声は聞こえなくなった。そうして再び深い眠りに落ちる。

どのくらい時間が経ったのだろう。クレアが目を覚ますと、一階から聞こえていた飲み屋の騒がしい音が消えている。

「少しだけのつもりだったのに、長く眠ってしまったようだわ……ん」

その時、自分の体の変化に気がつく。いつの間にか自分で服を脱いでいたようで、下着以外は何も身に着けていない。

大慌てでシーツをめくって上半身を起こすと、ベッドのそばの長椅子に誰かが横になっているのに気がついた。すぐにシーツを首元まで引き寄せて体を隠す。

「だ、誰っ！」

大きな声で目を覚ましたのか、その誰かが長椅子から気だるそうに起き上がった。

垂れ目がちの目に茶色のツーブロックの髪。

長椅子に片膝を立て、背もたれに肘をついた彼は、柔和な笑顔を浮かべる。

「おはよう、クレア。でもまだ夜明けには早いよ」

「ダ、ダニエル様――!?」

扉には確実に鍵をかけていたはずだ。どうやってこの部屋に入ってきたのだろうか？

ダニエルがにこにこしながら、クレアの目の前に鍵を指でつりさげた。

「貴族の権力は偉大だね。僕が頼んだら、宿屋の主人はすぐに君の部屋の合い鍵をくれたよ。クレアが宿屋に入ってきた時から、おかしいなって気がついた。僕は好みの女性の顔は忘れないんだ。でも、まさかクレアが男装している姿だったなんて思ってもみなかったけどね」

ダニエルがクレアの質問に先回りして答える。相変わらず頭の回る男だ。

理由が分かったら次に気になるのは、自分がどうして下着姿でいるのかということ。

ダニエルの座っている長椅子には、クレアの着ていた男性物の服がかかっている。

シーツで肌を隠しながらクレアは深呼吸をして、動揺する気持ちを抑えた。そうして何かを言おうと口を開くと、質問をする前にダニエルが会話を挟み込ませる。

「ああ、君の服を脱がせたのは僕だよ。クレアが暑いから脱がせてほしいと僕に懇願したからね。あの時のクレアはいつもと違って、とても素直で可愛かったな」

「――あ……ぁ、そうですか――」

またもや先回りして回答する。

それにしても男性に綺麗だの魅力的だの褒められたことは何度もあるが、可愛いと言われたことなんて生まれて初めてだ。

恥ずかしさと情けなさで一瞬で全身が熱くなり、開けた口がそのままになる。

（男性に裸を見られたことなんて初めてよ。しかも相手があのダニエル様だなんて悔しい！　絶対に馬鹿にしているに違いないわ）

「大丈夫だよ、何もしていない。想像以上に綺麗で魅力的な体だったから、触りたい気持ちを抑えるのに必死だったよ」

ダニエルが余裕の表情を見せる。クレアはこんなにも動揺しているというのに……

（く、悔しいわ。絶対に馬鹿にされているもの）

こうなったらなんとしてもダニエルには負けたくない。クレアは経験豊富な振りを装って答えた。

「男性は、私の裸を見るとみんなそう言いますわ」

だがダニエルはクレアの発言には触れず、先を続ける。

「……でもどうしてクレアは一人でこんな場所に来たのかな？　やっぱり僕と同じ目的だよね。だったら悪いけど無駄足だよ。僕たちは三日前からこの町で探ってきたけど、当時彼らの屋敷で働いていた使用人は、みんないなくなっていて資料にすら全く残っていない。屋敷も既に取り壊されている。これは推測だけど、たぶんすべて皇国の人間だったんだろうね」

「ダニエル様は三日間も、屋敷の元使用人を探していたのですか？　もっと簡単な方法がありますのに……」

クレアが呆れた顔でそう言うと、彼は不思議そうな顔をした。

（まさかこの男を出し抜ける日が来るとは思わなかったわ。なんて小気味いいのかしら）

クレアは満面の笑顔を浮かべる。

「私は朝になったら、あるところに向かうつもりです。多分そこで何か分かると思いますわ。もし私たちの仮定が真実だったとしたら、ですけれども。ダニエル様がどうしてもと頼まれるなら、気は進みませんがご一緒してもよろしいですわよ」

クレアはここぞとばかりに高飛車に言い放つ。するとダニエルは予想に反して、嬉しそうに顔を輝かせた。

「それはぜひお願いしたいね――クレア！　君は本当に興味深い女性だ。令嬢が男の格好で一人旅をすることにも驚いたけど、君まで僕と同じ結論に達したとは思わなかった」

その点に関しては、そこまで褒められるものではない。

彼はエグバートの妹であるエルマーデルの所在を調べて、最終的にこの場所にたどり着いたのだろうが、クレアは違う。ティーナと関係のあった幼い少女を特定して来ただけ。そしてそれは、ただ一人しかいなかった。

それも、自分がティーナと親しい関係だったから、聞いたことがあっただけのこと。

けれどもダニエルには自分を大きく見せたかったので、クレアは何も言わないことにする。

「ふふ、お褒めいただいて光栄ですけど、まだ感心する時ではありませんわ。まだ朝まで時間がありますわ。ではダニエル様、おやすみなさいませ。明日は少し遅めに出発しますわよ。部屋の鍵はしっかりかけてから出て行ってくださいね」

「分かったよ、クレア」

意外にも素直に返事をしたダニエルは、長椅子から立ちあがった。

てっきり部屋を出ていくのかと思ったのだが、彼はクレアのいるベッドに向かって歩いてくる。そうしてベッドの上に両手をついて、クレアの顔を覗き込んだ。

ギシリとベッドが揺れる。ダニエルの顔が近くに寄せられて、不覚にもドキリと心臓が跳ねた。

ダニエルが探るような目をする。

「クレア、さっきあの女性にかなりの額のお金を渡していたね。でもあれだけじゃあ、一週間程度の稼ぎにはなるだろうけど、売春を辞めるわけにいかない。彼女は、一生体を売って暮らすんだ。君のしたことは無駄なこと。どうして君みたいな合理的な女性がそんなことをしたのか知りたい」

突然何を言い出すのだろうか。クレアはダニエルの真意を掴めないままに素直に答える。

「あの方、私と同じ歳の頃です。私だってお父様の商売が上手くいかなければ、いまごろはああいった仕事をしていたかもしれません。少しの間だけでも、あの女性に休養をあげられればと……傲慢な金持ち娘のただの偽善行為ですわ」

「ふっ……！　はははははっ！」

するとダニエルは大きな声で笑い出した。

一体何がそんなにおかしかったのか、クレアにはさっぱり分からない。すると彼は真剣な顔になってこう言った。

「――金持ち娘の偽善行為ね。僕はね、綺麗ごとをいう人間は信用しない。クレアみたいな正直な人間に会ったのは初めてだ。それに、僕がこんなに興味を持った女性もね。せっかくだから、ついでに僕に抱かれてみない？」

どうせ誰にでもそんな台詞をはいているのだろう。クレアは思い切り冷たい目で彼を睨《にら》んだ。けれどもダニエルは気にもしていないようだ。それどころか、さらに彼の目に熱がこもっていくのが分かる。

これ以上は危険だ。クレアの勘がそう告げている。

「申し訳ありませんが、遠慮いたしますわ。私は貴族ではありませんし、ダニエル様に好意があるわけでもありません。早く部屋を出ていってくださらないのならば、人を呼びますわよ」

「まあ、クレアならそう答えると思ったけどね。人を呼ぶのは大歓迎だよ。でも世間はどう思うかな。僻地の宿に僕と二人っきり。わざわざ男装をしてまで……。どう見てもお忍びで僕に会いに来たとしか思えないよね。だから……」

ダニエルはいきなり顔を寄せて彼女の唇にキスをした。不意打ちのキスを、クレアは避けることができなかった。

ひっぱたいてやろうと右手をふりあげたが、ダニエルにあっさりと手首を掴まれる。その隙にダニエルは舌を滑り込ませ、クレアの口内を蹂躙《じゅうりん》した。

この間のキスの興奮すらまだ冷めていない。抵抗しようと思うが、何故か体に力が入らなかった。

(あぁ、この間も思ったけれど、なんて気持ちのいいキスなのかしら……んっ……あぁ、こんなの駄目だわ……流されてしまいたくなるもの)

深いキスが何度も繰り返されて、頭の奥がぼうっとしてくる。

それでもクレアは何とか気を取り直し、ダニエルから唇を離した。二人の間はほんの数センチしか離れていない。

荒い息が互いの肌の間で絡み合って、体が火照《ほて》りはじめた。

「……今回はこれで何を教えてくださるのかしら。約束でしたものね。キスをしたら質問に答えていただけるって……」

「ははっ――そうだったね、じゃあとっておきのことを教えてあげよう。僕はね、困ったことにクレアを本気で愛しているらしい。どうだい？　すごくおかしいだろう」

ダニエルが熱を孕《はら》んだ瞳で、さぞ滑稽《こっけい》だろうと言わんばかりに語る。クレアは驚きのあまり目を見張った。

（なにを言っているの……たった二回しか会ったことがないのに愛しているだなんて!!）

けれどもダニエルが冗談や嘘を言っているようにはみえない。きっとこれは彼の本心なのだ。

彼のことは良く知らないけれど、何故かクレアにはそう確信できる。

（なんて素敵な愛の告白なのかしら……こんなに胸がときめいたのは生まれて初めてだわ……）

その奇妙な愛の告白に、クレアは心臓が捻じれるような甘美な痛みを覚えた。何万回もの甘い愛の言葉よりも、隙のない狡猾な彼が口にした奇妙な告白の方が数倍信じられる。

ドキドキと絶え間なく打ち続ける心臓の音が、彼女の頭の中でこだました。

ダニエルが切なさの入り混じった熱っぽい目でクレアを見る。互いにほんの少し動けば、唇が重なるというのに、ほんの数センチ残したまま二人は見つめ合った。

どのくらい時間が経ったのだろう。ダニエルが悩ましげに呟《つぶや》いた。

「――僕は君の質問に答えたよ。次はクレアの番だ。これから腰が砕けるようなキスをするから、僕の質問に答えてほしい」

彼はこんな時でも駆け引きを忘れない。クレアはそんなダニエルを微笑ましく思う。

ダニエルはただ彼女を利用しているだけなのかもしれない。それでも彼女に迷いはなかった。

それほどダニエルに惹かれていたのだ。

「そうね、私を満足させられるキスができれば答えてあげてもいいですわ。まさか全く経験がないわけではないのでしょう？　ふふっ」

いつかダニエルに言われた台詞をそのまま返す。あの時受けた侮辱を、クレアは忘れてはいなかった。

「ははっ、君って女は本当に面白いね。これが僕を絡めとるための演技だとしたら、大したものだ。でもまんまとクレアの罠にはまってあげたくなる僕も、相当おかしいよね」

彼は悔しそうにそう言うと、堪えきれないというように彼女の腰を引き寄せた。纏《まと》っていたシーツが舞い落ちて、同時に唇が深く重なる。クレアもダニエルの背中に腕を回した。

二人は互いを求めあって、何度も何度もキスを繰り返した。それはまるで獣のようだった。

口内で唾液の混ざる淫靡《いんび》な音が、くちゅり、くちゅり……と静かな部屋に響き渡る。いま吸い込んでいる空気がどちらの吐息とも分からない。

クレアはキスを交わしながらダニエルが服を脱ぐのを手伝う。わずか一瞬でも肌を離していたくない。

裸になったダニエルの体は思ったよりもがっしりしていた。クレアが胸の硬い筋肉に指を這わせると、それに答えるようにダニエルが彼女の柔肌を愛撫する。

（軽薄に見えるけど、ダニエル様は本当に騎士なのだわ……こんな風に追い詰められて狩られちゃったら、もう逃げられるわけがないじゃない――）

ぼうっと熱に浮かされた頭の中で、クレアはそんなことを考えていた。激しい……互いを食いつくすような激しいキスに、体の内部からどろどろに溶かされていく。

（あぁ、もうどうなってもいいわ。このまま一つになってしまいたい……）

バッカム領での初めての夜は桃色の吐息とベッドの軋《きし》む音と共に、ゆっくりと更けていったのだった。


朝クレアが目を覚ますと、目の前にダニエルの寝顔があって驚く。

まだ寝ぼけたままのクレアは、ぼんやりとしながら上半身を起こした。シーツが素肌に擦れ、自分が何の衣類も身に着けていないのだと気づく。

しばらくして思考がゆっくりとめぐり始め、昨夜のことに思い至って、クレアは一気に顔を赤く染めた。

（ど、どうしましょう。ダニエル様と一夜を過ごしてしまったわ！）

狼狽《ろうばい》する彼女の隣で、ダニエルはまだ寝息を立てながら眠っている。

残念ながら昨夜のことはすべて覚えている。

自分からダニエルに抱きついて舌を絡めたことも——それから互いの体を愛撫し合って何度もキスをしたことも——ダニエルが服を脱ぐのをクレアが手伝ったことも——全部だ。

（こんなの淑女のすることじゃないもの！　絶対、ダニエル様も呆れてしまったに違いないわ！）

そういえばダニエルの肌は、胡桃《くるみ》と樫の木の匂いが混ざったようないい香りがした。そして逞しい胸板は、クレアとは比べ物にならないくらいに硬くて頼もしかった。

クレアの体には昨夜の匂いや感触が、まだ鮮明に残っている。

肌に触れてもいないのに、まだダニエルに抱きしめられているようだ。考えるだけで体が思い出して、火照《ほて》り始める。クレアは両手で頬を抑えて激しく頭を横に振った。

「駄目駄目っ！」

一線は越えていないものの、それ以外のことは全部やった記憶がある。互いの体を指や舌で探って……快感を覚える部分を見つけて求めあう。

耐えられないほどの羞恥心に、クレアは悶《もだ》える。

（あーー！　もう最低！　どうして私ったら！　と……とにかくここから逃げるのよ、クレア！）

彼女はそうっとベッドから抜け出し、急いで服を着る。

幸いカツラと男装の服は長椅子の上に掛けてあった。素早く着替えて、ブーツを履いた。

そうこうしているうちに、ダニエルが目を覚ましたようだ。ベッドを軋《きし》ませながら、まだかなり眠そうに半身を起こす。

「ん……クレア、先に起きていたんだ。他人と一緒に寝て、意識がなくなるまで深く眠ったことなんて初めてだよ。おはよう」

けれども恥ずかしさで、クレアはダニエルの顔をまともに見られない。彼に背を向けたまま、朝の挨拶をする。

「ダニエル様――おはようございます。私は支度ができましたので、先に食堂に行ってまいります。ではのちほどお会いしましょう」

「え……？　どうして急にそんな他人行儀に……あ、クレア。ちょっと待って！」

ダニエルの慌てた声が聞こえるが、構わずに急いで寝室を出た。このまま部屋に二人きりでいるなんて耐えられない。

昨夜の自分の痴態《ちたい》を思い出せば思い出すほど、地面に穴を掘って埋まりたくなる。

食堂に降りると、そこには昨夜見たダニエルの供の男性がいた。クレアに気がついて、にこやかに声をかけられる。

「おはようございます。ダニエル様があなたの部屋にお邪魔されたそうで、ご迷惑をおかけして申し訳ありません」

朝食には少し遅い時間なので客はまばらだ。彼に促されるまま同じテーブルにつく。

クレアはダニエルの知人で昨夜は偶然宿で再会し、クレアの部屋で一晩飲み明かしたのだと彼は思っているらしい。

「申し遅れました。私の名はグレッグ・メルデスです。ウィットシス家で警備をしています。失礼ですがあなたは？　ダニエル様の知り合いだとお聞きしましたが」

クレアは自分の名をクラウスと名乗って場を凌《しの》いだ。これはクレアが男装している時にいつも使っている偽名だ。

「ダニエル様は博識で頼りになるお方です。心から尊敬しています」

クレアがダニエルのことを少し持ち上げて話すと、グレッグが心酔したような表情を浮かべる。

急に饒舌《じょうぜつ》に語り始めた。

「ダニエル様は本当に真っすぐで純真なお方です。ウィットシス家でもダニエル様がいると場が和むのですよ。本当に人格者で、屋敷では誰もがダニエル様を慕っております」

グレッグはダニエルを妄信的に敬愛しているらしい。

クレアは純真という彼の言葉に、思わず噴き出しそうになった。ダニエルはウィットシス家でも猫を被り続けているのだろう。

(あの欺瞞《ぎまん》だらけの笑顔でみんなを騙しているのね。さすがは抜け目のないダニエル様だわ……どうして誰もあのうさん臭い笑顔に気がつかないのかしら)

クレアは心の中で毒づいた。

グレッグはひとしきり悦に入って語り終えると、不思議そうな顔でクレアに尋ねた。

「ところでクラウス様は、どこでダニエル様とお知り合いになられたのですか?」

そういえば何も設定を考えていなかった。具体的なことを話すと、あとでダニエルと話が食い違うかもしれない。クレアは適当にごまかすことにする。

「そ、そうですね。あー私の友人の知り合いの知り合いでしたので……」

その時、ダニエルがようやく食堂に姿を現した。

ダニエルは彼女の姿を見つけて、安心したように顔の緊張を緩めた。

けれども息はあがっているし、髪も少し乱れているようだ。どれほど慌てて身支度をしたのだろうと、少しおかしくなる。

グレッグが椅子から立って主人に駆け寄る。

「おはようございます、ダニエル様。クラウス様とご一緒させていただいております」

クレアはにっこりと笑って、何事もなかったかのようにダニエルに朝の挨拶をした。

けれども昨夜の情事を思い出すと、彼の裸が頭に浮かんできて直視できない。

「おはよう、クラウス。まさか僕を置いて先に下に降りてしまうとは思わなかった。そんなにお腹が減っていたのかな？　昨夜はあれほど食べたのに……」

彼と何かを食べた記憶はない。グレッグには分からないよう、夜の痴態《ちたい》を揶揄《やゆ》しているのだろう。

ダニエルはグレッグの隣ではなく、クレアの隣の席に腰を下ろした。

供の隣に座らない主人など聞いたことがない。グレッグも妙な顔をしている。

（ちょ、ちょっと！　どう考えてもおかしいでしょう！　あっちに座りなさいよ！）

心の中でクレアは動揺するが、ダニエルはさも当然のような顔で、みんなの食事を注文する。そして至近距離までクレアに顔を近づけると耳元で囁《ささや》いた。

「クラウス、昨夜は楽しかったよ。君はどうだった？」

吐息が耳をかすめ、クレアの背中にゾクリとするものが走る。でもクレアは平静を装う。

「ええ、私もです。久しぶりにダニエル様とお話ができて、色々と勉強にもなりましたし、感謝しております。ありがとうございました」

一向にクレアが他人行儀のままなので業を煮やしたのだろうか。ダニエルが不自然なほど熱い目で彼女を見つめる。

（そんな目で見たら、グレッグ様におかしいと思われるじゃないの！）

クレアの切実な思いは、彼に伝わらないようだ。いや、おそらく伝わっているのに、無視して面白がっているのだろう。

ダニエルは机の下に置かれたクレアの手をそっと握った。少し冷たい肌が触れた瞬間、心臓がこれまでにないほど打ち鳴らされる。

「感謝……ねぇ。気持ちよくはならなかった？　クラウス」

ダニエルがクレアの手の平を優しく指先で撫で上げる。これは昨夜行為のあいだ中、彼がやっていたことだ。自然と昨夜の睦事《むつごと》のあれこれが思い出される。

クレアはゾクリとして肩を震わせた。

グレッグがそんな二人を妙な顔で見ているようだ。クレアは慌ててごまかした。

「あ、あのダニエル様のお勧めのリキュールはとても美味しくて、酔っぱらってすごく気持ちよくなってしまいました。あぁ食事が来ましたよ。お腹がすきましたので、早く食べましょう！」

するとダニエルは素っ気なく「ふうん」といってあっさりとクレアの手を離す。

安堵するが次の瞬間、何故だか寂しいような切ないような気持ちになった。

（な、なんなのかしら。私はダニエル様のことなんかなんとも思ってないわよ。昨夜はちょっと雰囲気に流されてしまっただけ）

「そういえばグレッグ。クラウスが僕たちの調べものを解決してくれる場所を知っているって。あとで一緒に行く約束をしたんだ。そうだよね？」

「は、はい。ダニエル様。朝食後にここを出れば丁度いい時間に着けそうです。食事が終わりしだい、ご一緒に出発しましょう」

クレアは極力ダニエルの顔を見ないように語った。こういう時には隣同士に座っているのは幸いだ。

こうして、クレアの人生で最高に息苦しい朝食の時間が終わった。

（ああ、よかった。これでダニエル様の隣にいなくて済むわ。あとは寄るべきところによって屋敷に戻るだけよ。そうしたら彼と顔を合わせることもないわ。きっと……）

部屋の荷物をまとめて厩舎《きゅうしゃ》に向かうと、ハンスは質のいい干し草と水をたっぷりもらっていた。彼は彼女の顔を見ると嘶《いなな》いて喜びを表す。本当に可愛い馬だ。

「ああ、ハンス。お前は良い子だね。良かった」

クレアは大事そうにハンスの首にキスをする。すると背後で咳払いが聞こえた。

それはダニエルだった。いつの間に厩舎《きゅうしゃ》に来ていたのだろうか。

グレッグは少し離れた場所で、自分たちの馬の用意をしている。

ダニエルはハンスの首を撫でながら、いい馬だと褒めた。

「さすがはシュジェニー家の馬だね。でも君から朝のキスをしてもらえるなんて嫉妬してしまうな。僕は馬にも劣るの？　そんなに昨晩は気持ち良くなかった？」

「な、何のことですか？」

クレアは顔を真っ赤にして動揺する。こんな場所で一体何を話し始めるつもりなのだろう。

「君を満足させられれば、僕の質問に答えてくれると言ったよね。あの様子じゃ、君も感じてたようだし合格だと思っていたんだけど、違ったかな？」

卑猥《ひわい》な言葉に冷やりとする。

厩舎《きゅうしゃ》には他にも使用人がいるし、少し離れたところにはグレッグまでいるのだ。誰かに話を聞かれるのは困る。

クレアは笑いながら彼を牽制する。

「そのことは今度二人きりの時にお話しします。でもいまは他の大事な用事がありますよね」

けれどもダニエルは全く引く気がないようだ。

「いや、いまここで返事が聞きたい。何だったらもう一度、一緒に部屋に戻ってもいいよ？　僕はクレアのことを愛してるけど、君は僕のことを一体どう思ってるの？」

「も、もちろん尊敬しております」

即答するが、ダニエルの答えはない。そればかりか痛いほどに彼の視線が突き刺さる。

この様子だと、ダニエルは本当の返事を聞くまでこの場を離れないだろう。グレッグにさえ聞かれなければ、他のことはどうにでもなる。クレアは本心を伝えることにした。

（……でも、私。彼のことをどう思っているのかしら……？）

クレアには男性との交際経験がほとんどない。なので自分のいまの感情すらよく分からない。

二回会っただけの男性を愛してるかと問われると、そんなことありえないと冷静に判断してしまう。

だからこの感情は、きっと違う種類のものなのだ。

「あの、えーとですね。本当のところよく分かりません。私は自分でも、もっとしっかりした人間だと考えていました。なのに今回のようなことになって、次も誘われれば同じように流されてしまうと思います。それってあなたを好きなのかもしれませんし、そうじゃないのかもしれません」

クレアがしどろもどろに答えると、ダニエルは安心したように息を吐いた。そしてにっこりと笑う。

「ふふ、いまみたいに慌てる君も可愛いね。でもそういうのをね、世間では愛しているというんだよ。知っていたかな？」

自信満々に語るダニエルの言葉に驚き、クレアは真正面からダニエルを見た。

薄茶色の髪がなびき、透き通った栗色の目はクレアを見据えて深い喜びを湛《たた》えている。

彼の姿を見た途端、クレアの心臓が太鼓のように打ち鳴らされた。慌ててそっぽを向く。

「し、知りません。多分違うと思います！」

「そうだよ。だって僕には分かるんだ。僕も君を愛しているからね」

気がつくと、少し離れた場所で作業している下男が、顔を赤くして二人を凝視している。

彼は二人を男性同士のカップルだと思ったに違いない。

「ぜ、絶対に違います！　間違いです！」

「そうかな。僕はそう思わないよ。ははっ」

クレアが反論すればするほど、ダニエルは顔をほころばせる。もう自分でも自分の気持ちが分からなくなってきた。

「まあ自覚はないようだけど、それでもいいよ。君にはもっと僕に流されてもらうだけだ」

「流されるって、何か川に落とされたのですか？　ダニエル様」

気がつくと、グレッグが二頭の馬を牽いてすぐ側まできていた。

ダニエルが顔をいつもの柔和な笑顔に戻す。

「それは僕が手に入れたいと思っている魚のことだよ、グレッグ。捕まえたかと思うとすぐに指の隙間からすり抜けて逃げてしまう。厄介だけど、そこがとても面白い魚なんだ」

「そうなのですか」

グレッグが不思議そうに答えた。

クレアは自分のことを魚にたとえられて悔しいのに、なぜか尋常ではない胸のときめきがある。

そんな自分が理解できない。

（お、おかしいわ。私はダニエル様みたいな男性は好きじゃないはずなのに。今回のことが終わったらダニエル様には極力会わないようにしましょう。それがいいわ）

クレアはそう強く心に誓った。

それから三人で馬を走らせた。クレアがグレッグとダニエルを先導する。

バッカム家の領地は景気がいいらしく、すれ違う人々は皆笑顔で活気に満ちていた。ハンスは整備された道を軽快なリズムで進む。

「……で、いまどこに向かわれているのですか？　彼らが住んでいた屋敷はもうありませんよ。十年前に取り壊されて、いまではただの空き地になっています」

グレッグが心配そうにクレアに尋ねた。ダニエルの供として、あらかじめ行き先を知っておきたいのだろう。

「調査した時にそのことは知っています。でも私たちが向かっている場所は屋敷ではありません。これは私の父から教わったことですけれど、その町の情報を知るにはパン屋が一番なんです」

「パン屋⁉　あぁ、そうか……！」

勘のいいダニエルはすぐに気がついたらしいが、グレッグはまだ分かっていないようだ。

クレアは丁寧に説明をした。

他の物はどこでも調達できるが、毎日焼き立てのパンを手に入れようとなると話は別。

女子供程度の小さな所帯ならば、毎朝厨房でパンを焼いていたとは考えにくい。焼きたてのパンを屋敷に配達してもらっていたに違いない。

厨房の奥まで入り込むことのできるパン屋は、その屋敷のことをよく知っているはず。しかもパン屋は町に根付いていて長年営業しているのが通常だ。

「もちろんそこで駄目なら次はチーズ屋であとは花屋でしょうか。女性と子供だけでどれほど注文があったか分かりませんが、次に考えられるのはそれくらいですね。ほら着きましたよ。ここが彼らの使っていたパン屋です。予《あらかじ》め調べてから来ましたから」

そこは彼らの住んでいた屋敷から二キロほど先にあるパン屋。煉瓦《れんが》を組んだ店構えに、年季の入った看板が、歴史を感じさせる。

朝食のパンを求める客のピークも過ぎているので、店の中に客は誰もいないようだ。

クレアが扉を開けて店に入ろうとすると、ダニエルがその脇をすり抜けて先に入る。ムッとしたが、彼女はその後に続いた。

店に入った途端、小麦粉の焼けた匂いが漂う。塗りっぱなしの素朴な漆喰《しっくい》の壁。壁一面にある棚の上には、パンの入った籐《とう》の籠がいくつも並べられていた。

少し粉っぽい店内は、陽の光が差し込んでいてほんのりと明るい。もうほとんどパンは残っていないようだ。

いつもの人懐っこい笑顔と声でダニエルが話しかける。

「おはようございます、グリシャムさん。もうパンは売り切れてしまいましたか？　僕たちは旅の者なのですが、グリシャムさんのところのパンが美味しいという評判を聞いて、わざわざここに寄ったんですよ」

すると店主はすぐに顔をほころばせた。どこで店主の名前など知ったのだろう。

ダニエルは店主と何気ない話題に話を咲かせる。こういうのは彼の得意分野だ。クレアとグレッグはダニエルの隣で、ただ微笑んで立っているだけ。

クレアはふと壁に飾ってある看板に目をとめる。そこにはパン屋の主人の名が記されていた。

（ああ、これを見たのね。でも扉を開けたあの一瞬で気がつくなんて、やっぱり抜け目ない男だわ。私の変装もすぐに見破ったらしいし……気を抜いちゃ駄目よ、クレア）

会話が弾んで気を良くした店主に、ダニエルがさりげなく屋敷のことについて尋ねた。

「ところでグリシャムさん。確か十年ほど前は、西の丘の向こうに大きなお屋敷が建っていましたよね」

「ああ、あのお屋敷ね。十年以上も前のことだけど良く覚えているよ。そこの女主人様はとてもお綺麗だったから」

パン屋の主人は、屋敷に住んでいた人物のことを良く覚えていた。

本題に近づいて、クレアは緊張を高める。

ダニエルが、紋章のついた手鏡をパン屋の主人に見せた。一匹の鷲に二本の剣の模様。ニューエンブルグ家の紋章だとクレアはすぐに気がつく。

「これ、屋敷で見たことがないかな？　十一年前に僕の父がこの辺りで拾ったんだ。もしかしてあの屋敷の人のものじゃないかな。結構な値打ち物のようだし、持ち主に返したいと思って持って来たんだけど、もう屋敷はなくなっているし、どうしようかと思っていたんだ」

「これと同じ模様の小物入れなら一度だけチラッと見たことがあるなぁ。確か、お屋敷の奥様が持っていたものだ。銀の細工が素晴らしかったから、まだ覚えてるよ」

侍女が手荷物から落としたので、拾ってあげたことがあるらしい。公爵家の紋章のついた物を持つ女性は、一人しかいない。これで疑惑は事実になった。

クレアは推測が当たったことに衝撃を受ける。ダニエルは巧みな話術でパン屋の主人から必要なことを聞きだすと、パンを買って帰路についた。

昼の時間をとうに過ぎているが、到底食事をする気持ちにはなれない。

王都まで戻るには、途中でもう一泊しなければいけない。帰りに泊まる宿屋は既に決めてあるが、陽が暮れるまでに宿に着くには、もう少し馬のスピードを上げなくてはいけない。

なのについ馬を進めながら考え込んでしまう。

(エグバート様はきっと、ティーナとの婚約披露パーティーの時に何かするつもりなのだわ。醜聞でもでっち上げて、身一つで追い出すつもりかもしれない。そうしたらティーナには、もう私しか味方はいなくなる。でも、私はお父様の商売を盾に脅されるに決まっているわ。大勢の雇われ人たちやその家族のことを考えると、私にできることはなくなる。最悪のシナリオだわ)

「……ウス——クラウス……クラウス」

「あ！　すみません、なんですか？　ダニエル様」

考え事に夢中になっていたので、何度もダニエルに呼ばれてようやく自分のことだと気がつく。そういえば、いまはクレアはクラウスという名前だった。

ここらで昼を食べようと誘われるが、これ以上ダニエルと行動を共にする必要はない。クレアは丁重に断る。

「ダニエル様、私は他に用事がありますので、ここでお別れしませんか？　次の宿はここから二十キロ先のコーニックの町にあるので、いますぐ向かわないと間に合いそうにありません。ダニエル様やグレッグ様とご一緒できて楽しかったです。では失礼します」

挨拶をして彼らとは反対の方向へ馬を走らせようとした時、クレアの体が宙に浮いた。

「えっ！　きゃぁあっ！」

ダニエルが彼女の腰を抱いて、自分の乗る馬上に引き寄せたのだ。互いの馬同士がぶつかりそうになって、クレアは思わず手綱を離す。

二人分の重量がかかったダニエルの馬は、バランスを崩して大きく上体を起こした。

クレアは馬から振り落とされないよう、夢中でダニエルの体にしがみつく以外ない。

「ダ、ダニエル様!?　どうされたのですか？」

「グレッグ！　クラウスの馬はお前に任せた。僕は彼と一緒にキールの別荘に泊まる。お前はついてこなくていい！　これは命令だ！」

いつものダニエルらしくない、キツイ口調でグレッグに命令する。常に猫を被っているダニエルにしては考えられない。

「ちょっと！　ダニエル様！　下ろしてください！　私はあなたとご一緒にはいきません！」

クレアが必死に頼むがダニエルは聞き入れない。それどころか彼女を乗せたまま、ダニエルはようやく静まった馬を全速力で駆けさせた。

「きゃぁぁ！　落ちるぅ！」

馬の蹄《ひづめ》の大きな音が鳴り響く。

そうしてクレアは全力疾走している馬の背で一時間ほど揺られた。ようやく馬がその脚を止め、ダニエルに抱かれたまま馬から下ろされる。

「ついたよ。ここがウィットシス家の別荘だ。ねぇ、クレア、大丈夫？」

胡散臭さに満ちたダニエルの軽快な声が聞こえるが、クレアは答えられなかった。気持ちが悪くて頭の中がぐらぐらする。

ダニエルに抱きついたままの体勢で、全力疾走の馬に乗り続けたのだから当然のこと。

クレアは瞑《つぶ》っていた目を弱々しくあけると、恨めしそうに彼を睨《にら》んだ。するとダニエルが嬉しそうに微笑む。

気分が悪くていつ吐いてもおかしくない。でもどうせ吐くなら、ダニエルの服にかけてやると心に決めた。クレアは横抱きにされたまま、ダニエルの首に腕を回す。

クレアの体調を気遣う誰かの声がする。恐らくこの別邸の執事なのだろう。

「お久しぶりです、ダニエル様。そのお方は？　ご気分がお悪いのでしたら医者を呼びましょうか？」

「必要ないよ。それよりも彼を僕の部屋に連れていくから手伝ってくれ」

ダニエルは無情にも医者を呼ぶことを却下した。クレアは憤りを覚える。

（本当に血も涙もない男だわ。確かに馬に酔ったからといって、お医者様に何かができるわけないけれど、気持ちの問題よ！）

辛くて目を開けられない。柔らかいベッドの上に寝かされたのを背中の感覚で知った。ダニエルが彼女のカツラとブーツを脱がせてくれる。上着を脱がせ、ズボンのボタンを緩《ゆる》めてくれた。

けれども今回だけは文句の一つも言ってやりたい。クレアは根性で声を絞り出す。

「うぅ……この状態で私が大丈夫だと思っているなら、人体についてもう少し勉強するべきです。でも、もしこれが嫌がらせだとすれば、これ以上に効果的なものはないですね。でしたら大成功だったと言っておきますわ。本当に怒りしか湧いてきませんから……」

「良かった。それだけ話せるってことはずいぶんよくなったんだね。君の方から抱きついてくれるなんて滅多にないだろうから、つい馬を早く走らせすぎた」

ダニエルの明るい声が聞こえて悔しさが倍増する。

「君とはこれからのことを話し合いたい。クレアは何か考えがあるの？」

そう言われてハッとする。確かにティーナのことが優先だ。クレアは怒りを抑えた。

彼女の幼馴染は、やっぱりエグバートの妹だったのだ。そのことをエグバートが知らないはずがない。

もし彼がそれをティーナに話していないとすれば、何らかの意図があるのだろう。

（最悪の展開だわ。ティーナはこれからエグバート様に傷つけられて捨てられるのよ）

でもこの話を使用人の耳に入れるのは避けたい。クレアが人払いを頼もうと口を開くと、また彼が先回りして答えた。

「大丈夫、この部屋には僕とクレアしかいないよ。だから安心するといい」

クレアは開いた口を閉じた。ダニエルのそういうところは、案外嫌いではないのだ。

むしろ胸がわくわくする。

「——私が自由にできる財産が少々ありますわ。それをお金に変えて隠しておくつもりです。ぜいたくな暮らしはできないかもしれませんが、ティーナ一人くらい、一生暮らせる分はあります。だったら表だって援助しているわけではないので、シュジェニー商会も大丈夫でしょう」

「ふぅ、クレアは僕の助けは全く計算に入れないんだね。それに僕はティーナ嬢のことじゃなくて、僕たちのこれからのことを聞いたんだけど……」

「あなたと私の……これから……？」

ベッドに横たわったまま、そっと目を開ける。その時、ようやく気がついた。どうやらダニエルはクレアと同じベッドで添い寝しているらしい。

「そうだよ。僕たちの婚約発表はいつにする？　それとも君の両親に挨拶に行くのが先かな」

呆れたクレアはそのまま黙り込む。

するとダニエルは、クレアの髪を根元から先まで撫でつけて遊び始めた。何だかくすぐったい。

薄目を開けると、彼女をみつめる彼の茶色の双眸《そうぼう》がある。

彼はいつだってこんな風にクレアを真っ直ぐに見る。何の迷いもない瞳で……

そんなダニエルを負けじと見返していると、柔和な顔がさらに柔らかくなった。どうしてなのだろうか？

（そういえば、私から目を逸《そ》らすことはあっても、彼からは一度もなかったような気がするわ）

クレアはぼうっとした頭でそんなことを考えていた。

「クレア、突然で驚いた？　僕にとっては、すごく自然なんだけどね」

「私たちは恋人同士ですらありませんもの。婚約なんてしませんわ。それにあなたが無償でティーナを助けてくれるなんて考えてもいません。何があっても自分の利益を優先するだろうダニエル様は、信用できませんわ」

「そうだね、確かにそれは否定しない。だから僕はクレアをエグバートよりも優先するよ。クレアが欲することなら何でも叶えてあげる。言ったでしょう？　僕はクレアを愛しているんだ。君を喜ばせることがひいては僕の利益だからね」

百パーセント信用はできないが、ダニエルが協力してくれる気があるなら心強い。

（エグバート様は十三年もの間、ずっと復讐を考えて生きてきたのよ。私のことだって計算に入れていると考えるべきだわ。私の行動の先を読まれている可能性だってある）

正直、ダニエルの社交力は喉から手が出るほど欲しいのだ。

「ダニエル様が協力してくださるならばとても力強いですわ。考えつく限りのシナリオと、その対策を一緒に練りましょう。ティーナにはできるだけ長く、エグバート様のことは秘密にしておきたいですわね。あの子は隠しごとができない性分ですもの」

「ふふ、面白くなってきたね。クレア、君は頭も回るし度胸もある。……本当に最高の女性だよ」

ダニエルは心の底から楽しそうに笑った。

第七章　衝撃の事実

婚約披露パーティーまであと一週間を残すことになった。

エグバートは忙しい仕事の合間をぬって、時間が許すだけティーナの側にいてくれる。

クレアも定期的に公爵家を訪れてくれるし、エグバートの友人であるダニエルも良く顔を出してくれた。

いつもティーナを無視していたニューエンブルグ公爵も、大歓迎という感じではないものの、最近は毎回挨拶を返してくれるようになった。

両親や兄とは、半ば絶縁状態になってしまったのだけれど、落ち込む暇もないくらい。

なのでティーナは、ユージーンに言われた『エグバートに騙されている』という言葉を、いままでは忘れかけていたのだ。

今日も庭園の東側で、蝶の像を前にカテリーナと話をする。

「最近、公爵様が私にお言葉を返してくださるようになったのです。すごい進歩だと思われませんか？　それに近頃は少し微笑んでいらっしゃるようにも見えるのです。あぁ、本当にそうだったらとても嬉しいのですけれど」

ティーナはそわそわしてから指を組み、本当に幸せそうに微笑む。

「エグバート様と公爵様は仲が悪そうに見えますけれど、お二人はとても良く似ているのです。本を読む時のしぐさなんて全く同じで、互いに意識していないのでしょうけれど、本当に親子なのですね」

いつものように独り言を呟《つぶや》き、満足し終えてからティーナは屋敷に戻る。

そんな毎日を過ごしているうちに、婚約発表の日が明日へと迫った。

エグバートはその日も騎士団に出かけた。屋敷内は慌ただしく準備がなされていて、ティーナの居場所はない。なのでいつものように庭園に向かう。

婚約発表まであと一日、既に興奮で心臓がドキドキしている。

ベンチに腰かけてすぐに、頬を赤らめながら語った。

「どうしましょう、カテリーナ様。明日、エグバート様と正式に婚約します。私に皇国の騎士の妻がつとまるのでしょうか……エグバート様は自分に任せておけとおっしゃいましたが。あぁ、不安で胸がいっぱいです」

夢中で蝶の置物に話しかけていると、背後で落ち葉が擦れる乾いた音がする。誰が来たのかと、ティーナはその場で立ち上がった。

生垣の向こうから現れたのは、ニューエンブルグ公爵だった。

厳《いか》めしい顔つきで彼女を見ている。

ティーナがこうしてカテリーナに話しかけていることを知られてしまった。もしかしたら怒らせてしまったのかもしれない。

「こ、公爵様！　あ、あのこれは……」

公爵はステッキを突いて、ティーナの前に立ちふさがった。

彼の背後には二人の侍従が控えている。

「慌てるな。お前がいつもここでカテリーナに話をしているのは知っている。本当にお前のような女がエグバートの嫁になるとは、エグバートは何を考えているのだか」

公爵の心ない言葉にティーナは背筋を凍らせた。顔を青ざめさせたその時、公爵はステッキを突いたまま、ティーナに背を向けた。

「カテリーナの墓はここではない。本当はエグバートにすら知らせていない場所なのだがな。だが、こう毎日のように自分の名を呼ばれれば、カテリーナも困るだろう。本当に迷惑な女だ」

「……？　あの……公爵様？」

どういう意味なのだろうか？　ティーナが公爵の本意を計りかねていると、公爵はまるで後をついてこいといわんばかりに歩き始めた。

侍従に促され、わけが分からないままに公爵の後を追って行くと、庭園の境界まで来た。その先には緑の蔦《つた》に覆われた高い煉瓦《れんが》の壁しかない。

公爵の体が壁の向こうに消えて見えなくなった。ティーナは驚いて声をあげる。

「え？　あの、公爵様！」

落ち着いて目を凝らしてみると、一面壁に見えていたが、それは一メートルほど前後にずれているところがあり、その隙間から出入りができるらしい。

だからティーナもそんな場所があることすら知らなかったのだ。

壁を抜けると、すぐ向こうにガラス張りの大きな建物がある。てっきり壁までが公爵家の土地なのだと思っていた。

（これは温室なのかしら……でもこんなに大きな温室なんて初めて見たわ）

公爵は温室の入り口で足をとめるとティーナを振り返り、真鍮《しんちゅう》の鍵を彼女の目の前にかざす。

これを貰ってもいいというのだろうか？

ティーナが手に取るのを躊躇《ちゅうちょ》すると、公爵は厳《いか》めしい顔のままでこう語った。

「勘違いをするな、お前を認めたわけではない。愛する妻、カテリーナのためだ。ここでいくらでもカテリーナと話をするといい」

「ここに……カテリーナ様が……？」

公爵家のどこかにカテリーナの墓があることは知っていたが、まさか秘密の温室の中だったとは思いもよらなかった。

公爵はティーナが毎日カテリーナに話しかけていることを知っていて、温室に立ち入る許可をくれたのだ。

ティーナは天にも昇る心地になる。震える手で鍵を受け取ると、公爵に何度も頭を下げた。

「ありがとうございます。本当にありがとうございます！」

「礼を言われる覚えはない。明日の婚約披露パーティーで粗相をすれば、すぐにハニブラム家に送り返すからな――だが……」

公爵は言葉を切ると、先程とは違うずいぶんと小さな声で話した。

「――だがお前なら、きっと何にでも前向きに頑張るのだろう。その強さは嫌いではない」

すぐに背を向けたので、公爵がどんな表情をしていたのかは分からない。公爵は温室にティーナを残したまま、侍従を連れてどこかへ行ってしまった。

少しは認めてもらえたのかと思うと、感動で胸がじーんとする。

貰った鍵で扉を開け、緊張しながら温室に足を踏み入れる。

温室の中にはありとあらゆる種類の花が咲き誇っていた。珍しい花や木が植えられていて、ここはまるで天国の楽園のよう。

そして壁にはあちこちにカテリーナの肖像画が飾られていた。きっと公爵家から取り外されたすべての肖像画を、ここに集めたのだ。

「カテリーナ様……初めてお顔を見るけれど、本当にお綺麗な方だったのね……」

艶やかなブルネットの髪に、切れ長の目に青色の瞳が印象的だ。目元はエグバートにそっくり。

(公爵様が愛する奥様のために作らせたのね。カテリーナ様が病死されてからも公爵様は誰とも再婚しなかったのだもの。それほど奥様を愛していらしたのだわ)

最愛の妻に先立たれた公爵の胸の内を想うと、心が痛む。

温室の真ん中には大きな墓標が建てられており、そこには一層大きなカテリーナの肖像画が飾ってあった。その隣には小さな墓標がある。

そこにはエルマーデルと名前が刻まれていた。

「エグバート様には妹がいらしたのだわ。九歳だなんて、ずいぶん幼い頃にお亡くなりになったのね」

ティーナは肖像画を見て考えこんだ。でもすぐに何かに気がついて、カテリーナとエルマーデルが並ぶ肖像画を食い入るように見る。

エグバートの母の顔には見覚えがあった。そしてその娘のエルマーデルという少女の顔にも……

「そんな……まさか……」

突然ティーナの心臓が跳ねて痛みをはなつ。

エルマーデルの肖像画は、昔ティーナが遊んでいた幼馴染、エマとそっくりだった。そうしてカテリーナは病気療養に来ていたエマの母と瓜二つ。

エルマーデルの亡くなったとされる日付けは、ティーナが傷を負った日の翌日だった。そのおよそ一年後にカテリーナは亡くなっている。

「ど、どういうことなの……？」

幼馴染だったエマの母親は、異常とも思えるくらいに彼女を溺愛していた。カテリーナはエマの死に心を病んで亡くなったのだ。

まさかあの事件でエマが亡くなっていたとは思いもよらなかった。

震える唇から声が漏れ出す。

「もしかしてエグバート様は、私とユージーンがエルマーデル様の友達だったと知らなかったのかしら……？」

いや、そんなことはない。エグバートはティーナの背中の傷のことを知っていた。

(あぁ、もしかして……そんな)

ある可能性に思い至って、ティーナは体を硬くした。

泣くつもりはないのに、自然に涙が溢《あふ》れて頬を流れ落ちていく。大粒の涙が、エルマーデルの墓標の土を濡らしていった。

「あぁ……エマ。そうなのね。だからエグバート様は私を……。なんてことなの。あれから十三年も経つのに、エグバート様はずっと私のことを……」

昔一緒に遊んだ頃のエマの姿が脳裏に思い浮かんでくる。

エマと出会った時、彼女はあまり自分のことを話さない、大人しくて寡黙な少女だった。半年ほど一緒にいて、ようやくティーナと話をしてくれるようになったほど。

エマは毎日のように新しい洋服や靴を身に着けていたが、何故かそれらはいつもサイズが小さかった。いつも服の擦れや靴擦れに悩まされていたし、よくお腹を空かせていた。

彼女の母は精神的な病気で、療養のため田舎に移り住んで来たらしい。

エマの扱いがアンバランスなのは、きっとそのせいだろうと子供心に思ったものだ。そうして彼女を守ってあげたいとも。

一緒に人形遊びをしたりお絵描きをしたりしたが、ティーナにはエマが心から楽しんでいたようには見えなかった。

母であるカテリーナに言われて、仕方なく遊んでいるようだった。

一度、それとなく聞いてみたことがある。ティーナと遊んで楽しいのかと……

(答えはどうだったのかしら……あぁ、そうだわ。楽しくない――辛いと……そう答えたのよ。そして泣き始めたのだわ。あぁ、どうして忘れていたのかしら……あの子が……そうだったのね)

「エグバート様……」

ティーナは彼の名を呟《つぶや》いた後、しばらく墓の前で佇んでいた。

そしてようやく温室を出て自室に戻り、ずっと椅子に座って考えごとにふける。

昼過ぎにはエグバートが公爵家に戻ってきたが、彼に公爵から墓の場所を教えてもらったことは話さなかった。

(エグバート様が自分から話をしてくれるまで……私は知らなかったことにしましょう。まさかエグバート様がこんな壮絶な苦しみを背負っていただなんて……)

その夜、ティーナはいつものようにエグバートの寝室にいた。

ネグリジェを着てベッドに腰かけているティーナの隣にエグバートが座る。マットレスの振動が伝わってくるよりも先に、エグバートが彼女の肩に手を掛けた。

「ようやく明日だな。ここまで来るのにずいぶん長かった。君の選んだ生地で作らせたドレスは気に入ったか?」

恐らく彼はこの日を十三年も待ち続けたのだ。当時十一歳の子供にとっては永遠とも思える時間。その間の彼の気持ちを考えると胸が痛くなる。

でもティーナにはもうどうでも良かった。真実がどうであれ、辛い地獄の生活から彼女を救ってくれたのは紛れもなく彼なのだから。

エグバートに助けを求めた時、既にティーナの心は死んでいたも同然だった。

「はい、ありがとうございます。もうほとんど出来上がっていたドレスでしたのに、わざわざ生地を変更していただいて申し訳ありませんでした」

するとエグバートが表情を硬くした。

「ティーナ、前も言ったが俺に謝る必要はない。俺は自分のためにやっている。それを謝罪されるとむなしくなる」

いつも通りの優しい言葉。少しぶっきらぼうだが、ティーナへの思いやりで溢《あふ》れている。

「ありがとうございます。愛していますわ、エグバート様」

照れたようにエグバートは微笑んだ。そうして体中にキスが落とされる。

ネグリジェの肩ひもがほどかれて上半身が露《あらわ》になると、エグバートは背中の傷を愛しそうに撫でた。

引き攣《つ》れた傷跡の部分は感覚があまりない。けれども彼に触れられると、そこが痺《しび》れたようになってじわじわと快感に変わっていく。

「知っているか？　ティーナ、お前が興奮すると背中の傷が濃い薔薇《ばら》色になる。まるで俺を誘っているようにな」

「そ……そんなの。――あぁ」

毎日のように抱かれて、肌の感覚が敏感になってきた。

節くれだったエグバートの指がティーナの蜜口をなぞるだけで、愛蜜がじんわりと溢《あふ》れ出してくる。あっという間に指が蜜壺に挿入され、くちゅくちゅと中を掻き混ぜた。

「ティーナのここもずいぶん柔らかくなってきた。指も二本くらいならすぐ入るぞ。きゅうきゅう指を締め付けてくる」

しばらく膣壁をまんべんなく擦っていたが、充分に濡れたと判断したのか腹側の一か所を激しく執拗に攻め始めた。腰がビクンと跳ねる。

その場所は他とは違う。指の腹でぐりぐりと擦られるだけで快感が生まれだし、自然に体が弓なりになるのだ。

それだけでも気持ちがいいのに、エグバートはもう片方の手で乳房を覆い、その先端をつまんではクリクリと左右に回した。

耳朶を唇で甘噛みされ、熱い舌が中を舐めまわす。そのどれもが快感を高めて、ティーナを淫らに喘がせる。

「あぁっ……んんっ……あんっ！」

尿意のようなものを感じて、股の間でうごめくエグバートの腕を両手で抑えた。

「はぁっ、駄目！　なんだか変です！」

ティーナは足をガクガクと揺らし始めた。けれどもエグバートはその指を止めない。そればかりか膣壁を擦る指を速めてきた。

「大丈夫だ、ティーナ。このまま俺にまかせろ」

耳元で囁《ささや》かれるエグバートの声。その間にも、彼女の嬌声はますます高く短くなっていく。

その刹那《せつな》、頭の中が真っ白になって透明な液体が下半身から噴き出した。体が痙攣《けいれん》して、最高の悦楽が稲妻のように全身を貫く。

「あぁっ――――!!」

これまでに味わった絶頂感を凌駕《りょうが》するほどの快感が身を浸した。

何度も体をくねらせた後、まるで全力疾走をしたかのような倦怠感が襲ってきた。ぼんやりとエグバートを見ると、彼はとても嬉しそうだ。

「俺の指で潮を吹いたな、ティーナ」

どういう意味なのだろう。そういえばシーツがぐっしょりと湿っているようだ。

ティーナは身を起こし真っ青になる。もしかして粗相をしてしまったのかもしれない。

エグバートがすぐにそれを否定する。

「これはお前の考えていることじゃない。これはお前が俺に身も心も委ねたという証拠だ」

そう言うとエグバートはティーナをもう一度ベッドの上に押し倒した。背中を向けさせられて、エグバートが背後から覆いかぶさってくる。

「きゃぁ！」

いとまもなしにずるりと熱い楔が挿入されると、ティーナの全身に快楽の痺《しび》れがいきわたる。

さっき絶頂を味わったばかりなのに、エグバートを体内で感じるとすぐに乱されてしまう。

ぱちゅんと肌の重なる音がして、エグバートが何度も腰を打ち付ける。

激しい抽挿にティーナは嬌声をあげ続けた。でも背を向けていてはエグバートの顔を見られないばかりか、彼に触れることさえできない。

「はぁっ、これではお顔が見られませ……お願い……んっ！」

「駄目だ。今夜はティーナの背中を見ていたい。傷がうねって薔薇《ばら》が生きているようだ」

両腕を引かれてティーナは体を逸《そ》らした。そうして何度も何度も腰を穿《うが》たれる。

エグバートの荒い息が何度もティーナの背中をかすめていく。

ぎりぎりまで引かれた熱い楔は、すぐに蜜を湛《たた》えた膣に押し込まれた。そのたびに膣壁が形を変えているのが分かる。まるでエグバートの形に作り替えられていくように……

膣の中を掻き混ぜられ、瞼《まぶた》の奥にチカチカと火花が飛んだ。もう何も考えられない。

「あぁ……んっ……ふっ……ふぁっ！」

何度、絶頂に達したのか分からない。だんだんと時間の感覚すら薄れていった。

「……くっ……！」

最後にエグバートが低くうめいた。体内で剛直が脈打っているのを感じる。

彼も達したのだと恍惚感と幸福感でいっぱいになった。

快感の余韻に酔いしれ、ティーナはぐったりと体を横たえた。情けない顔でエグバートが呟《つぶや》く。

「……また夢中になってしまった。ティーナ、体は大丈夫か？」

ティーナはシーツを顔半分まで引き寄せながら微笑んだ。

「大丈夫です。――す、すごく気持ちよかったです」

口にした後でカーッと顔を赤くする。シーツで顔全体を覆うと、エグバートに無理やりはがされた。彼の顔は興奮しきっている。

「ティーナ。もう一度言ってくれ」

そんなことを言われても、恥ずかしくてもう無理だ。ティーナは目を閉じてふるふると横に振った。

エグバートががばりとティーナの上に覆いかぶさった時、ようやく彼女は声を上げる。

「お、お待ちください。もう今日は無理です！」

声は枯れてきているし体はまだ痺《しび》れたまま。すると彼は寂しそうにため息をついた。

「分かった。今夜はもう終わりにしよう」

エグバートはいつものようにティーナの体を拭いて綺麗にしてくれる。シーツも新しいものに取り換え、その上に彼女の体を横たえた。

満足そうにティーナを見下ろしてから、エグバート自身も横になる。

そうして背中から彼女をその両腕の中に抱きしめた。すっぽりと包まれて彼の体温を肌で感じる。

けれどもなかなか寝付けないようだ。しばらくしてエグバートが小さな声を出した。

「……もう数時間後には婚約披露パーティーの日だ。心が敏感になっているのかもな。ティーナが俺の腕の中にいることが、いまでも信じられない」

そんなことを言う彼が愛おしくてたまらない。

「エグバート様が私を必要とされる限り、私はずっとエグバート様のお傍にいますわ」

ティーナは自分を抱きしめる彼の手を取ると、その手の平にキスを落とした。すると彼もそれに答えるようにティーナの首筋にキスをする。

人生でこれほど誰かを愛したことはない。

(どんなことがあっても、私はあなたを愛しています。エグバート様……)

ティーナはエグバートに与えられる幸せを噛みしめながら、そっと目を閉じたのだった。


ついに婚約披露パーティーの日がやってきた。

天気も良く、とても穏やかな朝。ティーナは身支度にいそしんでいた。

公爵がティーナにと、公爵家秘蔵の宝石類を貸してくれた。カテリーナ様が身に着けていたものらしい。最上級のクラスを誇るダイヤモンドは、朝の光を反射してまぶしいほどだ。

「本当に素敵です、ティーナ様」

侍女らがこぞって褒めてくれる。

「なんだか緊張します。私、こんなに高価なものを身に着けるのは初めてなので」

侍女らがティーナの初々しい反応を微笑ましく見守っている。

しばらくすると、ニューエンブルグ公爵家には続々と馬車がつけられた。

王国中の主要な貴族らが招待されているのだ。静かだった公爵家はあっという間に賑やかになる。

招待客への挨拶や気遣い。ティーナはエグバートの婚約者としての役割を確実にこなしていく。

日ごろ練習していたおかげで、いまのところ大きな失敗はしていない。エグバートもそんなティーナをしっかりと支えてくれている。

元婚約者のユージーンのことを暗に匂わす招待客もいたが、エグバートがあっさりと撃退してくれた。

王国一の楽団に贅《ぜい》を尽くした料理の数々。招待客を飽きさせない趣向が凝らされたパーティーは、順調に進んでいく。

クレアはダニエルにエスコートされて来たようだ。ダニエルの腕に手を乗せ、クレアらしい落ち着いた朱色のドレスで現れた。

さすがはシュジェニー商会だ。そのデザインは流行の最先端で、皆が羨ましそうに見ている。

「あぁ、ティーナ。婚約おめでとう！」

クレアは祝辞の言葉を述べた後、感極まってティーナに抱きついた。そうして耳元で誰にも聞こえないほどの小さな声で囁《ささや》く。

「ティーナ、初めてあなたと会った時のことを思い出すわ。あの時、あなたはユージーン様に雨の中で待たされていたわよね。あれから二年経ったけど、いまでも私はあなたを助けてあげたいと思ってる。もし困ったことが起きたら屋敷の裏門に来て。そこに馬車を停めてある。あなたは何も聞かずに乗るのよ。覚えておいて、何があっても、絶対に私はあなたの味方だから」

どういう意味なのだろう。

「あの……クレア……？」

ティーナはクレアに真意を尋ねようとしたが、それはできなかった。彼女はすぐに体を離すとエグバートに向きなおり、深々と頭を下げたからだ。

「エグバート様。人生をかけてティーナを幸せにしてください。お願いします」

クレアは常々エグバートのティーナへの愛情を疑っていた。けれどもやっと認めてくれたのだ。感動で目頭が熱くなる。

エグバートは自信満々の笑みを見せると、クレアにはっきり言い切った。

「あぁ、心配するな。俺はティーナを離すつもりは毛頭ないからな」

ダニエルはエグバートの肩をポンッと叩くと、反対の手でクレアの手を握りしめた。

「僕が二人の仲を手伝ったかいがあるってもんだね、エグバート。でも君に先を越されるとは思わなかったよ。皇国にいた時の君は、女性に全く関心がなかったから。まあでも、次は僕たちの番かな？　クレア」

クレアはダニエルを冷たく一瞥《いちべつ》する。そうして握られた手を素っ気なくほどいた。

「ダニエル様、それは絶対にないと思いますわ」

「クレアは素直じゃないね。いいよ。僕は気が長い方だから、ゆっくり仲を深めていこう」

相変わらずの二人だが、ティーナはクレアもまんざらではないことを薄々感じ取っていた。

（本当に似た者同士の二人だわ。ダニエル様なら、クレアの魅力を分かってくれそうだもの）

「そろそろお時間です、エグバート様」

エグバートの侍従、フランクが彼を呼びに来た。彼も今日は礼装に着替えている。

招待客がすべて揃ったらしい。

大広間の壇上で、エグバートとティーナが招待客の前で婚約を正式に発表するのだ。

ニューエンブルグ公爵も隣に立ち、二人の婚約を祝福してくれる予定になっている。

「さぁ、行くか。ティーナ」

エグバートがいつもの自信満々の笑顔でティーナに手を伸ばした。その手を彼女が取ろうとしたその時、公爵家の執事が緊張感を交えてエグバートの隣にやってきた。

「エグバート様、本館のティーナ様のお部屋でバッカム家の方が暴れていらっしゃいます。ティーナ様とお話がしたいとおっしゃっていましたが、どうなさいますか？　もう少しで婚約発表のお時間が来ますが」

ユージーンは今回の婚約披露パーティーに呼ばれていないはず。ティーナが青い顔をしてエグバートの顔を仰ぐと、彼は眉根を寄せて大きなため息をついた。

「あいつはまだティーナを諦めていないようだな。俺が収めてくるからお前はここで待っていろ」

「い、いやですわ！　私もついていきます！」

ユージーンとのことならば、ティーナだって関係がある。

「――ティーナ。本当についてくるのか？　あいつのことだ。またお前が傷つくことを言われるかもしれない」

「ええ、分かっています。でも私のことは、エグバート様が守ってくださるのでしょう」

ユージーンの目的が分からなくて不安だけれども、エグバートが傍にいれば何でも乗り越えられる気がした。

「そうだな。じゃあティーナも来い。だが俺の後ろにいるんだぞ。分かったな」

ティーナはすぐに頷いた。

「私たちもいくわ」

クレアがダニエルの手を取って言う。彼らが一緒ならば心強い。

本館を進むうちに、ユージーンの大きな声が既に廊下に響いてきた。

「ここにティーナを呼んで来いっ！　そうでないと僕はここを動かないよ！」

「ユージーン！」

エグバートが止めるよりも先に、ティーナは彼の手を振り払って部屋の中へと駆けこんでいく。

そうしてユージーンのいる少し手前でティーナは足を止めた。

どれほど暴れたのだろう。部屋の床は物が投げられて、花瓶の割れた欠片や置物などが散乱していた。

ユージーンは部屋の真ん中にある肘掛椅子に座りこみ、膝の上には木の箱を載せている。

使用人が数人その周囲にいて、ユージーンを説得しようと必死だ。そんな彼らをユージーンは無視し続けていた。

ティーナが来たことに気がついたユージーンは、子供のようにぱあっと顔を輝かせた。

「ティーナ！　やっと来てくれたんだね！　どうしてこんな物を送り返して来たんだい？　僕がプレゼントした物ばかりじゃないか。まさか本当に僕から離れる気じゃないんだろうね。これはただの痴話喧嘩だろう。いまなら本気で謝ったら許してあげるから、早く戻っておいで」

ユージーンはかなり酔っているようだ。離れていても酒の匂いが漂ってきている。

痩せたのか頬はやつれて目は窪み、ハンサムな優男だったユージーンの面影はどこにもない。

膝の上の箱の蓋は開いていて、ティーナが送り返したハンカチや貴金属、置物やユビリアムの押し花が入っているのが見えた。

「ユージーン、大丈夫なの？　お願い、もっと自分の体を大事にして。きっとバッカム侯爵様も心配されているわ」

「ティーナも僕を心配してくれるの？　だったら僕と一緒にバッカム家に帰ろう。君がこいつの子を宿していても構わない。僕は優しい男だからね。子供をおろしてから二人で幸せになろう」

ユージーンは隣の机に箱を置いて立ち上がると、おぼつかない足でティーナの方に向かってきた。

彼の目に狂気がやどっているのを見て、思わず後ずさる。

「ユージーン、あなたどれほど飲んだの!?　どうしてそんな……」

二人の間にエグバートが立ちふさがる。

ユージーンは体勢を崩して机に寄り掛かり、箱が床に落ちてガタンと音をたてた。ユビリアムの押し花も、他の宝石と共に床にまき散らされる。

「あっ……」

押し花はとても壊れやすいもの。ティーナは思わず小さな声をあげた。

エグバートがユージーンの腕を掴んで締め上げた。

「くそっ！　離せっ！」

ユージーンが痛みに顔を歪める。

「いい加減にしろ、ユージーン。お前はいつまでたっても子供のままだ。いい加減、大人になれ！」

「うるさい！　お前は僕のことなんて何も知らないくせに。でもティーナは違う。昔からずっと僕と一緒だった。お前とは歴史が違うんだ！」

「ユージーン、俺はお前を良く知っている。あの時だって、お前はティーナの関心を惹きたいからボリーを壊したんだ。大人になったいまでも、好きな女をいじめることでしか気を引けないのか！」

「ボリー……？　あのテディベアのことか。どうしてそれをお前が知っている。何で……」

ユージーンは体を硬直させた。

「いい加減にティーナを苦しめるのはやめろ。俺は何でも知っている。ユビリアムの花だってお前が採ってきたものじゃないだろう。本当はエマがハニブラム家に届けたはずだ。それをお前が、さも自分が採ってきたかのようにティーナに渡した」

「そ、そんな。それを知っているのは……！　お前はまさか！」

一瞬で酔いがさめたようだ。ユージーンは顔を青くすると体を震わせた。そうして力のない声で呟《つぶや》く。

「お前は……お前はあの時のエマ……？　なのか……!?」

その台詞に、その場の空気が凍りついた。

ただエグバートだけが、冷静にユージーンの質問に答える。

「あぁ、そうだ。俺はあの時、エマとしてお前たちと友人だった」

沈黙を破ったのは、クレアだった。

「そ、そんな無茶な！　当時のエグバート様は十一歳ですわ！　九歳の少女に成りすますなんて、いくらなんでも不可能です！」

その言葉に同意したのか、誰もが口を閉じたまま開かない。息の詰まるような静けさを破ったのは、誰かの低い声だった。

「――本当の話だ。妻のカテリーナは、娘のエルマーデルが死んだことを受け入れられなかった。葬式もあげず、死体を隠してその死すら公表しなかった」

その場にいる全員が声のした方を振り向く。すると部屋の扉の近くに二人の侍従を従えた公爵が立っていた。

きっと執事がユージーンのことを公爵にも知らせたに違いない。公爵は冷静に侍従に命じて使用人を下がらせる。

侍従らはクレアとダニエルも追い出そうとしたが、クレアがティーナを守るように彼女の腕にしがみ付いて離れなかった。

エグバートが大丈夫だと頷くと、公爵は二人が部屋に留まることを認めた。

青い顔をしたユージーンは、エグバートに促されて先ほどの肘掛椅子に座る。

その時の椅子が揺れたガタンという音を合図に、昔のことを思い出すように、公爵が静かに語り始めた。

「妻は……カテリーナは娘を欲しがった。彼女は本当に愛情深い、優しい控えめな女性だった。エグバートが先に生まれてがっかりしたものの、妻なりにエグバートのことを愛していた。その二年後に娘のエルマーデルが生まれ、カテリーナは幸せの絶頂だった。あの頃はな……」

公爵は当時のことを複雑な表情で語った。

「エルマーデルが生まれた時、カテリーナは泣いて喜んだものだ。なのにエルマーデルは、七歳の時に馬車の事故であっけなく死んでしまった。それもカテリーナが乗っていた馬車に轢《ひ》かれてだ。自分を責めた彼女はある日、当時九歳だったエグバートを連れてどこかにいってしまった」

カテリーナはその時既に精神を病んでいた。彼女は皇国の助けを借りて、バッカム領の隅で身分を隠して暮らしていたのだという。

皆、静かに公爵の話を聞いていたが、クレアが途中で公爵の話を遮った。

「それでも九歳の頃から二年間。十一歳の少年が少女の真似を続けただなんて無茶ですわ」

すると公爵はエグバートの方を見た。その目には贖罪《しょくざい》の気持ちが宿っている。

「あぁ、だからエグバートはろくに物を食べさせてもらっていなかった。体が大きくなったら駄目なのだと、髪を伸ばさせてわざと小さなドレスを着せた。あの誘拐未遂事件があって、私はようやく彼女の居場所を捜し当て、すべてに気がついたのだ。エグバートには、悪いことをした……」

ティーナは目の奥が熱くなった。

自分の妻がしでかしたことを知った時、公爵はどれほど苦しんだのだろうか。その時の公爵の衝撃は察するに余りある。

公爵は一息ついて俯《うつむ》くと、先を続けた。

「――私は少女として育てられていたエグバートを母親から引き離し、皇国におくった。エグバートを公爵家の跡継ぎとして育てることを断念したのだ。何よりカテリーナがエグバートを見ると錯乱するようになっていた。事件のあった日。血だらけのエグバートを見て、エルマーデルの死を思い出したのだろう」

「では公爵様は母親に虐待されて心が傷ついた自分の息子よりも、奥様と過ごすことをお取りになったのですね。なんて酷い！　あんまりですわ！」

クレアが憤然と怒りの声を上げる。

「クレア、言いすぎだよ」

公爵に食って掛かるクレアをダニエルが窘《たしな》める。ダニエルがクレアの肩を抱くと、彼女は悔しそうな顔をしてから大人しく口を閉じた。

公爵はそれでも冷静なまま、エグバートを見据える。

「私は何を言われてもいい。それだけのことをしたのだから。だがカテリーナのことだけは許してやってほしい。あれは本当に心が弱くて……ただ娘が欲しかっただけなのだ。娘のエルマーデルの死が、妻を狂気に導いてしまった」

贖罪《しょくざい》の言葉を口にしながらも、公爵は淡々と話し続ける。

ティーナは心配になってエグバートの顔を仰ぎ見た。すると彼もティーナの方を見ていたようだ。一瞬目が合って微笑んだ後、エグバートは視線を公爵に向けた。

「俺はあなたを憎んでいた。捨てられた子供なのだから当然だろう。けれども、あなたも充分に苦しんでいたのだと、公爵家に戻ってきて気づかされた。この屋敷はあまりにも母への哀悼《あいとう》に満ちている。あなたの時間は、あの時、母が亡くなった時のまま止まっているんだ」

公爵は妻を亡くした後、ろくに外出もせずに屋敷に留まり、カテリーナの肖像画を集めたあの温室で、ずっと妻のことを想い続けていたのだ。

(公爵様はそんなにもカテリーナ様を愛していらしたのですね……カテリーナ様がいなくなった世界で、彼女がいた記憶だけを心の支えに生きてきたのだわ)

そうして公爵はこれからもそうやって生き続けていくのだろう。

ティーナは公爵の孤独な十三年間と、これからの長い人生を思って胸を痛めた。

「お前は私を許すというのか……？」

公爵の言葉に、エグバートはきっぱりと答えた。

「いいや、俺はあなたを許さない。あなたは間違えたが俺は違う。愛する女性を絶対に幸せにしてみせる。ティーナと温かい家族を築いて、俺が幸福に暮らすのをあなたに見せつけてやる。それが俺のあなたへの復讐だ、父上」

エグバートは初めて公爵ではなく父と呼んだ。

その言葉に公爵は感慨深く目を閉じた。

「……そうか。お前は……幸せになるのだな」

エグバートは公爵の贖罪《しょくざい》を受け入れなかったが、いろいろ胸に去来するものがあるのだろう。

これほど壮絶な過去の確執があって、簡単に普通の父と子に戻れるわけがない。

それでもエグバートは公爵を許さないことで、公爵と対等な関係であり続けたいと意思表示をしたのだ。虐待された息子と、贖罪《しょくざい》の罪を背負う父という関係ではなく――

そんなエグバートをティーナは誇りに思う。

「エグバート様……」

ティーナが声をかけると、エグバートは顔を曇らせた。

「ティーナ、いままで俺があのエマだったことを黙っていてすまなかった。俺はお前がユージーンに守られて、王国で幸せに過ごしていたならそれでよかったんだ。お前がずっとユージーンを愛していたことを知っていたからな。まさかこんなに辛い生活をしていただなんて思いもよらなかった」

「あのユビリアムの花は、あなたが採ってきてくださったものなのね、エグバート様」

ティーナはエグバートを見つめながら彼に向かって足を進め、すぐ前で足を止めた。

「ああ、俺の傷はそう深くはなかった。お前の体が心配で無我夢中で崖に登って採ってきた。早く怪我が治るようにと……。なのに、まさか化膿《かのう》止めの薬がすり替えられていたとは。そうして、それをやったのは子爵ではなくユージーン。お前なんだろう！」

「ひっ！」

突然糾弾されて、ユージーンは小さな叫び声を上げた。いきなり床にしゃがみこむと足を曲げ、芋虫のように丸まって頭をかきむしる。

「違う……僕は……僕はもし傷が残ったら、ティーナが僕と一緒にいる理由ができると思って……。バッカム家とハニブラム家では身分が違いすぎる。絶対に結婚なんか許してもらえない。だったらいっそのことと思ったんだ。なのに日が経つにつれて、罪悪感で圧し潰されそうになった。はじめはティーナの背中の傷を見るのが苦痛だったけど、最近では顔を見るのも辛くてっ……！ぐっ！」

そうして人のものとも獣のものともつかないような、掠れた声を出した。

その様子に、エグバートの指摘は真実だったのだと誰もが確信する。

「ユージーンが？　私の薬を……？」

ユージーンはティーナの質問には答えず、子供のように泣きじゃくるばかり。

(だからユージーンは私に冷たかったのね。私を見ればその時の罪が思い出されるから……。私を抱けなかったのも、背中の傷を直視できなかった。それだけの理由なのだわ)

やっぱりユージーンは、昔のままの優しいユージーンだった。ただ謝ることが苦手なだけ。

あれだけ悩み続けていたのに、馬鹿みたいだと思う。

とはいえ当時ティーナが受けた傷の痛みや不安は、筆舌に尽くしがたいほど。簡単に許すとは言えない。

「ひ、酷い！　酷過ぎるわ！　あなたなんか人間じゃないわ！」

ティーナの気持ちを代弁するかのように激昂するクレアをダニエルが抱いて止めた。でないといまにもユージーンに殴り掛かりそうな勢いだ。

「クレア、こいつは君が殴る価値もない男だ。同じ男として認められない」

ダニエルは冷静に状況を見守っている。彼はクレアをなだめているが、その目の奥にはユージーンへの軽蔑と嫌悪が込められている。

ユージーンも彼らの怒りに気がついているのか、さらに怯えて泣きじゃくり始めた。彼は充分苦しんだのだ。これ以上彼を追い詰めたくはない。

ティーナはゆっくりと息を吐くと笑顔になった。

「ユージーン、私は怒っていないわ。エグバート様にも言ったけれど、あの傷のお陰でハニブラム領の民は助かったのよ。そうでなければ、あの後の数年の干ばつには耐えられなかった。それに私を思っての行動だったのならば、どうしてそう言ってくれなかったの？　私はずっとあなたに嫌われているのだとばかり思って悲しかったのに」

予想外の反応だったのだろう。ユージーンは顔を歪ませると、謝罪をするかのように頭を垂れた。

「そんな……そんな、僕が真実を話していれば君は許してくれたのか……？」

「もちろんよ。だってあの時の私はあなたが大好きだったのだもの」

少しの沈黙の後、蚊の鳴くようなか細い声が聞こえた。

「──そうだったのか。じゃあ、僕は一体何のために君を傷つけていたんだろう。ティーナ……ごめん……。ティーナ」

肩を落として動かなくなったユージーンを尻目に、エグバートがティーナの隣に立つ。

ティーナは頼もしい婚約者の顔を誇らしげに見上げた。

「ティーナ。お前は既に知っていたんだな。俺があのエマなのだと」

「ええ、つい昨日、公爵様からカテリーナ様のお墓に案内していただいたのです。その時に気がつきました。ユビリアムの花を採ってきてくださって――そうして十三年もの間、私のことを想っていてくださってありがとうございます」

その言葉にエグバートは片手を口に当て、いまにも泣きそうな顔でティーナを見た。感極まっているようだ。

「俺のほうこそ感謝している。あの頃、お前はエマを演じていた俺にこう言った。俺は俺なのだと……名前は関係ない。思いやりがあって強くて優しい、でも一人で悩みすぎるところがある。そんな性格の俺を大好きだと言って抱きしめてくれた。その言葉がなければ、俺の心はあの時既に死んでいただろう」

「あぁ、エグバート様、そんなことをおっしゃらないで」

ティーナはエグバートの震える肩を抱き寄せた。あの時、小さなティーナが泣いているエマを抱きしめたように……

彼は実の母親に息子として認められず、妹になって娘として生きていくしかなかったのだ。

食べ物も最低限のまま小さな衣服を与えられ、大きくなることさえも許されなかった。

無力な子供の頃のエグバートのことを考えると胸が痛んだ。

すると、これまで静かに聞いているだけだった公爵がぽつりと言った。

「――私は息子の心を救ってもらったお前に、感謝しないといけないのかもしれないな」

いつもは頑《かたく》なな公爵の顔が、ほんの少し和らいだ気がする。

ティーナは嬉しくなってすぐに頭を下げた。

「公爵様……ありがとうございます！」

「とはいえ、まだお前を認めたわけではない。カテリーナと比べるとお前なぞただの小娘だ。せいぜい頑張るといい。さあ、招待客をそんなに待たせるものではない。いくぞ」

公爵は気まずそうに顔を背けると、侍従を引き連れて部屋から出ていった。

クレアが何か言いたそうに、ティーナとエグバートの顔を交互に見る。だがあまりにもたくさんのことがありすぎて言葉にならないようだ。

しばらく口を開けたり閉じたりした後、ようやく言葉が出てきた。

「ティーナ、さっき私が言ったことは忘れてちょうだい。さぁ、ダニエル様。さっさと私をエスコートしてくださいな。婚約式を見るのなら一番いい場所で見たいですもの」

乱暴に差し出されたクレアの手を、ダニエルが嬉しそうに取った。

「クレアは本当に読めないね。感動して泣いているんだとばかり思っていたよ。そんなところが大好きだけどね。じゃあエグバート。あとでまた話そう」

ダニエルは可愛くて堪らないという顔でそう言うと、クレアに引きずられるようにして部屋から出ていった。

部屋に残されたのはエグバートにティーナ。そして床に腰を下ろしたまま微動だにしないユージーン。

しばらく沈黙が続いたが、最初にエグバートが口を開いた。

「――お前が薬をすり替えたのだと思い至った時は殺してやろうかと思った。だがあの時、俺を救おうと誘拐犯に立ち向かったのもお前だ」

そうしてしばらく間を置いた後、先を続けた。

「男なら惚れた女にこれ以上恥ずかしいところを見せるな。俺は十三年待って、ようやくティーナを手に入れた。お前に助けてもらった恩があっても、絶対に誰にも譲る気はない」

エグバートはそう言うとティーナに手を伸ばした。

この手を取れば、長かったユージーンとの関係を終わりにすることができる。

ティーナは少し考えた後、その手を取らずに床に落ちているユビリアムの押し花を拾い上げる。

そうして床に膝をついてユージーンに向かい合うと、彼の手の平にそれを乗せた。

「これをあなたにあげます。私の願いはもう叶いましたから。ユージーン、あなたの未来に幸せが訪れますように……」

「ティーナ……」

ティーナがにっこりと笑うと、つられるようにしてユージーンも笑った。

彼女は立ち上がり、ようやくエグバートの手を取る。

「さあ、参りましょう。エグバート様。公爵様がお待ちですわ」

「ああ、そうだな。ティーナ」

二人はいままでにないほどに心を硬く一つにした。

大広間の上段に上がると招待客が集まっていて、すべての視線が二人に注がれた。

花で飾られたアーチの下には、主役の二人が立つ場所が用意されている。

公爵は既に話を終えた後らしい。壇上に立つ公爵が二人を迎え入れると、皆が一斉に拍手を始めた。

エグバートはしっかりとティーナの手を握り、足を一歩前に踏み出す。その少し後ろをティーナがついていく。

堂々たる態度で壇上に立ち、彼は威厳のある声を出した。

「私、エグバート・ニューエンブルグはティーナ・ハニブラムとこのたび婚約をいたしました。彼女はかけがえのない女性であり、私の半身でもあります。神と国王の祝福を受け、私たちの婚約が認められたことをここに宣言します」

エグバートが高らかに言うと、大きな拍手が沸き起こる。

それを合図に薔薇《ばら》の花びらが投げかけられ、それはまるで色のついた雨のように二人の頭上からふわりと降ってきた。

ティーナはすぐ隣に立つエグバートと見つめ合う。

ただそこにいるだけで風格のある彼は、とても男らしくて頼もしい。見ているだけで意識が引き込まれて胸が高鳴る。

引き寄せられるように自然に……二人は唇を重ねた。招待客の拍手がさらに大きくなる。

ふとティーナが目をやると、クレアが大粒の涙を流して喜んでいた。ハンカチが追い付かないほど号泣しているのか、顔をくしゃくしゃにして泣き続けている。

その隣には当然ダニエルがいて、可愛くてたまらないといった風にクレアを見つめていた。クレアにキスをしようと顔を近づけていたが、すぐに手で阻《はば》まれたようだ。

それを見てしまったティーナは、壇上に立っているというのに思わず苦笑した。

楽団の音楽が流れてきて、次々に高価なシャンパンがあけられた。豪華な食事が招待客に振舞われる。

穏やかな音楽に紳士淑女の談笑する声。パーティーは順調に進んでいった。

エグバートと一緒に招待客の間を挨拶をしながら回っていると、大広間の隅に父のハニブラム子爵と兄のキースがいるのが見えた。

どうやら公爵と話をしているようだ。

(何だかいやな予感がするわ……)

ティーナが顔を曇らせると、エグバートも気がついたようで、すぐに彼らの方へ向かった。

ティーナの父、ハニブラム子爵のせがむような声が聞こえてくる。

「いやぁ、これで我が家とも親戚同士ですな。でもうちの子爵家は色々と問題がありまして、できれば公爵様の援助もお願いしたいと思っています。いや、そんな多くは望みませんが、良ければもう少しいただきたいですな。私どもも大事な娘を嫁にやるのですからね。安いものでしょう」

エグバートから充分な支度金を貰ったというのに、さらに公爵にお金をせびっているようだ。

予想はしていたとはいえ、やはり身内の強欲さを目の当たりにするとショックが隠せない。

しかも今日は大切な婚約披露の場。どれほど礼儀知らずなのだろう。

（公爵様にまで、ご迷惑をかけるだなんて……！）

ティーナは慌てて公爵と父の間に割り込んだ。

「お父様、お兄様。何をなさっているのですか！　お金ならばエグバート様から充分いただいたはずですわ！」

「ああ、ティーナか。お前からも公爵様にお願いしてくれ。いくら使い物にならない娘でも、そのくらいは役にたってもらわんと困る。お前にはどれほど面倒をかけられてきたか。ここらで恩返しくらいしたらどうなんだ」

「そうだ、ティーナ。自分だけいい思いをしようだなんて、なんて情のない妹なんだ」

悪びれもせず、父と兄が揃ってティーナを責める。

だがティーナもこれまでとは違う。エグバートが、自分の意見を言ってもいいのだと教えてくれた。それでもし何かあっても、必ず彼が守ってくれるのだと。

そんな自信がティーナを勇気づけた。

ティーナが反論しようとした時、先に公爵が声を出した。

「ハニブラム子爵。領地経営が行き詰まっているのなら公爵家から人を送ろう。知識も経験もある優秀な人材だ。きっと役にたつはずだ。だが金はやらん」

「そんな、公爵様。お金さえいただければ、そんなことは我々が……」

目論見が外れてキースが大声を出した。それを公爵が視線で制すると、圧倒するような迫力にキースは口を閉じる。

「悪いがこれ以上の話し合いは無用だ。このハエたちを誰か追い払ってくれ。見苦しい」

公爵の言葉に、侍従がティーナの父と兄を無理やり大広間から連れ出す。大勢の目がある中で屋敷から連れ出される屈辱に、ティーナの父が暴れながら叫んだ。

「お、お待ちください、公爵！　ティーナ！　お前もやめてもらうように言え！　この出来損ないの娘が！」

「いいえ、お父様。私はもうあなたの娘ではありませんわ」

ティーナの初めての反抗に、子爵は驚いたようだ。暴れるのも忘れて唖然としている。

「二度と私の前に顔を出さないでくださいませ。そしてできることなら、もう少し領民のことをお考えください」

勇気をもってそう言ったティーナの後ろには、エグバートがぴったりと寄り添っている。まるで彼女だけを護る騎士のようだ。

それでもティーナの兄は、まだ侍従に抵抗し続けていた。あまりに暴れたので、キースの上着の裾が引っ張られる。

すると大きな音を立てて、銀のスプーンが上着から落ちて床に散らばった。パーティーに紛れてポケットに忍ばせておいたのだろう。

あまりの醜態に、見ている者たちがひそひそと噂している。

子爵が顔を真っ赤にしてキースを呆れ顔で見ると、彼は顔を真っ青にした。

それを見ていた公爵がため息をつく。

「この泥棒は牢屋に入れて置け。こんな男が貴族だとは世も末だ。絶対に温情はかけるな。牢獄で汚い心を少しは入れ替えるのだな」

「そ、そんな！　公爵様！　牢獄だなんて、これは何かの間違いです！　私の息子はそんなことはいたしません！」

息子のために子爵が言い募るが、公爵は彼を一瞥《いちべつ》しただけで何も言わなかった。そうして右手を上げて侍従に命じ、二人を大広間から追い出した。

その二人の後ろを、母のマチルダが大慌てで小走りに追いかけて行く。

キースの抵抗する声が廊下から響いてくるが、それもすぐに聞こえなくなった。

招待客らはこの騒ぎを興味深く見ていたが、公爵が一睨《ひとにら》みするとすぐに何事もないようにパーティーに戻った。

彼らが去った方向をティーナが心配そうに眺めていると、彼女の肩に公爵が手を添えた。

「お前たちは心配するな。公爵家の嫁を守るのは私の務め。彼らの処分は私に任せなさい」

公爵は厳しい顔でそう言うと、背中を向けて去っていった。

（いま、公爵様は私を公爵家の嫁だって言ってくださったわ。もしかして私のことを認めてくださったのかしら？）

ティーナはぽぅっとしながら、公爵の言葉を噛みしめる。

エグバートが彼女の手を取った。幼い頃から変わらず愛し続けていてくれた最愛の彼を、彼女は潤んだ目で見上げる。

「子爵は俺が出した金に満足できなかったようだな。跡継ぎのキースは牢屋に入って、これで子爵家は終わりだろう。とはいえ領地の問題は残っている。父のことだ。きっとニューエンブルグの息のかかった人物を送り込んで、領地はそのままに子爵を入れ替えるだろう。そのくらいのことは父なら簡単にできるからな」

「……でも、あの……」

ティーナが不安そうな顔をすると、エグバートは安心させるように笑った。

「心配するな。最低限生活できるくらいには子爵たちに金をやるだろう。ハニブラム領の民にとっても、いまよりはましな生活になるに違いない。王国に戻ってきてからハニブラムの統治状況を調べさせたが最悪だ。彼らは領地経営を何も分かっていない」

やっぱりそうなのかと、ティーナは再確認した。確かにティーナの父と兄はこれまでバッカム家に援助を乞う以外、あまり仕事をしているようには見えなかった。

「いいか、ティーナはティーナだ。親がどうであれ、俺は我慢強くて心優しいお前を愛している。父上もお前を認めてくれたようだしな」

その言葉に胸の奥がじーんと温かくなった。

これまでどれほど辛いことがあっただろうか。蔑まれて虐げられ、最後に残された自尊心まで失いかけた。

そうして意思のない人形になろうとしていた時に、エグバートが現れてティーナを救ってくれた。

彼の深い愛情にティーナは感動を隠せない。

(本当に……ずっと長い間、私を想ってくださっていたのだわ)

胸の奥が絞られるように痛んで、目から嬉し涙が溢《あふ》れだしてくる。

「エグバート様。私を忘れないでいてくださって、ありがとうございます」

そう言ってティーナは、エグバートの頬にキスをしたのだった。

第八章　その後のクレアとダニエルの関係

「ちょっと、どうなってるのですか？　どうして私たちがティーナが乗るはずだった馬車に乗っているの？　公爵邸に来た時に乗ってきた馬車はどこっ？」

走り続けている馬車の中でクレアが叫ぶが、対するダニエルは向かいに座ったまま。いつものように、にっこりと微笑んでいる。

「ははは、そうだね」

二人を乗せた馬車はティーナが向かうはずだった隠れ家へと向かっている。

馭者《ぎょしゃ》はクレアが何を言っても馬車を止めない。一度馬車を走らせたならば何があっても行き先は変更するなと、式が始まる前にそうクレアが言いつけたから。

公の場でエグバートが婚約を宣言した後、ダニエルが屋敷の裏にクレアを連れてきた。

ティーナを逃がすための馬車はもう必要ない。クレアがそれを馭者《ぎょしゃ》に伝えようとした時、いきなり抱きかかえ上げられて無理やり馬車に乗せられたのだ。

駆者《ぎょしゃ》は言いつけられた通りに馬を走らせ、いまに至る。

「ダニエル様、笑ってないで何とか言ってくださいませ！　もう少し公爵邸でティーナの幸せな姿を見ていたかったですのに！　どうしてこんなに早く帰るのですか」

結局、エグバートの復讐というクレアの推測は間違っていた。彼は皇国で過ごした十三年もの間、ティーナへの復讐ではなく、幸福を願って生きてきたのだ。

彼女のユージーンへの恋心を知っていたから、彼はそれを邪魔する気はなかった。エグバートが騎士になったのも、ティーナの身が危険になれば、すぐに助けに行くつもりだったのだろう。

（それほどまでティーナを愛しながら十三年間も離れていたのは、もしかしてユージーン様と幸せに暮らしている姿を見たくなかったからなのかも。どっちにしても本当に執念深くて、重すぎる愛情だわ。ぞっとしちゃう）

町で倒れていたエグバートをティーナが見つけたのも、きっと彼の計画の内だったのだ。

彼の誤算は、ティーナの両親のあまりにも酷い彼女への対応とユージーンの浮気癖。

でもいまはすべて解決されて、ティーナの幸せは確実なものになった。

（本当に良かったわ。ティーナの泣き顔なんてもう見たくないもの）

クレアはひとしきり騒いだ後、口をつぐんだ。これ以上ダニエルに何を言っても無駄だと分かったからだ。

満月の明かりが差し込む馬車の中。ガタガタという車輪の音だけが響いている。

ダニエルは肘をついて足を組み、余裕の表情だ。

彼の考えていることは、おおよそクレアにも想像はついている。けれどもあえて抵抗しているのだ。そうでないとクレアの心が持たない。

きっとそんな彼女の心の内すら、ダニエルは承知しているのだろうけれども……

クレアはダニエルと無言で見つめ合う。すると彼がようやく口を開いた。

「クレア、もうエグバートの誤解も解けたよね。君がティーナ嬢を心配する必要はもうなくなったわけだ。これから彼女のことはエグバートが何とかする。僕はね、この時を待っていたんだ。君がティーナ嬢じゃなく、自分のことを考えられるようになる時をね」

「それはどういうことでしょうか？」

クレアは白々しく驚いてみせた。ティーナのことを相談している間、彼女はますますダニエルに惹かれていった。

常に冷静で的確な判断力があり、彼の先を見通す力はいままで会ったどの男性よりも優れている。しかもこうと決めたら確実に実行する。そんな男を好きになるなという方が無理な話だ。

それは彼も同じなのだろう。

気がつくと、彼は時々熱を孕《はら》んだ目でクレアを見ていた。ダニエルがその欲望をギリギリの理性で抑えつけていることに、彼女は気がついていた。

ティーナの問題が解決したらこうなる予感はあった。ただこんなに早いとは思ってもいなかっただけで……

「はぁーー」

ダニエルはため息をつくと、困ったように片手で頭を抱えた。

「僕は本来、こんなに我慢強い男じゃない。欲しいものはすぐに手に入れたいたちでね。なのに、君にだけはここまで我慢した。自分を褒めてあげたいくらいだよ」

クレアの心臓がこれまでにないほど跳ねる。

まさかここまで直情的に話されるとは思ってもみなかった。

冷静沈着で常に利益を考えて行動するダニエルが、クレアのこととなると感情的になっている。

それがクレアにとって堪らなく心地いい。もう少し彼の本音を聞いていたい欲求にかられる。

「あの宿に泊まった時、君が初めてじゃなかったら、絶対に何がなんでも僕のものにしていたよ。あそこまでいって押し留まれる男がいたら教えてほしい。それもこれもクレア、僕が君を愛しているからだよ。あんな安宿で君との初めての瞬間を迎えたくなかったからね」

その言葉に、それまで冷静だったクレアは急に落ち着きを失った。

まさかこの歳でまだ初めてだとは、ダニエルにだけは知られたくない。馬鹿にされるのが目に見えている。

「わ、私が初めてだなんて誰がそんなこと！　もう二十三歳なのよ！　とっくに、すうに……五人は経験していますわ！」

「ふぅ、これはクレアがあの夜、自分で言ったんだ。まさか覚えていないの？」

ダニエルが呆れたように話す。けれどもクレアには全く心当たりがなかった。バッカム領の宿で泊まった時、確かにダニエルといい感じになった。

でもそういえばいつ眠ったのか記憶にない。もしかしたらその直前の出来事なのだろうか……

（や、やだ！　私、そんなことまでダニエル様に話していたの！）

恥ずかしさに、クレアは顔を赤くして両手で顔を覆った。向かいに座るダニエルが身を乗り出してくる。彼はクレアの座る座席に片手をついた。

顔の距離が近づいて、息づかいまで聞こえてきそうだ。

「『私、初めてなの。だから優しくして』ってね。そんな言葉を積極的にキスしてきた女性に涙声で言われてごらん？　大抵の男はおちるよ。もちろん僕も例外じゃない。いままで他の男に襲われなかったのが奇跡だ。生まれて初めて神に感謝したよ」

憤りを交えながらダニエルが話す。

「わ、私、そんなことを言って……そんな……そんな」

まさか処女だと、あの時既に知られていたとは思わなかった。

ダニエルには何があっても優位に立ちたいと思っていたのに。けれども、もうそんなことは頭から抜け落ちている。

動揺を隠せない彼女を見て、ダニエルは楽しそうに笑った。

「ははは、僕はね、気が強くて聡明な君が大好きだ。今日の結婚式だって、あんなみっともない泣き顔を男性に晒す女性は初めて見た。感動で胸が震えたよ。どう、クレア。もっと僕の君への愛情の深さを聞きたい？　あぁ、でもそうすると夜が明けてしまいそうだね」

「……け、結構です」

恥ずかしくて、いますぐこの場から消えたいくらいだ。手で顔を覆っているので、ダニエルがどんな表情をしているのか見えない。

不意にクレアの耳たぶにキスが落とされた。ダニエルがクレアの耳元で囁《ささや》く。

「だからね、もっと僕に流されてくれないかなと思っている訳だよ。もちろんクレアがそんなに簡単な女じゃないことは分かっている。でも、僕にも少しはチャンスはあるかなと思って」

甘い声に背筋がぞくりとする。

そんな時に馬車が停まった。目的地に着いたのだろう。

ならばここはダニエルの用意した別荘。本来ならティーナがエグバートに捨てられたら逃げて来るはずだった場所だ。

「僕はいますぐにクレアが欲しい。今夜、僕に抱かれてくれないかな。もちろん馬車を降りるのも降りないのもクレアの自由だ。君が選べばいい」

まさかダニエルが選択肢を与えるとは思ってもみなかった。クレアは目を覆っていた手を外した。

「ダニエル様は、私が馬車に留まっていてもいいのですか？」

ダニエルは相変わらず笑ってはいるが、その目は欲情を孕《はら》んでいる。彼は憂いを滲《にじ》ませた声でこう言った。

「そうだね、まあそうなっても逃がす気はない。クレアの初体験が、この馬車の中になるだけだよ。クレアは、僕がやっと見つけた唯一だから」

その回答にクレアは思わず微笑んだ。

こんな乱暴な答え、他の女性なら一発でアウトだろう。でもクレアは違う。本音で語ってくれるダニエルに、愛情が込みあげてきて仕方がない。

彼の愛情の深さに、胸の奥がじーんと温かくなった。

彼女は背筋を伸ばしてから息を吸うと、左手をダニエルの方に差し出した。

「でしたら抵抗は無駄ですわよね。助けを呼ぼうにも、どうせここには誰もいないのでしょう？仕方がないから流されて差し上げますわ。さっさと寝室にでもどこにでも連れ込んでください」

ダニエルは驚いたように目を見張る。

「本当に君は意外性のある女性だね。まさかこんなにあっさり許可が下りるとは思わなかったよ。初めてが僕で本当にいいの？」

「あら？　初めてがあなたで良かったと……そう思わせてくださる自信はありませんの？」

いつもの二人の会話だが、言葉の端々には愛情が込められている。

クレアはもうどうしようもなくダニエルを欲していた。

「ははっ……負けたよ！」

ダニエルは大きな声で笑うと、差し出されたクレアの手を取った。そしてその甲に優しく口づけを落とす。

「もちろん君を後悔させるつもりも逃がすつもりもない。クレア、愛しているよ」

「私もこのまま流されてもいいと思うくらいには、ダニエル様を愛していますわ。ふふっ」

そう言って二人は笑いあう。

馬車を降りると、そこは森の中の木々に囲まれた建物だった。

屋敷を訪れるには、馬車がようやく通れるくらいの幅の道を通るしかない。これなら誰かが偶然通りかかるということもないだろう絶好の隠れ家だ。

ダニエルは馭者《ぎょしゃ》に金を渡して三日後にまた来るよう告げ、馬車を返してしまった。そこでクレアは、逃がすつもりはないという彼の言葉を思い出す。

ダニエルはクレアの手を引いて、無言で屋敷の中に入っていく。

森の奥の隠れ家とはいえ、室内は清潔で装飾はかなり手が込んでいる。繊細な彫刻の施されたオークの螺旋《らせん》階段を上がっていくと、ダニエルはある部屋にクレアを導いた。

部屋の真ん中には天蓋付きのベッドがある。月の光が窓から差し込んでいて、部屋の中をほんのりと照らしていた。

ダニエルは突然クレアの手を取ると、その場に片膝をついて真剣な目を向けた。いつになく真面目な彼の様子に、どきりとクレアの心臓が跳ねる。

「クレア、君はチェスをしたことはある？」

突然何を言い出すのだろうか？

「え、ええ。それがどうしたのですか？」

「ルークとビショップ。つまり戦車と僧侶。両方の動きを併せ持つクイーンはクレア……君によく似ている。君は聡明で行動力も兼ね備えている唯一無二の存在だ。クイーンが傍にいないと、キングは安心してチェックメイトを宣言できない。だからクレアは何も心配しないで、一生僕の傍にいてくれればいい。絶対に後悔はさせないと誓うよ」

その言葉に全身が総毛だつ。

（これって……もしかして……。私に結婚してほしいって言っているのかしら？）

きっとチェスの駒にたとえたこれが、彼なりのプロポーズなのだろう。

ダニエルらしさにクレアは苦笑した。どうして普通に申し入れができないのだろう。

彼の目には不安なんて微塵も映っていない。クレアの答えを既に知っているのだ。

心の底まで幸せで満たされて、目に涙が滲《にじ》んでくる。

「そうですわね。クイーンは最強の駒ですもの。キングがどうしてもと頭を下げて頼むなら、クイーンが一生守ってあげてもいいですわ」

クレアは身をかがめた。跪いているダニエルの頬を両手で包み込むと、その唇にキスをする。

それから二人は一言も話さなかった。その代わり、互いに貪《むさぼ》るような激しいキスを繰り返したのだった。

第九章　籠の外の幸福

婚約披露パーティーの出来事があってから、公爵とエグバート、父と息子の関係はガラリと変わった——わけではない。

二人は相変わらず夕食時以外ほとんど顔を合わさず、会話をしても最低限の話しかしない。

エグバートにとって血のつながった肉親は公爵だけ。少しでも二人の距離が近くなればとティーナは気を揉んでいた。

でもあまり時間はない。ティーナとエグバートが、揃ってリンデル皇国に戻る日も近づいている。

そうなると次にいつ王国に戻れるか分からない。

（十三年……いいえ、もっと長く二人は親子らしい会話をしたことがないのよ。まだこんなに他人行儀のままなのに、あと数週間で仲良くなるなんて無理だわ）

うまくいかない二人の関係に、ティーナは日々悶々《もんもん》としていた。


少しの進歩もないままに、騎士団で剣を交わす一年に一度のトーナメント戦の日がきた。

リンデル皇国の騎士であるエグバートとダニエルも、もちろん皇国代表として参加している。

騎士団本部にある円形の闘技場には、王国を勝利に導いた英雄の旗が大空にはためいていた。貴族たちが大勢詰めかけ、観客席はたくさんの人で溢《あふ》れかえっている。

ラッパと笛の音に観客の声援。否が応でも心が躍りだす。

ティーナとクレアは騎士団の家族用特別席で、試合が始まるのをいまかいまかと待っていた。

もちろん公爵にも席が用意されているのだが、その姿は見えない。

（あぁ、やっぱり公爵様は来ないつもりなのだわ……）

似た男性を見かけるたびに顔をほころばせては、がっかりして肩を落とす。そんなティーナの様子を見るに見かねたクレアが言い放った。

「ティーナ、そういうのは放っとけばいいの。ゆっくりと時間をかけないと、そんな簡単に仲のいい親子になれるものじゃないわ。それにもともとお二人は社交的な方じゃないでしょう？」

「そう……なのかしら」

婚約披露パーティーがあった日、クレアはダニエルにプロポーズをされたらしい。

行動力と決断力のある彼女は、その日のうちに彼のプロポーズを受け入れ、リンデル皇国で一緒に住むことを決めたのだった。

王国に住む彼女の父に何かあったとしても、リンデル皇国からそう簡単にはダリア王国には戻れない。

夏の森が深い時期と、冬の雪深い時期には、国境境の道が閉ざされてしまうから。

なのに迷いもせずに即決した彼女に、ティーナは尊敬の念を抱いていた。

「シュジェニー商会にとって、私がリンデル皇国の騎士と結婚することは、とても望ましいことなのよ。もしダニエル様が浮気して私が捨てられることになっても、皇国なら私にもできる仕事はあるわ。それに向こうでも、いままでみたいにティーナと会うことができるしね」

相変わらずクレアは前向きだ。彼女が一緒に皇国に来てくれることは、正直ティーナにとっても心強い。

「酷いな。クレアは僕が浮気をするだなんて、結婚する前からもう考えてるんだ。僕はあんなに君だけを愛してるって言ったのに」

「きゃぁ！　ダニエル様！」

突然観客席に現れたダニエルの姿に、クレアが大声を上げた。

黒い詰襟に白い線が三本はいった騎士服に、腰に下げられた大きな剣。それらはすべて彼をとても男らしく見せている。

クレアも一瞬見惚れたようだ。顔を赤くして何度も瞬きを繰り返した。

すると向こうのブロックからダニエルを噂する女性の声が聞こえてきた。ダニエルが手を振ると、一斉にきゃぁあっという歓声が上がる。

クレアがあからさまにムッとした。

「ダニエル様、試合の前ですわよ。ずいぶん余裕があるようですけれど大丈夫なのですか？」

「ああ、どうせこんなのはただの見世物に過ぎないからね。無駄なことに本気を出す気はこれっぽっちもないよ。適当なところで負けておくかな」

クレアの嫌味など意にも介さず、ダニエルが爽やかに言い放つ。

「でもエグバートはティーナ嬢に格好いいところを見せようと張り切っているかもね。あいつは本当に君一筋だから……。公爵様もカテリーナ様をいまもずっと深く愛し続けている。そういう一途なところは親子そっくりだね。ティーナ嬢も大変な男に惚れられたものだよ」

「そ、そんな……ダニエル様」

ティーナが照れくささに顔を赤くした。

「クレアには今度プライベートで僕の剣技を見せて上げるよ。戦場で死なない程度には、頑張って訓練したからね」

ダニエルがクレアの肩を抱こうとするが、彼女はさっとその手を避けた。

「じゃあ何か報酬があるといいのですね。でしたらダニエル様、この大会に優勝しましたら、私があなたの言うことをなんでも一つ聞いて差し上げますわ。いかがですか？」

クレアの突拍子もない言葉に、ダニエルが一瞬あっけにとられる。そうして一呼吸おいて眉根を寄せ、真剣な表情を見せた。

「なんでも？」

「そうですわ、なんでも。ふふ」

ダニエルが頭を抱えて困ったという風にため息をつく。

「はぁ、君って人は本当に……。でも後悔しても知らないからね。いまの言葉、もう帳消しにはできないよ。クレア、僕がこの大会で優勝するのをそこで見ているといい」

俄然やる気が出たようだ。ダニエルは急に生気を体にみなぎらせると、あっという間にどこかに消えていった。

彼の後ろ姿を誇らしそうに見送るクレアに、ティーナが遠慮がちに尋ねる。

「あんな約束をしてしまって、よかったの？　クレア」

「いいのよ。ダニエル様の実力も見てみたかったしね。それともなぁに？　ティーナはエグバート様がダニエル様に負ける姿を見るのがいやなの？」

「そ、そういうつもりじゃ……」

クレアは分かってると言いたそうに明るく笑った。

「ふふ、どうせあの男のことよ。多分、夜のことでとんでもない無茶を吹っ掛けるつもりね。でも何かに一生懸命な男性たちを見るのは楽しいと思わない？　しかもそれが自分のためなのだったら、なおさら女冥利に尽きるわよね」

確かにエグバートが自分のために試合に勝とうとしてくれたならば嬉しいだろう。けれども怪我などしてほしくない気持ちが勝ってしまう。

（それにしてもエグバート様はどこにいらっしゃるのかしら……）

今朝、一緒に騎士団に来て別れてから彼の姿を見ていない。

大勢の騎士たちが集まる中エグバートの姿を探したが、見つけることはできなかった。

そうこうしているうちに試合が始まってしまう。

一流の剣技を誇る騎士同士の試合は、とても迫力があった。しかもここは特別席。騎士らの汗まで飛んできそうなほどに距離が近い。

ティーナもクレアも剣が重なる音がするたびに、手に汗を握って見守った。

経験豊かな年配の騎士が大勢いる中、ダニエルはやすやすと勝ち上がっていく。けれどもまだエグバートは試合にでてこない。トーナメント戦だとしてもおかしい。不安が募ってくる。

「エグバート様は参加されていないのかしら？」

クレアまでがそう呟《つぶや》いた時、クレアとティーナの後ろの席から声が聞こえてきた。

「エグバート様は大会に参加されているはずですよ」

エグバートの侍従のフランクだ。彼は二人のすぐ後ろの席に座った。彼も主人の試合を観戦するつもりらしい。

フランクがそう言うならば、エグバートはいずれ試合に出るに違いない。

試合はどんどん進行していき予定の半分を終えた頃、ティーナはここにいるはずのない人物の姿を目にして驚いた。

「――――！　エグバート様、どうしてここに⁉」

エグバートはいつになく険しい顔をしていて何も答えない。よく見ると、彼はフランクの背後に立ち、その首に手に持った剣先を押しつけている。

ティーナはハッと息を呑んだ。

「お前たちの計画はすべて潰したぞ。もちろん首謀者のカーディナルも捕らえた」

ティーナにはエグバートの言葉の意味がさっぱり分からない。どうして自分の侍従に剣を突きつけているのかも。

フランクは一瞬顔を真っ青にしたが、否定しても無駄だと悟ったのか、すぐに諦めたように力を抜いた。

「……やっぱり気づいておられたのですね。エグバート様」

エグバートが無言で頷く。

「ティーナ、こっちにきて。私の側を離れないで！」

穏やかではない空気を感じ取ったのだろう。クレアはティーナの体を自分の方に引き寄せて二人から距離をとった。

よく見るとエグバートの騎士服はあちこち破れていて、血のような染みまでついている。

「皇国にいた十三年間、俺はティーナのことをずっと調べさせていた。いくら行き来が難しい国だとしても、彼女が酷い目に合っていると報告に上がらないはずがない。誰か俺に近いものが裏切っているのは分かっていた。お前はカーディナルに雇われていたんだろう？　理由は俺を王国に来させたくなかったからか」

首に剣を突きつけられているにも関わらず、フランクは笑みさえ浮かべて淡々と話す。

「そうです。すべてはカーディナル様を公爵にするため。あなたが邪魔だったのです」

「そのために今日、ティーナの命を狙わせたのか。試合中の事故に見せかけて、観客席に剣を飛ばすつもりだったらしいな。生憎そいつらはすべて俺が始末した。だがどうして彼女を狙った。俺は何度も公爵位には興味ないと言ったはずだ」

するとフランクはハッと声に出して皮肉っぽく笑った。

「やはりすべてを分かっていらして、私の前でそう何度も繰り返されたのですね。私は大丈夫だと何度も申し上げましたが、カーディナル様は彼女が脅威だったようです。あの頑《かたく》なな公爵の心をあっという間に溶かした女性ですからね。いつ公爵位を息子に譲ると言い出さないとも限らなかった。それに殺すのなら、彼女の方が騎士のあなたよりも簡単です」

殺すという単語に、エグバートが過剰に反応した。

剣を持つ手に力がこもり、フランクの首筋から赤い血が一筋流れ落ちる。だが彼はちっとも怯まず、にこやかに語った。

「もう遅いのですよ、エグバート様。ティーナ様は不慮の事故で死ぬのです」

「まさか……まだ他にも刺客がいるのか！　フランク！」

エグバートはそう叫ぶと顔を上げた。ティーナとエグバートとの視線が絡み合う。

その時、背後から忍び寄る気配に気がついたクレアが振り返った。

いつの間にこんな近くまで来ていたのだろうか。ティーナとクレアのすぐ側に、熊のような大男がいた。男の手には短剣が握られている。

「ティーナ！　逃げてっ！」

クレアがティーナの前に立ちはだかって扇を構えた。彼女を守ろうと大男を睨《にら》みつける。

「――ティーナ！」

エグバートがティーナを守ろうと手を伸ばすが、それはほんの少し届かなかった。フランクがエグバートの隙をつき、押しつけられていた剣を跳ねのけ、自らも剣を構えたのだ。

「くそっ！　フランク、そこをどけっ！」

振り上げたエグバートの剣をフランクがまともに受ける。金属が重なって激しい火花を散らした。

重い一撃に、フランクが足をふらつかせて顔を歪める。

「申し訳ありませんが、あなたの命令を聞くことはできません！」

「死にたいのか！　フランク！」

そうして激しい剣の応酬が始まった。

エグバートの身が心配だが、ティーナ自身もそれどころではない。迫り来る大男に、クレアは扇を広げて見せた。

「この扇はシュジェニー商会が東洋から仕入れてきたの。金属製で先に毒が仕込んであるわ。かするだけでも致命傷よ。気をつけた方がいいわ！」

それで大男と戦うのかと思ったが、彼女はそうしなかった。そう見せかけて注意を扇に引かせ、その隙をついて大男の股間をヒールで思い切り蹴り上げる。

「金属製だなんて嘘よ、武器なんか何もないわ！　さぁ、ティーナ、いまのうちに、逃げるわよ！」

クレアに背中を押されてティーナは走り出す。ふと、目の隅にエグバートの姿を捉えた。

まだフランクと戦っているが、二人の力の差は歴然だった。

エグバートが剣を打ち付けるたびに、フランクの動きは鈍く息は荒くなっていく。計算されつくしたエグバートの剣は、彼の急所を的確に狙い続けていた。

柱に追い込まれたフランクに、エグバートが剣を突きいれる。鋭い剣は深々とフランクの胸に刺さった。

「ぐっ！　す……すべてはカーディナル様のためですっ！　諦めてください、エグバート様！」

彼は青い顔をしながら、自らの胸に刺さった剣の刃をしっかりと握りしめた。

「くっ！　フランク、お前はどこまで！」

フランクに剣を抑え込まれ、エグバートは自分の剣を使えない。剣から手を放し、地面に落ちている剣を拾いあげたエグバートは、ティーナのいる方へと視線を向けた。

クレアに急所を蹴られた大男は倒れなかった。しばらくして動けるようになった大男は、逃げようとするクレアを背後から太い腕で薙《な》ぎ払った。

「きゃあぁっ！」

大男の馬鹿力に、彼女は勢いよく石の壁に叩きつけられてしまう。ティーナは地面に崩れ落ちるクレアに大慌てで駆け寄った。

「クレア！」

ティーナのいる場所へエグバートが向かおうとしたまさにその瞬間、大男の持つ短剣が弧を描きティーナに向かって振り下ろされる。

銀の刃先が、まるでスローモーションのようにはっきりと見える。

(駄目だわ。避けられない！　エグバート様！)

ティーナは目を瞑《つぶ》る。その時、激しい金属音とともに短剣が落とされた音がした。

恐る恐る目を開けると、目の前には大男ではなく、エグバートとよく似た顔のグレーの髪をした中年男性がそこにいた。

どうやら敵の短剣を薙《な》ぎ払ったのものは、ステッキだったらしい。

「なんだ、久しぶりに外出してみれば騒がしい」

威厳のある声に、その場の喧騒が一瞬で水を打ったように静かになった。短剣を払われた大男でさえ、茫然として公爵を見ている。

「公爵様！」

ティーナが叫んだと同時に、エグバートが大男のみぞおちに蹴りを入れた。あっさりと地面に倒された大男は、そのまま公爵の侍従たちに取り押さえられる。

「あぁ、ティーナ！　怪我はないか！」

エグバートは震える声でティーナの無事を確認すると、彼女を胸に抱きしめて安堵の表情を見せた。

剣を胸に刺したまま、血を流して倒れているフランクを公爵が一瞥《いちべつ》する。急所はそれているようで、彼にはまだ意識があった。

「カーディナルに忠誠を誓った一族か。お前のやったことは到底許すことはできんが、その命を懸けた忠誠心には敬意を示そう。お前を王国一の医者にみせてやる。だが怪我が治ったら、一生牢獄で過ごしてもらうがな」

その言葉で何かが吹っ切れたようだ。フランクは表情を柔らかくしてその目を閉じた。

公爵はそのまま視線をエグバートに向けると、ステッキでガツンと床を突く。

「エグバート、大事な女性を危険にさらすなど、何をしている。だからお前はまだ未熟者なのだ！」

言葉は厳しいが、以前のような冷たさは感じられない。

ティーナは頭を下げて公爵にお礼を言う。

「公爵様、助けていただいてありがとうございます」

「公爵家の嫁の命を助けるのは当たり前のことだ。それよりもお前を庇《かば》おうとした、勇気あるお嬢さんに礼を言うのだな」

そういえばクレアはどこにいるのだろう。彼女は大男に突き飛ばされて地面に伏せていたはずだ。公爵に助けてもらってすぐ、クレアの無事を確認したのだが、それからすっかり姿が見えない。

（あぁ、クレア！　あなたいったいどこに行ったの！）

今回の騒動で試合は中断され、観客席は人が入り乱れて大混乱している。しばらく周囲を探していると、人が一番集まっているその中心にクレアの姿を見つけた。

彼女は縄をかけられて引っ張られていく大男を、何度も扇で殴っている。

しかも怪我をしているところをわざと狙っているようで、大男の呻き声がここまで聞こえてきた。

「この男！　この私を殴るなんて最低っ！」

その様子に一瞬呆れたが、すぐに彼女らしいとティーナは微笑んだ。

何倍にも仕返しをした後で満足したのか、彼女はティーナに気づき誇らしげな表情を見せる。

だがすぐに顔を青くして頭を下げた。どうやら公爵の存在にようやく気づいたらしい。

「……もう、クレアったら」

ティーナはクスクスと笑った。エグバートが公爵に向きなおって頭を下げる。

「感謝します、父上。あなたがいなければティーナはいま頃……」

公爵が手を上げてエグバートの言葉を途中で遮った。

「礼などいい。もとはカーディナルを傍に置いた私の責任だ。約束通り、彼に公爵位を継がせるつもりだったのだがな。こうなっては公爵家の跡継ぎがいなくなってしまった。カテリーナの墓を守る者がいなくなってしまうのは困る」

公爵は寂しそうに語った。どこまでも公爵は亡くなった妻を第一に生きているのだ。それは彼がこの世で命を終えるまで続くのだろう。

（なんて深い愛情なのかしら……。こんな風に一人の女性を永遠に愛し続けるなんて）

公爵の残された人生を想うと、もの悲しい気持ちになる。

「何度も言った通り、俺は爵位を継ぐつもりはありません。父上はまだ若い。まだ爵位を譲ることを考える歳ではないでしょう」

「そうだな。だったら孫の誕生でも待つか」

公爵がティーナに視線を移してそう言うと、エグバートが彼女の肩を強く抱き寄せた。

「ティーナの心に男児を産む重荷を負わせたくありません。ですから、それは諦めてください」

するといつもは表情を変えない公爵が、ふっと思い出すような笑いを零した。

「お前は本当に私の若い頃にそっくりだ。私も同じことを自分の父に言った覚えがある。カテリーナに男児を産む重荷を負わせるなとな。私はどんなことからも彼女を守ってやりたかった」

懐かしむように遠くを見て一呼吸置いた後、公爵は観客席に腰を下ろした。

「さぁ、試合の続きをみようではないか。エグバート、残念ながらお前は失格のようだがな」

「はい、父上」

エグバートはそう答えると、公爵の隣に座った。

フランクは病院に運ばれ、ティーナを襲った大男は捕縛されて連れていかれた。カーディナルもこれから貴族院で尋問を受けるだろうと公爵が語った。

大騒ぎだった闘技場もいまは静けさを取り戻し、騎士団長の声とともに試合が再開された。

公爵とエグバート、親子は並んで騎士たちの試合を見ている。二人の間にはあいかわらず何の会話もないが、それでもティーナは嬉しかった。

（なんだか二人の間の空気が変わった気がするわ。クレアの言った通り、こんな風にきっと少しずつ良くなっていくのね）

結局、ダニエルは優勝できなかった。それでも騎士団の隊長クラスが参加した試合で、三位を治めたのは快挙だ。

彼は残念な顔をして、観客席にいるクレアの元にやってきた。

「一か月でも準備期間があればよかったのに、ごめんねクレア」

ダニエルがクレアの傷の具合を確認した後、悔しそうに呟《つぶや》く。一か月あれば、きっと裏工作でもするつもりだったのだろうと、クレアがティーナに耳打ちした。

「これはあとでかさぶたになって青くなるよ。僕もあの大男に一発入れてやればよかった」

「大丈夫ですわ。私は自分できっちり仕返しはしましたから。それよりダニエル様は怪我をした私を全く気にされず、試合に没頭できたようで本当によかったですわ」

にこやかに嫌味を言うクレアに、ダニエルが大慌てで弁解を始める。

「ちょ、待って、クレア！　僕が騒ぎに気がついた時は、既にフランクは倒れてたし、大男は捕まっていた。あの時、僕が君の側にいても無意味だったよ。それに僕は君のために何としても試合に優勝しなければいけなかったからね。だからっ……」

「もう結構です」

なおも弁解を続けようとするダニエルを、クレアが止めた。おかしくてたまらないという風に、彼女は笑い続けている。

「ふふふ、冗談ですわ。私は怒ってなどいません。逆に、ダニエル様をもっと好きになりました」

きょとんとするダニエルを前に、クレアは先を続ける。

「あの時はあの判断が最善でした。リンデル皇国の騎士が二人も試合を放棄したら、騎士団での皇国の立場が悪くなったでしょう。私は自分の身は自分で守ります。でもどうしても無理な時は、あなたに助けを求めるつもりですから、もっと腕を磨いておいてくださいね」

ダニエルは惚けたような表情でクレアに見とれた後、両腕を広げて熱に浮かされたように語った。

「あぁ、クレア。どうしよう。僕は君を抱きしめたくてたまらない。何度もキスをして、僕の腕の中に君を閉じ込めてしまいたい」

「何を言ってるんだ、ダニエル。ここには父上や俺たちもいるんだぞ。そういうことは二人きりの時にやってくれ」

エグバートが呆れ顔で、暴走しそうなダニエルを止める。

二人の確かな愛情を見せつけられて、ティーナは顔を真っ赤にして両手を頬にあてた。

(本当にお二人はお似合いだわ。なんて素敵なカップルなのかしら……)

ぽうっとするティーナの腰をエグバートが抱いた。反対の手で彼女の手を握る。

「婚約者の前で他の男に見惚れるのは感心しないな。それともお前もここで何度も俺にキスをされて抱きしめてほしいのか？」

「い、いいいえ。そんなエグバート様！」

隣にいる公爵に聞こえているはずだ。ティーナは顔を赤らめ慌てて否定した。

エグバートは構わずにティーナの前髪をかき上げると額にキスをする。彼女だけを一途に見る瞳には、こそばゆいくらいの愛情がこもっていた。

そうしてエグバートは満面の笑みを湛《たた》える。

漆黒の髪が揺れて太陽の光に反射する。緑とも茶ともつかない魅惑的な瞳がティーナを捉えて離さない。

そうしてエグバートはティーナに問いかける。

「ティーナ。お前はいま幸せか？」

——あの時と同じ質問だ。もちろん答えは決まっている。

彼の後ろに広がる青い空を見上げ、ティーナは微笑んだ。

「ええ、もちろんです、エグバート様。私、いまとても幸せです!!」

そう明るく言うと、ティーナはエグバートの手をしっかりと握り返したのだった。

Noche
ノーチェ

甘く淫らな恋物語

ノーチェブックス

ひたすら愛され
蕩かされ――

孤独な令嬢は狼の番《つがい》になり溺愛される

夕日《ゆうひ》
イラスト：緋いろ

義母たちに虐《しいた》げられ、使用人のような生活を送る子爵令嬢のルミナ。そんな彼女を救い出してくれたのは、獣人の国の公爵アイルだった。狼の獣人である彼は、ルミナを「番《つがい》」と呼び、唯一の伴侶として連れて行くと言う。そうして獣人の国へ嫁ぐことになったルミナだったが、その道中、アイルに余すところなく体を蕩かされて……

詳しくは公式サイトにてご確認ください

https://www.noche-books.com/

携帯サイトはこちらから！

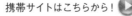

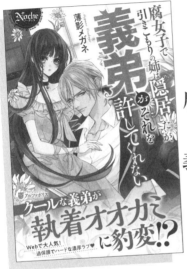

この作品に対する皆様のご意見・ご感想をお待ちしております。

おハガキ・お手紙は以下の宛先にお送りください。

【宛先】

〒150-6008 東京都渋谷区恵比寿 4-20-3 恵比寿ｶﾞｰﾃﾞﾝﾌﾟﾚｲｽﾀﾜｰ 8F
（株）アルファポリス　書籍感想係

メールフォームでのご意見・ご感想は右のＱＲコードから、
あるいは以下のワードで検索をかけてください。

アルファポリス　書籍の感想　検索

ご感想はこちらから

本書は、Webサイト「アルファポリス」（https://www.alphapolis.co.jp/）に掲載されていたものを、改稿、加筆のうえ、書籍化したものです。

騎士《きし》は籠《かご》の中《なか》の鳥《とり》を逃《に》がさない

南 玲子（みなみ れいこ）

2020年 10月 25日初版発行

編集－桐田千帆・宮田可南子
編集長－太田鉄平
発行者－梶本雄介
発行所－株式会社アルファポリス
〒150-6008 東京都渋谷区恵比寿4-20-3 恵比寿ｶﾞｰﾃﾞﾝﾌﾟﾚｲｽﾀﾜｰ8F
TEL 03-6277-1601（営業） 03-6277-1602（編集）
URL https://www.alphapolis.co.jp/
発売元－株式会社星雲社（共同出版社・流通責任出版社）
〒112-0005 東京都文京区水道1-3-30
TEL 03-3868-3275
装丁・本文イラスト－森原八鹿
装丁デザイン－AFTERGLOW
（レーベルフォーマットデザイン―ansyyqdesign）
印刷－図書印刷株式会社

価格はカバーに表示されてあります。

落丁乱丁の場合はアルファポリスまでご連絡ください。

送料は小社負担でお取り替えします。


ISBN978-4-434-27992-8 C0093